LES VENTS DU DESTIN

DU MÊME AUTEUR
CHEZ POCKET

LES HÉRAUTS DE VALDEMAR

1. SŒURS DE SANG
2. LES PARJURES
3. LES FLÈCHES DE LA REINE
4. L'ENVOL DE LA FLÈCHE
5. LA CHUTE DE LA FLÈCHE
6. LA PROIE DE LA MAGIE
7. LES PROMESSES DE LA MAGIE
8. LE PRIX DE LA MAGIE
9. PAR LE FER
10. LES VENTS DU DESTIN
11. LES VENTS DU CHANGEMENT (juin 2000)

SCIENCE-FICTION

Collection dirigée par Jacques Goimard

MERCEDES LACKEY

LES HÉRAUTS DE VALDEMAR

LES VENTS DU DESTIN

POCKET

Titre original :
Winds of fate

Traduit de l'américain par
Rosalie Guillaume

Ouvrage proposé par Marc Duveau

ISBN : 2-266-08868-8

Dédié à la mémoire de Donald A. Wollheim,
un gentilhomme et un érudit.

CHRONOLOGIE OFFICIELLE DE L

Par Mercedes Lackey

1000 AF — 0 — 750 PF — 798 PF

Fondation de Valdemar

Préhistoire
Les Guerres Magiques
Ère du Gryphon Noir

Règne d'Elspeth la Pacifique

LA TRILOGIE DU DERNIER HÉRAUT-MAGE
La Proie de la Magie

Règne de Randale

LA TRILOGIE DU DERNIER HÉRAUT-MAGE
Les Promesses de la Magie
Le Prix de la Magie

AF : Antérieur à la Fondation
PF : Postérieur à la Fondation

SÉRIE DES HÉRAUTS DE VALDEMAR

Le déroulement des événements
selon la chronologie de Valdemar

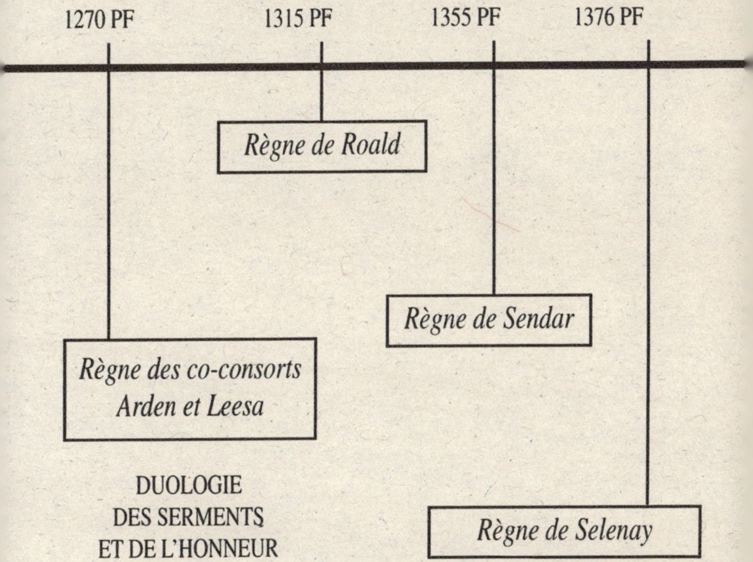

DUOLOGIE
DES SERMENTS
ET DE L'HONNEUR
Sœurs de Sang
Les Parjures

LA TRILOGIE
DES HÉRAUTS DE VALDEMAR
Les Flèches de la Reine
Le Vol de la Flèche
La Chute de la Flèche

Par le Fer

PROLOGUE

La Légende :

Il y a très longtemps, le premier souverain, Valdemar, qui donna son nom au royaume, s'aperçut qu'il vieillissait. Il avait sauvé son peuple d'un monarque impitoyable et n'avait nulle envie de le voir retomber aux mains d'un tyran. Il savait que son fils et héritier était un homme de bien.

Mais les suivants ?

Le roi souhaitait ardemment trouver une façon de choisir à coup sûr l'héritier de la couronne, afin que le royaume de Valdemar ne perde jamais la liberté qu'il lui avait donnée.

Seul, il se rendit dans les champs bordant le palais. Puis il appela les puissances du bien par une invocation qui était aussi une prière.

Quand les derniers rayons de soleil se couchèrent, le vent se déchaîna, le sol trembla et un destrier blanc sortit du bosquet.

Il parla mentalement au roi.

Alors vinrent un deuxième et un troisième cheval blanc. Avant que Valdemar ait eut le temps de se demander d'où sortaient ces animaux splendides, son fils et le chef de ses hérauts arrivèrent, comme si quelqu'un les avait appelés.

Les deux autres chevaux s'adressèrent mentalement à eux.

— Je t'ai Choisi, dirent-ils.

Ainsi le roi sut que les Compagnons éliraient seulement des gens de valeur. Toute leur vie serait consacrée au bien du royaume. Ceux que les Compagnons choisiraient seraient des Hérauts, car si un seul devait être le roi et un seul l'héritier, tous avaient la possibilité de devenir des Hérauts.

Le roi leur fit faire des uniformes blancs, à l'image de la robe de leur Compagnon, afin que chacun les reconnaisse. Il décréta que seul un Héraut pouvait devenir roi ou héritier. Il ajouta qu'un Héraut spécial serait destiné à servir le monarque et à le conseiller : le Héraut du Roi ou de la Reine. De cette manière, les décisions du monarque seraient tempérées par l'opinion de quelqu'un en qui il aurait toute confiance.

Il en alla ainsi. Le royaume de Valdemar prospéra. Le nombre de Hérauts augmenta, leur influence grandit et la justice du roi s'imposa.

LES CHRONIQUES :

Lors de la première année de fonction de Talia, devenue Héraut de la Reine, le prince Ancar d'Hardorn assassina son père pour lui voler le trône. Il tua également le Héraut Chris, ambassadeur de la reine Selenay. Puis il captura Talia, qui l'accompagnait, et il la tortura.

Elle fut sauvée, contre toute attente, grâce aux pouvoirs du Héraut Dirk, de la jeune héritière Elspeth et de tous les Compagnons. Il n'était jamais arrivé que ceux-ci unissent leur force à celle des Hérauts pour l'accomplissement d'une mission.

Ancar tenta d'attaquer Valdemar, en utilisant son armée et sa magie, mais il fut repoussé.

Deux ans plus tard, il essaya de nouveau de forcer les frontières du royaume. Il fut battu une fois de plus, grâce à des forces combinées : la compagnie de mercenaires du capitaine Kerowyn, les Eclairs, l'armée de Valdemar et celle de Rethwellan, conduite par le seigneur prince Daren, venu tenir une promesse ancienne et presque oubliée. Au cours du combat, le prince et le capitaine Kerowyn perdirent leur monture et furent tous deux Choisis par un Compagnon. Puis le prince Daren et la reine de Valdemar se lièrent pour la vie, une union qui enchanta certains et en perturba d'autres.

Notre ennemie héréditaire, Karse, se tient tranquille, trop occupée par des luttes intestines.

Ancar fait une incursion aux frontières de temps à autre, mais ce ne sont que vaines tentatives. Ainsi en est-il allé jusqu'au jour, sept ans après la dernière bataille, où se déroulèrent les événements que je vais raconter maintenant...

Héraut-Chroniqueur Myste

CHAPITRE PREMIER

ELSPETH

— Mais... protesta Elspeth.

La salle vide lui renvoya l'écho de sa voix.

Elle regarda le Héraut Kerowyn, abasourdie par ce qu'elle venait de lui ordonner.

Réparer une cuirasse ? Pourquoi devrais-je faire ça ? Je n'y connais rien, pour commencer ! Et quel intérêt cela a-t-il ?

Elle ployait sous le poids d'une vieille cuirasse d'entraînement sentant la sueur, l'huile et la poussière.

— Tu connais le travail du cuir, n'est-ce pas ? demanda Kerowyn, sa bouche généreuse frémissant comme si elle tentait de ne pas rire.

Elspeth se tortilla sur le banc avec l'impression d'être une souris face à un chat.

— Oui, mais...

— Tu nous a déjà vus, Alberich et moi, réparer une cuirasse ? reprit l'ancienne capitaine de mercenaires, les bras croisés sur la poitrine.

Elspeth regarda le visage tanné par les intempéries de Kerowyn. Puis elle détourna les yeux, cherchant une réponse.

Qu'elle ne trouva pas.

Cette semaine, elle avait été placée sous les ordres de Kerowyn, au lieu d'avoir à remplir les devoirs « normaux » d'un Héraut, qui consistaient à parcourir un secteur en y faisant régner la loi, l'ordre et la justice. Le Héraut servait aussi de conseiller paramilitaire et parfois de juge. Tout cela l'exposait à des risques que le Conseil trouvait trop grands pour l'héritière du trône.

Pour le moment, son devoir était de faire ce que le Héraut Kerowyn lui demandait. Elle avait pensé devoir intervenir en qualité de formatrice adjointe. Peut-être servir d'officier de liaison entre la compagnie de mercenaires de Kerowyn et le Conseil...

Tout ça, elle savait le faire. Mais un Héraut n'était pas supposé réparer une cuirasse !

— Oui, mais..., répéta la jeune fille.

— Tu ne crois pas que réparer une cuirasse soit en dessous de tes talents, je suppose ? dit Kerowyn d'une voix doucereuse.

Quelqu'un, décida Elspeth, lui avait parlé du caractère de la Furie Royale...

— Non, se hâta-t-elle de répondre. Mais...

— Tu te demandes pourquoi tu devrais réparer une cuirasse, alors que c'est le travail de quelqu'un d'autre ? (Kerowyn sourit.) Jouons un instant aux suppositions. Admettons que tu sois quelque part, loin de tout, peut-être aux commandes d'un détachement, mais sans armurier. Si ton équipement était endommagé, que ferais-tu ? Tu porterais une cuirasse défectueuse en espérant que l'ennemi ne le remarquera pas ? Ou tu espérerais que quelqu'un la répare avant le prochain engagement ?

— Avez-vous eu besoin de réparer la vôtre ? demanda Elspeth, déçue de voir s'envoler l'après-midi tranquille qu'elle escomptait.

— Tu veux dire après être devenue capitaine ? demanda le Héraut en riant. Ma chère petite, les Eclairs étaient si mal en point la première année que j'ai aidé à *fabriquer* les cuirasses ! Sans compter les flèches, les lances et les harnais ! Tu ne t'en sortiras pas comme ça. Une cuirasse n'est pas difficile à réparer. Ça prend du temps, c'est tout. Je te suggère de t'atteler à la tâche. Quant à la manière de procéder, il suffit de découdre tout ce qui n'a pas l'air solide et de le remplacer.

Kerowyn montra la pile de cuirasses d'entraînement usagées.

Résignée, Elspeth regarda Kero secouer sa crinière blonde. Pensant au brun terne de sa propre chevelure, elle soupira, un peu jalouse.

Si je n'étais pas l'héritière, personne ne ferait attention à moi. Ma mère est splendide, les jumeaux sont adorables et mon beau-père est le plus bel homme de la cour. Moi, je ressemble à une souris grise à côté de Kerowyn...

La guerrière avait un physique étonnant. Grande, mince et racée, elle aurait eu des dizaines de soupirants, n'eût été sa dévotion absolue et réciproque au Héraut Eldan. La capitaine des Eclairs avait une abondante chevelure blond clair. Bien qu'elle fût assez âgée pour être la mère d'Elspeth, il n'y avait pas une touche de gris dans sa crinière. Pourtant, d'après ce qu'elle racontait, sa vie avait été tout sauf facile !

Et elle continuait à ne pas l'être. Kero jonglait avec deux vocations, Héraut et capitaine d'une compagnie de mercenaires, chacune de ces occupations étant une carrière à temps complet.

Et nombreux sont ceux qui pensent qu'elle devrait faire l'un ou l'autre...

Elspeth sourit. Les mêmes personnes étaient profondément ennuyées que Kerowyn refusât de porter l'uniforme blanc, sauf sur ordre de la reine. Autrement, elle s'habillait de cuirs sombres, comme le maître d'armes. La reine souriait et la laissait tranquille. A l'instar d'Alberich, Kerowyn était un personnage particulier.

— En outre, tu disposes des ressources de toute l'armurerie, insista Kerowyn. Sur le terrain, tu n'aurais pas cet avantage. Sois contente que je ne t'ai pas demandé de réparer ces cuirasses avec ce que les gens transportent dans leurs sacoches lors des missions.

Elspeth prit la première cuirasse et entreprit de couper les fils des parties abîmées...

Sa concentration ne dura pas longtemps.

Il y eut un mouvement d'air près d'elle. Rien d'autre ne la prévint de l'attaque, mais ce fut suffisant. A eux deux, Alberich et Kerowyn lui avaient appris à être toujours sur ses gardes.

Gwena ! appela-t-elle mentalement.

En même temps, par réflexe, elle se laissa tomber du banc, roula sur le sol et se releva, prête à la riposte, le couteau de sellerie à la main.

Elle se trouva face à un adversaire aussi rapide qu'elle. Plus grand et plus lourd, il avait le visage dissimulé par un foulard et un capuchon.

Plusieurs idées se bousculèrent dans la tête d'Elspeth. Puis une question s'imposa : pourquoi Kerowyn n'est-elle pas intervenue ?

Elle jeta un coup d'œil à la guerrière.

La réponse était évidente. *Elle s'attendait à ce qui vient de se passer. De plus, Gwena n'est pas arrivée au triple galop pour m'aider. Donc, cet « ennemi » n'en est pas un.*

Examinant de plus près le visage masqué, elle remarqua des yeux marron pétillants et aperçut une mèche de cheveux noirs. Effleurant l'esprit de son adversaire, elle rencontra un bouclier mental.

C'était donc quelqu'un qui maîtrisait la parole par l'esprit.

Cela lui suffit pour l'identifier.

— Skif, fit-elle, se détendant.

Bonne petite, dit une voix mentale. *J'ai averti Sayvil que tu devinerais très vite de quoi il retournait, mais elle ne m'a pas cru.*

— C'était un coup monté, n'est-ce pas ? lança Elspeth à Kerowyn. Vous n'aviez pas vraiment l'intention que je répare ces cuirasses ?

Kero haussa les épaules.

— Diantre oui ! Et tu le feras... demain. Je voulais aussi que tu t'aperçoives que tu en étais capable. Cela pourra t'être utile un jour : si tu ignores que tu peux faire quelque chose, tu n'y penseras pas en cas de besoin. Mais reste sur tes gardes. L'exercice n'est pas terminé pour autant !

— Je dois me battre avec ce minuscule couteau ?

— Et tout ce qui te tombera sous la main. Beaucoup de choses peuvent servir d'armes ici, y compris le banc. Il est temps que tu apprennes à improviser.

Il n'était pas nécessaire de dire pourquoi, pensa Elspeth. Tout allait bien entre le royaume et ses voisins, mais il fallait penser à tout : un fanatique était capable de sacrifier sa vie pour assassiner l'héritière de la couronne.

Et Valdemar avait tout de même deux ennemis à ses frontières : Hardorn et Karse.

Mais que veut-elle dire exactement par « tout peut être une arme » ?

Elle fit un pas de côté et retourna le couteau, attaquant avec le manche, car elle ne voulait pas blesser Skif.

Il esquiva le coup et se jeta sur elle. Pour le moment, il n'avait sorti aucune arme.

Ça signifie que ses « ordres » sont de me capturer, pas de me tuer. Ça rend mon travail plus aisé... et le sien plus difficile.

Mais Skif s'y connaissait en combat singulier ; il avait appris sur le tas, dans les rues les plus sordides de Haven. La capitale n'était pas épargnée par la pauvreté et le crime. Orphelin très jeune, Skif était devenu l'apprenti de son oncle, un voleur. Il s'était mis à son compte quand son parent s'était fait prendre.

Etre Choisi lui avait probablement évité le sort de son oncle, la pendaison, ou de sa mère, l'assassinat par un rival.

Son style de combat inspiré des rixes de rue et de diverses disciplines martiales était vicieux et mortel. Talia, le Héraut de la Reine, avait appris pas mal de choses de lui. A part le lancer du couteau, ayant sauvé la vie d'Elspeth et celle de Talia, Skif n'avait pas été autorisé à lui donner des « cours », car Selenay, quelques années plus tôt, avait été horrifiée à l'idée que l'héritière apprenne à se bagarrer comme une fille des rues.

Les choses avaient changé depuis l'arrivée de Kerowyn, qui avait envoyé un de ses commandos pour prouver à Selenay qu'elle et sa fille auraient besoin de la protection qu'assuraient les formes les plus viles de combat. Alberich se chargea de l'éducation de la reine, Kerowyn et Skif de celle d'Elspeth. Les leçons étaient souvent douloureuses.

Dirk m'a montré un truc ou deux depuis la dernière leçon... Et je parie que ni Kerowyn ni Skif ne s'en doutent.

Elle savait que la pile de cuirasses était derrière elle ; pouvait-elle s'en servir pour aveugler Skiff en lui en jetant une sur la tête ?

— Remue-toi, mon garçon, dit Kero. Prends des risques ! Dans quelques instants, elle appellera à l'aide, ou son Compagnon amènera des secours.

Skif plongea au moment où Elspeth saisissait un corselet de cuir. Elle frappa à la vitesse d'un serpent. Il la renversa. Tous deux tombèrent à terre.

Elspeth lâcha son couteau.

Essoufflée, elle se tortilla, essayant d'agripper le capuchon du garçon pour le lui rabattre sur les yeux, mais il était trop serré.

Elle lui flanqua un coup de genou dans l'estomac et tenta, sans succès, de lui arracher le foulard et de se dégager. Le poids supérieur de Skif la maintint clouée au sol. Il lui donna une tape sur la tête et lança :

— Assommée !

Malédiction.

Obéissante, Elspeth fit semblant d'être inconsciente. Il la souleva comme un sac de grains, puis il se dirigea vers la porte.

Elspeth se demanda ce que son Compagnon était censé faire tandis qu'on la capturait.

Pas par là, dit Gwena calmement. *Les quatre portails avant sont bloqués, et Sayvil couvre l'arrière. Personne ne peut sortir, sauf par les toits.*

— Skif, tu es pris, fit Elspeth. Les Compagnons t'ont bloqué à l'intérieur !

— Dans ce cas, il ne me reste qu'à obéir à mes autres ordres. Désolée, petite, mais tu es morte.

Il la remit sur ses pieds. Elle s'épousseta, morose.

— Zut ! fit-elle. J'aurais dû m'en sortir mieux que ça. Si j'avais eu mes couteaux...

Elle jeta un coup d'œil mauvais à Kero, qui les lui avait confisqués à l'entrée de la salle d'entraînement.

— Ma foi, dit Kero, tu t'en es sortie mieux que j'espérais ! C'est pour cela que je t'ai demandé de poser tes couteaux. Tout le monde sait que tu en portes dans des fourreaux soigneusement cachés. Et tu commençais à trop te fier à eux. Tu n'as pas reconnu une bonne demi-douzaine d'armes potentielles.

— Quoi, par exemple ? grogna la jeune fille.

Elle était sûre qu'il n'y avait rien d'utilisable dans la pièce pratiquement vide. Pas d'armes aux murs, seulement des miroirs, de l'autre côté de la salle, pour vérifier ses propres mouvements.

— Le banc, dit Skif aussitôt. Tu aurais pu me le jeter dans les jambes.

— Tu aurais dû garder en main la cuirasse que tu réparais, ajouta Kero.

— Les miroirs, fit Skif. Il suffit d'en casser un pour avoir des dizaines d'armes tranchantes.

— Les aiguilles de sellerie...

— Ta ceinture...

— D'accord ! cria Elspeth. Que voulez-vous dire ?

— Tu dois apprendre quelque chose que je ne peux pas t'enseigner en quelques leçons faciles, dit Kero. Une attitude. Un état de conscience où tu considères n'importe qui comme un ennemi et n'importe quoi comme une arme. Et je dis bien : *n'importe qui* et *n'importe quoi*. Un étranger aussi bien que ta propre mère ; une hallebarde aussi bien que tes sous-vêtements.

— Je ne peux pas vivre comme ça. Personne ne le pourrait ! (Kero leva un sourcil.) N'est-ce pas ?

Kero haussa les épaules.

— Aucune personne de sang royal ne peut survivre très longtemps sans cette vision des choses, dit-elle. J'ai vécu ainsi pendant la plus grande partie de mon existence.

— Moi aussi, ajouta Skif. Ça ne doit pas t'empoisonner la vie pour autant. Il suffit que tu aies davantage conscience de ce qui se passe autour de toi.

— Voilà pourquoi nous avons lancé ce programme de formation. Maintenant, avant de partir, je voudrais que tu trouves un moyen d'utiliser chaque objet de la pièce contre un adversaire.

Elspeth soupira, dit adieu à son rêve d'après-midi oisif, et se creusa la tête pour trouver des réponses.

Kero partit, laissant Skif s'occuper de la leçon. Elspeth se sentit un peu mieux après son départ. Skif n'était pas aussi dur que la capitaine de mercenaires, du moins quand elle était d'humeur exigeante. Les élèves-Hérauts du Collegium se plaignaient autrefois d'Alberich. Ils avaient ajouté Kero à leur liste, et ils avaient du mal à décider lequel des deux était le pire.

Ce n'est pas juste, se dit Elspeth. *Mais qu'est-ce qui l'est dans la vie ?*

La leçon sur l'*attitude* continua quelque temps, puis Skif prit son élève en pitié et passa à des exercices physiques plus fatigants, mais qui exigeaient moins de tension nerveuse.

Quand tous deux furent assez fatigués pour rater des prises élémentaires, Skif donna le signal du repos.

La hauteur du soleil dans le ciel indiquait que l'après-midi était déjà bien avancé.

— Ça suffit, haleta Skif. Je dois m'occuper de la formation des plus jeunes. Et si je reste trop longtemps avec toi, les rumeurs recommenceront !

Elspeth fit la grimace. La dernière fois que des bruits avaient couru sur Skif et elle, elle avait été obligée de calmer le Conseil et de supporter les regards en coin des Hérauts. Elle n'aurait su dire quelle corvée avait été la plus ennuyeuse !

Maintenant, je comprends ce que ma mère et mon beau-père ont vécu quand ils avaient mon âge. Dès que quelqu'un semble intéressé, ou intéressant, il est découragé par les on-dit. Les gens auraient mieux à faire que s'occuper de ça...

— A plus tard, Skiff. J'ai aussi quelques affaires à régler avant le repas. Tu es content de moi ?

— Tu progresses. Je faisais plus d'erreur que toi vers la fin. Quelle est l'arme la plus proche de tes mains ?

— Le banc sur lequel je suis assise, répondit l'héritière, n'ayant plus besoin d'y réfléchir.

— Bien ! Je te verrai ce soir au repas ?

— Non. Une délégation de Rethwellan est arrivée pour voir mon beau-père. Ça signifie que je prendrai tous les repas à la cour, jusqu'à son départ. Sinon, on me soupçonnera de comploter contre le reste de la famille...

Skif ne fit pas de commentaires. Il savait que le père d'Elspeth, un prince rethwellien, avait essayé d'assassiner sa propre épouse pour usurper le trône.

Personne à Rethwellan ne s'était douté qu'il fût capable d'une telle duplicité. Sa famille, qui ne l'aimait pas beaucoup, n'envisagea pas de représailles quand elle reçut la nouvelle de sa mort au cours de la tentative d'assassinat. La reine accepta les excuses horrifiées du roi Faramentha, et les choses en restèrent là.

Jusqu'à ce que la guerre, et une promesse faite au grand-père de Selenay, amènent à la rescousse de la reine de Valdemar un des frères de son défunt époux, le prince Daren. Le résultat imprévu de leur première rencontre fut qu'ils tombèrent amoureux, et qu'un lien pour la vie se créa entre eux.

Rethwellan perdit un seigneur et Valdemar gagna un prince consort, car Daren, comme Kerowyn, avait été Choisi sur le champ de bataille.

Neuf mois jour pour jour après leur mariage, deux jumeaux étaient venus au monde.

L'héritière en titre, Elspeth, se trouvait donc avec sur les bras deux rivaux inattendus. Et personne n'oubliait que son père avait essayé de tuer la reine. Les gens parlaient de « mauvaise hérédité ».

Le roi actuel, Faram, le frère de son père et de son beau-père, lui faisait confiance. Mais ses conseillers lui demandaient parfois de s'assurer que la trahison n'était pas héréditaire...

Elspeth quitta la salle, jetant un coup d'œil alentour pour s'assurer que nul ne l'espionnait. Les leçons commençaient à porter leur fruit.

Le chemin qu'elle prit pour retourner au palais était surtout utilisé par les serviteurs s'occupant des animaux. Il courait le long de plusieurs remises cachées par une épaisse haie de feuillage.

Elspeth ne fut pas étonnée de s'y trouver seule, car ce passage était beaucoup moins attrayant que les jardins soigneusement entretenus du palais. Il avait un avantage : lui permettre d'être tranquille, ce qui était souvent difficile à la cour.

Elle se dirigea vers une bâtisse que rien ne distinguait des autres : un refuge d'autant plus précieux pour une princesse.

Elle ouvrit la porte et entra, sentant un poids quitter ses épaules. Tant qu'elle ne négligeait pas ses devoirs, on lui laissait la liberté de s'isoler. Seule une urgence aurait pu justifier qu'on vienne la déranger.

Dans son minuscule « royaume » rien ne lui rappelait qu'elle était l'héritière. Il contenait peu de choses : un banc, une pompe à eau, un tour de potier, de la glaise prête à être modelée, quelques étagères et un petit four à poteries qui servait aussi à chauffer l'abri en hiver. Cela convenait à Elspeth. Depuis quelque temps, sa position d'héritière la mettait quelque peu mal à l'aise.

Sur l'étagère la plus haute reposaient ses œuvres terminées, les rares qu'elle avait jugées dignes d'être gardées. Il y avait des bols et des pots, et quelques pièces plus complexes qu'elle avait finies récemment.

Ces derniers temps, les jumeaux étaient dans une phase de compétition permanente. Si on donnait un cheval de bois à Kris, Lyra voulait le même, mais d'une couleur différente. La seule chose qui emportait leur accord, c'était que leurs Compagnons-jouets devaient être jumeaux, comme ils l'étaient.

Comme s'ils avaient besoin de Compagnons-jouets ! Chaque fois que mère les emmène dans le Champ, plusieurs Compagnons les suivent à la trace. Il ne fait aucun doute qu'ils seront Choisis.

Gwena lui avait dit plus d'une fois que la seule question en suspens était de savoir *quels* Compagnons Choisiraient les jumeaux.

Souviens-toi de ça ! lança Gwena. *Il y aura des discussions à ce sujet dans quelques années.*

Il était à présent difficile de faire des cadeaux aux jumeaux, car ils repéraient la moindre différence, hormis la couleur, et ergotaient des heures pour savoir lequel des présents était le « mieux ». Elspeth avait finalement décidé de faire un moule et de copier des pièces identiques. Son premier essai, couronné de succès, avait été la fabrication de veilleuses en forme de dragons. Les enfants avaient été si contents qu'Elspeth voulait fabriquer pour eux des poupées qui leur ressembleraient autant que possible.

Heureusement qu'ils sont encore petits. Ça rend les choses plus faciles...

Pour améliorer le tout, il lui resterait à habiller les poupées avec une copie minuscule des vêtements favoris de Kris et de Lyra, y compris tous les accessoires. Elle ferait appel à Talia pour les vêtements. Le Héraut de la Reine cousait aussi bien que la plupart des petites mains du palais. Elle la persuaderait en lui offrant une poupée pour son fils, Jemmie. Elle demanderait les autres pièces à Keren. Lyra était folle de chevaux. Elle était un peu jeune, sans doute, mais les jumeaux et Jemmie étaient des enfants précoces. Comme les épées et les bottes de cavalier miniatures dépassaient la compétence d'Elspeth, Keren ou Sherril, sa Compagne pour la vie, trouverait bien une solution.

A cause de la disposition des ouvertures, elle devait s'asseoir dos à la porte. Mais elle avait pris la précaution de ne pas huiler les gonds. Nul ne pouvait entrer sans faire un bruit, si faible soit-il.

Elle se figea en entendant un grincement discret. Grâce à une sonde mentale, elle s'aperçut qu'il s'agissait de Skif, dont les pensées n'étaient pas protégées.

Tu n'as pas une chance, pensa-t-elle.

Se levant, elle saisit le tabouret et le lui jeta dans les jambes.

Il perdit l'équilibre et tomba en arrière.

Il y eut un craquement sinistre quand il atterrit peu glorieusement sur les fesses.

— On ne t'a pas appris à frapper à la porte ? fit Elspeth, sarcastique.

Il esquissa un sourire gêné.

Elle ramassa le tabouret, dont deux pieds étaient cassés net.

— Tu me dois un nouveau siège. C'était un sale coup, et dangereux de surcroît. Tu aurais pu casser mes plus belles pièces !

— J'ai presque abîmé certaines des miennes... Mais si tu t'attends à des excuses, n'y compte pas. Tu sais très bien que nous continuerons à lancer des attaques surprises contre toi !

Mais pas dans le seul lieu au monde où je peux m'isoler...

— Je trouve que vous devriez au moins respecter cet endroit.

Skif n'eut pas besoin de demander si un adversaire tiendrait compte de ce désir.

Se relevant, il eut un large sourire.

— Félicitations, dit-il. Tu t'en es sortie mieux que je l'espérais. J'ai pris soin de t'attaquer au moment où tu étais fatiguée, donc moins alerte.

— Je sais.

Les sourcils du jeune homme se froncèrent quand il comprit ce qu'elle voulait dire.

Elle l'avait détecté mentalement, et elle avait lu ses pensées, ce qui était contraire à l'éthique des Hérauts. Mais s'il se permettait de violer ainsi son intimité, elle n'allait pas se gêner...

Il eut le bon goût de ne rien dire.

— D'accord. A plus tard ?

— Tu feras bien de m'avoir trouvé un tabouret neuf...

Elspeth se remit à la fabrication des poupées, examinant des têtes pour en trouver une sans défaut. Elle se sentait toujours énervée et voulait se calmer avant de voir quiconque.

Quand elle sentit le léger courant d'air indiquant que la porte venait d'être de nouveau poussée, cela ne l'amusa pas le moins du monde.

Cette fois, je vais le tuer !

Elle sonda mentalement son « adversaire » pour savoir s'il s'agissait de Skif ou de Kerowyn.

Elle ne connaissait pas cet esprit.

Instinctivement, elle se jeta à terre au moment où quelque chose sifflait au-dessus d'elle, à l'endroit où sa tête se trouvait un instant plus tôt.

C'était un couteau de chasse ordinaire. Momentanément paralysée, elle le regarda vibrer dans le bois, derrière elle. Puis son entraînement prit le dessus avant que l'homme ait réalisé qu'il avait manqué son coup.

Se relevant, elle lui jeta le tabouret dans les jambes. Il l'évita, se retourna, et, fermant la porte derrière lui, fit retomber la barre de protection dans ses supports.

Quelques instants plus tard, elle entendit Gwena marteler le battant de ses sabots.

Pour une fois, je préférerais que cette bâtisse soit moins solide !

Utilisant ce qu'elle avait appris, elle lança en direction de l'homme la tête de poupée qu'elle tenait toujours. Le bruit qu'elle fit en se cassant lui permit de détourner un instant l'attention de son agresseur. Cela donna à Elspeth le temps de ramasser le tabouret. S'en servant à la fois comme d'un bouclier et d'une lance, elle se jeta sur son agresseur.

Le tabouret céda sous le choc. Lançant la main vers une étagère, Elspeth saisit le premier objet venu.

C'était un de ses pots les plus réussis. Tant pis ! Elle le brisa contre le mur et brandit un éclat tranchant.

Le temps que l'homme reprenne ses esprits, elle s'était jetée sur lui.

Il l'agrippa, essayant de l'immobiliser. Elle se laissa faire et guetta l'occasion d'utiliser son poignard improvisé.

Avant qu'il ait compris ce qu'elle avait en tête, Elspeth lui ouvrit la gorge tandis que Gwena fracassait la porte.

— Ça va aller ? demanda Kerowyn, essuyant le front trempé d'Elspeth.

La jeune fille vomit. Puis elle s'humecta les lèvres et hocha la tête.

— Je crois, dit-elle.

Tout le monde était arrivé quand elle était à genoux dans l'herbe, couverte du sang de l'homme et vomissant tripes et boyaux.

Elspeth avait toujours eu l'estomac délicat. Elle avait déjà vu des morts, et tué quelques ennemis lors de la dernière campagne contre Hardorn. Mais de loin, avec son arc.

Plus tard, au palais, elle avait abattu le seigneur Orthallen. Ce porc s'était vidé de son sang sur elle.

— Qui était cet homme ? demanda-t-elle. Comment a-t-il su où j'étais, et pourquoi les gardes ne l'ont-il pas vu ?

— Je ne connais pas la réponse à tes deux dernières questions, dit Kero. Mais sur la première, je peux te renseigner. Il porte dans la paume une marque en forme d'araignée. C'est un des fidèles du Dieu Froid. Ils se louent comme assassins à des tarifs très élevés, car ils ne craignent pas la mort. Il travaillait pour laisser un héritage à sa famille, ou pour se faire pardonner un péché. Il n'aurait pas été pris vivant. Si tu ne l'avais pas tué, il se serait suicidé.

— Je n'ai jamais entendu parler de ça !

— Peu de gens sont au courant. Les fidèles du Dieu Froid viennent de très loin au sud, encore plus loin que le pays de Geyr. C'est lui qui m'en a parlé après la dernière tentative d'assassinat contre ta mère. Il m'a indiqué ce qu'il faut surveiller. Puis il a ajouté que si Ancar voulait vraiment ta mort, il louerait les services d'un Assassin du Froid. Je ne l'ai pas pris au sérieux, et j'aurais dû ! Ça n'arrivera plus. Franchement, tu as eu de la chance : d'habitude, ils ne sont pas si maladroits. Il n'existe rien de plus dangereux qu'un fanatique suicidaire.

— Comment est-il entré dans les jardins ? Il y a des gardes partout !

Kero fronça les sourcils.

— D'après Geyr, c'est grâce à la... magie.

Elle avait du mal à prononcer le mot à cause du blocage qui frappait tout Héraut quand ce sujet venait sur le tapis, les dons mentaux et l'enchantement de vérité exceptés.

— Il y a des... sorciers... parmi les Assassins du Froid. Ils leur confèrent une sorte d'invisibilité. Ma grand-mère avait ce pouvoir : elle parvenait à faire croire aux gens qu'ils voyaient quelqu'un qu'ils connaissaient et qui avait de bonnes raisons d'être là. C'est un tour mental, comme la parole par l'esprit, mais ça se réalise grâce à un enchantement. C'est dangereux. Les gardes devront contrôler tout le monde, même les gens qu'ils pensent connaître. Ça ne les rendra pas très heureux...

Soit ce tueur m'a sous-estimée, soit il manquait d'expérience, pensa Elspeth tandis que Kero la laissait se reposer et allait voir les gardes qui s'occupaient d'emmener le corps.

Frissonnante, elle se leva, les genoux tremblants. Son uniforme blanc était fichu. De toute façon, elle n'avait pas la moindre envie de remettre un vêtement taché du sang d'un assassin.

Ancar avait utilisé la magie, elle le sentait. Apparemment, ce qui protégeait autrefois Valdemar du monarque étranger ne fonctionnait plus.

CHAPITRE II

VENTNOIR

Son oiseau lige Vree sur l'épaule, Ventnoir k'Sheyna regarda l'étendue couverte d'herbe avec une pointe de regret mêlé d'envie. D'où il se tenait, il voyait le sol plonger abruptement vers les plaines Dorisha. C'était une impressionnante barrière naturelle pour ceux qui auraient voulu du mal aux Shin'a'in ou à leur pays. Pour atteindre la plaine, il fallait de l'habileté *et* la connaissance précise du chemin. De plus, les intrus étaient visibles de loin dans l'herbe, haute comme un enfant de six ans.

L'oiseau lige agita les ailes.

Une proie ?

Vree répondit mentalement, dans le langage simple et imagé qui était le sien. Pas vraiment une formulation intellectuelle, plutôt un flot d'images : des souris, des lapins et d'autres petits animaux vus du point où se trouverait le faucon au moment où ses serres se refermeraient sur eux.

Une proie, en effet. Tout imprudent qui s'aventurerait sur les Plaines sans l'aide de la magie passerait vite du statut de chasseur à celui de gibier.

La terre elle-même lutterait contre l'intrus. N'importe qui le verrait ; sans points de repère, il ne saurait pas où étaient les ruisseaux et les sources et se perdrait vite dans un paysage de collines arrondies toutes identiques. Les Plaines faisaient la moitié du travail des éclaireurs qui surveillaient la frontière.

Ventnoir soupira et se détourna, revenant vers sa forêt natale, fraîche et silencieuse. Il ne bénéficiait pas de pareille aide de son côté de la frontière, au sud et à l'ouest, où s'étendaient des forêts impénétrables où n'importe quel danger pouvait se dissimuler.

Malade, se plaignit Vree.

Ventnoir était d'accord avec lui. La magie avait contaminé ces terres, connues sous le nom de « Collines des Pelagirs ». Nul ne savait exactement où elles commençaient... et finissaient. Une magie maléfique imprégnait la terre. Elle avait souvent des effets catastrophiques sur les êtres qui y vivaient.

L'oiseau s'envola pour patrouiller. Au contraire de Ventnoir, il prenait plaisir à ces incursions. Elevé pour la surveillance, il n'était jamais plus heureux qu'à ces moments.

Ventnoir n'appréciait pas autant sa mission. Pas le fait de patrouiller, car il était un *vayshe'druvon* — un garde et protecteur —, mais la présence de la magie pervertie.

S'il n'y avait pas cette maudite magie..., se dit-il pour la centième fois.

Dès qu'il affrontait une menace née de cette magie et devait l'éliminer par des moyens *autres* que magiques, cela le brûlait comme un feu. Plus pénible encore, il y avait l'attitude de son père, qui ne concevait pas qu'un mage renonçât à son pouvoir. Il refusait obstinément de comprendre pourquoi Ventnoir avait pris cette décision.

S'il était possible de remonter dans le temps et d'éliminer ceux qui ont déchaîné ces forces, je les tuerais sans regret de mes mains, pensa Ventnoir, plein de colère contre ses lointains ancêtres.

Il grimpa à un chêne majestueux après avoir enfilé des gants spéciaux à la paume couverte de minuscules épines, trop petites pour faire des trous permettant aux champignons ou aux insectes de s'infiltrer dans l'écorce de l'arbre, mais suffisantes pour l'aider à grimper.

Comme la semelle en peau de *shakra* de ses bottes de cuir...

Au faîte de l'arbre, il aurait une excellente vue de la piste qui serpentait au bord de son territoire. Quand des intrus tentaient de pénétrer en k'Sheyna, ils utilisaient souvent des chemins de ce genre.

Avançant dans le feuillage dense, Ventnoir passa de son chêne à un pin massif. Il marchait sur les branches d'un pas aussi sûr que s'il s'était trouvé sur le sol.

Il passa à un autre conifère, s'aidant de son outil d'escalade.

Tandis qu'il se dirigeait vers l'arbre suivant, son esprit revint à la magie sauvage lâchée dans la nature.

L'effet qu'elle a eu sur les terres est à nos yeux impardonnable. Ce qu'elle pourrait faire à l'avenir est encore plus effrayant.

Peu importait que les Tayledras aient dompté cette magie et qu'ils nettoient les terres infectées afin que les animaux et les hommes y soient en sécurité. Malgré tout, les terres contaminées avaient des habitants, humains et animaux. Souvent, leurs rejetons se transformaient en des êtres difficiles à reconnaître...

Pourtant, ce n'est pas notre tâche primordiale. Celle-ci est bien plus dangereuse que ça. Et mon père, obsédé par le pouvoir, a oublié qu'elle existait...

Ventnoir regarda le ciel au-dessus des arbres, là où commençaient les Plaines Dorisha. Les Shin'a'in n'avaient pas ce problème, car ils avaient peu de rapport avec la magie.

Il est curieux de savoir qu'autrefois nous étions un seul peuple.

Oui, c'était étrange, d'autant plus que les Tayledras et les Shin'a'in semblaient être des images inversées les uns des autres. Ils s'appelaient autrefois les *Kaled'a'in*, alliés les plus fidèles d'un mage dont le nom s'était perdu dans la nuit des temps. Il ne subsistait que son surnom, le « Mage du Silence ».

Père oublie que le véritable devoir des Tayledras est de guérir la terre des blessures provoquées par les Guerres Magiques, tout comme la Déesse a guéri les Plaines.

Ces temps-ci, il se sentait plus proche de ses cousins shin'a'in que de sa propre famille.

La Dame leur a donné la tâche la plus dangereuse..., reconnut-il à regret.

Les Frères du Faucon avaient la responsabilité de guérir. Les Shin'a'in étaient des gardiens.

Et ce qu'ils gardaient...

Quelque part sur leur territoire, enfouies dans le sol, attendent les armes qui ont provoqué tous ces dégâts. Et il n'est nul besoin d'être un Adepte pour utiliser certaines d'entre elles.

Seuls les Shin'a'in se dressaient entre ces armes d'apocalypse et le reste du monde.

Je ne leur envie pas ce travail !

Hommes, dit mentalement Vree.

Il ponctua sa pensée d'un cri perçant. Ventnoir se figea, et toucha l'esprit de Vree pour voir à travers ses yeux. Un contact direct de ce type perturbait toujours son sens de la perspective. Il n'était pas habitué à voir les choses d'en haut, et fut déconcerté par le plongeon de l'oiseau quand il s'approcha des intrus. Comme toujours, ce malaise lui permit de se souvenir qu'il utilisait les yeux du faucon et non les siens. Vree voyait plus intensément le rouge et percevait des couleurs inaccessibles à l'œil humain.

Ventnoir était un simple passager dans l'esprit de l'oiseau. Il ne contrôlait rien. Vree lui faisait confiance, et il lui laissait prendre le commandement si nécessaire, mais Ventnoir prenait garde à ne pas abuser.

Généralement, il valait mieux rester un observateur passif.

Vree s'aperçut qu'un des inconnus levait le bras, brandissant ce qui était sans doute une arme. L'oiseau fila comme une flèche, se cachant dans l'épaisseur des feuillages.

Ventnoir sortit de l'esprit de Vree et sauta sur une autre branche. Les premiers temps de leur union mentale, il lui avait fallu du temps pour se remettre d'une fusion comme celle qu'il venait de pratiquer...

On disait même que certains débutants ne parvenaient jamais à en sortir. A moins que quelqu'un les découvre, ils gisaient, immobiles, tandis que leur esprit se fondait lentement à celui de l'oiseau...

Cela n'était pas arrivé *accidentellement* depuis la naissance de Ventnoir.

Il avait entendu parler de l'éclaireur écrasé sous un arbre foudroyé. L'homme avait délibérément laissé son esprit se mêler à celui de l'oiseau, pour ne pas retourner dans le corps prisonnier de l'arbre. Mais sa présence s'effaça peu à peu. Un jour, l'oiseau disparut et nul ne le revit.

Une mort plus lente, mais la mort tout de même.

Ventnoir préférait éviter ce choix qui n'en était pas un.

En approchant des inconnus, il ralentit pour ne pas être repéré. La troupe riait et criait. Les hommes s'interpellaient comme s'ils n'avaient pas idée qu'on les observait, et ignoraient qu'ils se trouvaient sur un territoire interdit.

La mâchoire de Ventnoir se crispa.

Ils ne vont pas tarder à mesurer leur erreur. Et ils sont sacrément chanceux que je les aie trouvés, et pas mon père ou quelqu'un de son genre qui les aurait criblés de flèches ou réduits en cendres sans se poser de questions, et sans se demander s'ils sont là par ignorance, par stupidité, ou par hostilité.

Ils étaient sept contre Ventnoir, qui n'avait pas survécu si longtemps à son travail d'éclaireur en étant imprudent. Il appela mentalement Vree, car ses pouvoirs de parole par la pensée n'étaient pas suffisants pour atteindre les deux éclaireurs les plus proches.

Donne l'alarme, dit-il.

Vree savait ce que cela signifiait. Il allait prévenir les oiseaux des deux éclaireurs, qui les informeraient à leur tour. S'il n'avait pas besoin d'aide, Ventnoir le leur ferait savoir par le même moyen, et ils retourneraient à leurs postes. Si nécessaire, ils le rejoindraient.

Ventnoir suivit sur une bonne distance les intrus dont l'avance maladroite effrayait toutes les créatures sauvages. Cinq hommes étaient armés, les deux autres n'avaient pas de défenses visibles. Sans doute des sorciers, se dit Ventnoir.

Le mépris qu'il capta dans l'esprit de Vree lui donna envie de rire.

Des bébés, lança l'oiseau, accompagnant sa pensée d'images d'oursons et de louveteaux malhabiles.

Pour le moment, rien de ce que disaient ou faisaient les intrus ne permettait de comprendre leurs intentions. Ventnoir n'avait pas le choix : il devait les affronter.

Sa décision prise, il se plaça sur leur chemin, prépara son arc et attendit qu'ils le rattrapent.

Ils l'aperçurent au dernier moment.

L'homme de tête poussa un cri et sursauta, bien que Ventnoir n'eût pas bougé un muscle. Vêtu d'un uniforme d'éclaireur habilement teint pour se fondre dans le feuillage, le jeune homme n'aurait pas cru être invisible à ce point !

Des citadins, pensa-t-il. *Un ou deux dragons des neiges suffiraient à leur régler leur compte...*

Mais il n'y en avait pas à k'Sheyna. Seulement des griffons et des oiseaux de feu. Peut-être ces hommes étaient-ils là pour ça. Ventnoir n'avait pas l'intention de laisser ses amis et les animaux dont il était responsable finir en trophées de chasse.

Ne laissant pas la troupe revenir de sa surprise, il parla dans le langage commercial utilisé par les Shin'a'in quand ils traitaient avec des étrangers.

— Vous avez violé les terres des Tayledras, fit-il avec assurance.

C'était du bluff. Il espérait seulement que les inconnus ignoraient combien les éclaireurs étaient peu nombreux.

— Partez tout de suite, continua-t-il.

Un des hommes ouvrit la bouche pour protester. Son voisin lui fit signe de se taire. Il avait remarqué l'arc et l'air menaçant de Ventnoir.

— Il n'y en a qu'un ! dit le protestataire.

— Un seul en vue, imbécile ! Laisse-moi m'occuper de ça.

L'homme avança d'un pas.

— Pardonnez-nous, mon seigneur, dit-il avec onction, nous l'ignorions. Il n'y a ni écriteau, ni gardes frontaliers...

— Les Tayledras n'ont pas besoin d'écriteaux, coupa Ventnoir. Et je *suis* un garde. Partez, ou vos vies seront en danger.

Sont-ils convaincus, ou ai-je l'air aussi stupide que je me sens ?

— Je ne vous laisserai pas passer, prévint-il quand les hommes hésitèrent.

Le contestataire tira sur la manche de l'autre homme. Ils se détournèrent et tinrent une conversation à voix basse. Celui qui avait parlé ne quitta pas Ventnoir des yeux. Malgré son ouïe de Tayledras, celui-ci n'entendit pas ce qu'ils disaient.

Puis l'orateur se retourna, un sourire aux lèvres.

Malédiction. Ils ont compris que j'étais seul. De plus, j'ai l'air d'un gamin...

— Nous allons partir, mon seigneur. Désolé d'avoir empiété sur votre territoire.

Ventnoir ne répondit pas.

— Allons-y, messires, dit l'homme à ses compagnons.

Ils croient qu'ils vont m'avoir par surprise. Les imbéciles !

Quand ils firent volte-face, les armes à la main, leur étonnement fut total : Ventnoir avait disparu. Avant qu'ils aient le temps de réagir, l'« orateur » tomba comme une pierre, la gorge transpercée d'une flèche.

Vree, alerté par un appel mental de Ventnoir, enfonça ses serres dans le crâne du « contestataire ».

Un mort et un blessé. Mais la suite ne va pas être facile...

Le reste de la troupe se mit à couvert, obéissant à un homme en cuirasse qui criait des ordres dans un langage inconnu de Ventnoir. Mais il ne fallait pas être grand clerc pour deviner la signification de ses paroles.

Veulent-ils capturer un Frère du Faucon vivant, ou se débarrasser d'un garde-frontière ?

Dans le premier cas, ils seraient obligés de prendre garde à ne pas le tuer, ce qui lui donnerait une bonne chance d'éliminer les intrus sans aide. Dans le second...

Une flèche siffla à son oreille.

Un garde mort, voilà ce qu'ils veulent. La chance n'est pas avec moi aujourd'hui !

Ventnoir ordonna à Vree de se cacher dans les branches, pour que l'oiseau ne risque pas sa vie contre des hommes armés d'arcs.

Puis il battit en retraite dans l'épaisseur des fourrés.

Ce ne fut pas une bonne idée. Il s'aperçut vite qu'il avait un adversaire sur chaque flanc. Pas d'autre choix que de chercher un meilleur abri, ou de tuer l'homme le plus proche.

Posant son arc, il saisit le crochet d'escalade pendu à son épaule.

Il se leva en poussant un cri à glacer les sangs. L'homme tomba en hurlant, le crochet planté dans un œil.

Ventnoir récupéra son arme improvisée et se laissa tomber sur le sol au moment où un autre intrus lui décochait une flèche.

Il en reste quatre.

Nos frères arrivent. Vree attaque ?

Non, tête de linotte ! Reste à l'abri !

Quoi ? répondit Vree.

Ventnoir jura.

C'est trop compliqué pour lui ! Puis il envoya une seule pensée énergique à l'oiseau. *Des flèches !* répondit Vree.

Un bruit de feuillage apprit à Ventnoir qu'on le suivait.

Il effleura l'esprit de l'homme, prêt à battre en retraite si celui-ci avait des pouvoirs mentaux.

Mais c'était un être ordinaire, celui qu'il avait surnommé « Cuirasse ».

C'était aussi le plus dangereux. Il s'immobilisa, forçant Ventnoir à l'imiter.

Il recula dans les fourrés, se demandant où étaient les deux autres gardes que Vree avait appelés à l'aide. Son pouvoir de parole par la pensée n'était pas assez puissant pour les entendre, sauf s'ils étaient tout près. Mais Vree était en contact permanent avec les autres oiseaux liges, et il était formé pour servir de relais.

En supposant qu'il y ait quelque chose à relayer...

Ventnoir eut une idée.

Vree, cherche un homme qui ne porte pas d'arme, fais semblant d'être blessé et attire-le vers nos frères.

C'était une ruse éculée, mais elle pouvait marcher contre des citadins.

Vree poussa un cri plaintif. L'éclaireur entendit un bruit de feuilles piétinées, puis un juron étouffé.

Et de quatre.

Quand Cuirasse se remit à avancer, Ventnoir se leva. Une crampe au mollet le fit trébucher. Il tenta de reprendre son équilibre, mais il effleura une branche dont le frémissement révéla sa cachette à son adversaire.

Se levant, il partit à la course vers un amas de rochers susceptible de fournir un abri. La malchance le poursuivait : quelque chose jaillit de l'ombre à hauteur de sa cheville. Ne parvenant pas à éviter la corde-piège, il roula sur le sol, mais quand il voulut se relever, il se trouva face à la pointe d'une épée.

— Ce n'est pas un avorton qui nous ordonnera de partir, fit Cuirasse, bientôt rejoint par l'homme au crâne ensanglanté. J'aurais cru que les fameux Frères du Faucon choisiraient autre chose qu'un gamin pour garder leur frontière !

Deux cris retentirent dans les bois, derrière les intrus, qui détournèrent le regard une fraction de seconde — juste le temps pour Ventnoir de sortir le couteau caché dans sa botte, et pour Vree de descendre en piqué.

— Pourquoi pensiez-vous que j'étais seul ? dit-il.

Cuirasse se retourna. Le couteau de Ventnoir alla se ficher dans l'œil de l'homme. Au même instant, Vree attaqua, ses serres transperçant le cou de l'autre intrus. Puis il lui coupa net la moelle épinière d'un coup de bec.

Vree battit des ailes et cria de joie. Ventnoir attendit que l'oiseau se calme avant de l'appeler. Comme tous les rapaces, les oiseaux liges étaient dangereux après avoir tué une proie, car ils oubliaient tout dans l'excitation de la chasse.

Quand son propre cœur se fut calmé, Ventnoir appela mentalement Vree et lui envoya des pensées apaisantes. L'oiseau vint se poser sur le gant de cuir qui lui servait de perchoir.

Ignorant l'homme tué par Vree, Ventnoir récupéra son couteau sur l'autre cadavre. Il était parfois trop facile d'oublier que les faucons élevés par les Tayledras étaient presque aussi grands que des aigles, et parfaitement capables de tuer un homme. Quand cela arrivait, Ventnoir éprouvait un certain frisson en pensant au tueur-né qui le suivait partout.

Au moins, il n'essaie pas de manger les morts...

L'oiseau, occupé à se nettoyer les serres, leva soudain la tête.

Frères arrivent.

Quand Tempêtefeu approcha de lui, Ventnoir eut l'impression qu'un morceau de forêt s'était mis en marche, tant le camouflage des éclaireurs était efficace.

Les étrangers pensaient que tous les Tayledras se ressemblaient. De fait, ils avaient tous les cheveux blancs, dont seule la longueur différait. Les éclaireurs étaient vêtus de manière identique, presque un uniforme. Leurs yeux tournaient au bleu-argent avant qu'ils aient atteint l'âge de vingt ans, et même plus tôt dans le cas des mages, à cause des effets de la magie de la Vallée. Les éclaireurs se teignaient les cheveux en brun pour être invisibles dans la forêt. Les autres membres du clan les gardaient blancs.

Les étrangers ont de bonnes raisons de nous croire tous faits sur le même moule...

Kreel, l'oiseau lige de Tempêtefeu, un épervier femelle, plongea pour atterrir sur le bras tendu du jeune éclaireur.

Pour le moment, ni Kreel ni Vree n'avait un plumage blanc-gris, car Ventnoir n'utilisait plus ses pouvoirs de mage et Tempêtefeu n'en était pas un. Dans de nombreuses années, ils prendraient l'apparence des *ti'aeva'leshy'a*, les oiseaux-fantômes d'un blanc de neige.

Si la couleur naturelle de Vree était le blanc, son bréchet arborait des rayures brunes. De moitié plus petit que Vree, Kreel avait le dos gris-bleu et un bréchet roux foncé. Les yeux de Vree avaient déjà commencé à devenir gris clair, perdant le bleu vif de son jeune âge.

— J'en ai eu un, Danseciel un autre, et Raan s'est occupé du troisième. Parfois, j'aimerais m'être lié à un faucon, comme toi. Kreel est rapide, mais elle est incapable de tuer un homme.

— Kreel se débrouille très bien pour éliminer un adversaire, même si elle ne peut pas le tuer. Tu es trop sanguinaire !

Tempêtefeu ricana. Puis il sortit une « friandise » de sa bourse et la donna à Kreel.

Vree s'agita, faisant comprendre qu'il avait lui aussi droit à une récompense.

Ventnoir lui gratta le crâne et sortit un quartier de lapin de son sac.

Vree entreprit de le déchiqueter avec enthousiasme.

— Curieux, non ? fit Tempêtefeu. Quoi que nous fassions d'eux, ils restent des prédateurs dans l'âme. Qui étaient ces imbéciles ?

— Je l'ignore, répondit Ventnoir, car je ne comprenais pas leur langage. Je pense qu'il y avait deux sorciers et que les autres étaient leurs gardes du corps, mais je n'en suis pas sûr.

Les mouches commençaient à se rassembler autour des cadavres.

Ventnoir recula de quelques pas.

— Et j'ignore aussi ce qu'ils voulaient, à part le délire habituel : faire une incursion pour voler les trésors des mystérieux Frères du Faucon. Les abrutis !

— Ils n'apprendront jamais, dit Tempêtefeu.

— Non, acquiesça Ventnoir. N'empêche, nous ne devrions pas patrouiller seuls, mais par groupes de trois au minimum. K'Sheyna a des problèmes, et tout Tayledras sensé est au courant ! La plupart des mages refusent de quitter la Vallée ; nos meilleurs combattants sont hors d'atteinte. J'ignore pourquoi le Conseil ne demande pas l'aide des autres clans, ou des Shin'a'in...

— Nul n'a jamais passé la frontière sans que nous l'arrêtions, dit Tempêtefeu en haussant les épaules. Nous avions déjà nettoyé cette zone. C'est pourquoi les enfants, les mages mineurs et la moitié des guerriers étaient partis quand...

Il s'interrompit, embarrassé.

— Je suis désolé. J'avais oublié que tu étais présent...

— Quand la pierre-cœur a éclaté, termina Ventnoir.

A l'époque, Ventnoir s'appelait Ventlumière.

C'était un jeune mage fier de ses talents, aux cheveux blancs et au costume bigarré...

Ventnoir refusait désormais d'utiliser la magie, qu'il avait toujours le pouvoir d'invoquer, y compris pour sauver sa propre vie. Il avait été un Adepte, assez puissant, à dix-neuf ans, pour devenir un des gardiens de la pierre-cœur.

Mais cela n'avait plus d'importance...

— Sais-tu, fit-il d'une voix délibérément calme, que j'ai été témoin de la construction du Portail qui a permis d'évacuer tout le monde ?

— Pourquoi a-t-on fait partir les gens ? Je n'y ai pas prêté attention... C'était mon premier « déménagement de Vallée ».

— Nous procédons toujours ainsi. C'est une mesure de sécurité, afin que ceux qui ne sont pas impliqués directement soient à l'abri en cas de problème.

— Et c'est arrivé la dernière fois. Maintenant, les dieux seuls savent où ils sont. Quelque part à l'est... Trop loin pour revenir, alors que la moitié d'entre eux étaient des enfants.

— Et il n'y avait pas un Adepte avec eux afin de construire un autre Portail ! C'était une erreur de taille. Je me demande pourquoi le Conseil a ordonné à tous les Adeptes de rester en arrière jusqu'à ce que la pierre-cœur soit vidée et le Pouvoir déplacé.

— On ne nous dit jamais rien sur tout ça, grommela Tempêtefeu. Pourquoi ne pas avoir construit un autre Portail pour les ramener ?

Excellente question, pensa Ventnoir.

— Selon mon père, ce qui reste de la pierre-cœur est trop instable pour que nous l'abandonnions et trop dangereux pour bâtir un Portail à proximité.

— Et tu le crois ?

— Je ne sais plus que penser. Mais je ne devrais probablement pas te dire ça. Ce type d'information doit être uniquement évoqué par le Conseil, ou entre mages. Il y a autre chose : mon père se comportait bizarrement *avant* la catastrophe. Il n'est plus lui-même depuis le jour où il a été pris dans cet incendie de forêt. Mais personne d'autre ne semble l'avoir remarqué.

— C'est normal, dit Tempêtefeu avec un rire sarcastique. Il n'est pas plus étrange que le reste du Conseil. Des vieillards, trop fiers pour demander de l'aide, et trop faibles pour se défendre eux-mêmes. Voilà pourquoi je ne fais pas partie du Conseil : j'ai dit ça en public un peu trop souvent !

L'éclaireur laissa son oiseau s'envoler et s'apprêta à partir.

— Il faut que je retourne à mon poste. Veux-tu que je t'aide à disposer des corps, ou les laissons-nous là ?

— Laissons-les, dit Ventnoir. Un squelette ou deux sur le chemin découragera peut-être les prochains intrus...

Tempêtefeu s'en fut.

Vree ayant terminé son repas, Ventnoir lui fit reprendre les airs.

Il repensa à ce qu'il avait dit à Tempêtefeu sur son père.

Il était un homme à l'esprit vif qui admettait facilement ses erreurs. Maintenant, il est le pire de tous ! Chaque fois qu'un autre clan veut nous envoyer de l'aide, il refuse. Alors que nous avons une pierre-cœur instable et plus assez d'éclaireurs pour couvrir correctement la frontière ! Les enfants sont tous partis et nous n'osons pas les faire revenir... ni les rejoindre. Et il agit comme si nous pouvions continuer ainsi !

L'absence des enfants se faisait cruellement sentir. C'était une des raisons qui le tenaient éloigné de la Vallée, désormais morne et triste.

L'autre raison était son père. Ventnoir essayait autant que possible d'éviter toute confrontation.

Mais il lui faudrait retourner au bercail à la fin de sa patrouille. Le Conseil attendait un rapport. Il devrait parler des intrus. Comme toujours, les Aînés voudraient savoir pourquoi il ne les avait pas éliminés d'emblée. Son père étant du lot, les questions n'en seraient que plus pointues.

Je ne voulais pas les tuer sans m'assurer qu'ils n'étaient pas inoffensifs !

Et Etoilelame demanderait pourquoi il n'avait pas utilisé la magie.

Comme toujours, la réponse de Ventnoir ne lui donnerait pas satisfaction.

Il ne se contente pas de : « parce que je ne voulais pas ». Il veut savoir pourquoi *je refuse.*

Ventnoir sortit son crochet d'escalade et se hissa au sommet d'un arbre.

Il n'accepte pas mes raisons parce que le Grand Etoilelame ne peut pas avoir conçu un fils qui renonce à la magie pour mener la vie d'un éclaireur. Même si cette magie a tué sa mère sous ses yeux. Même si elle a gâché sa vie. Même s'il a constaté, à de nombreuses reprises, qu'elle n'était pas une solution raisonnable.

Il lui faudra bien se résoudre à changer, décida Ventnoir, *parce que ça suffit ! Je rapporterai cet incident au Conseil, et je m'en servirai pour défendre ma vision des choses. S'il n'est pas content, peu importe !*

Et s'il veut un affrontement, il l'aura.

CHAPITRE III

ELSPETH

Elspeth se mordit la lèvre jusqu'au sang pour ne pas perdre son calme. La reine Selenay, habituellement sereine dans les moments de crise, avait réagi à l'attaque contre sa fille aînée avec une hystérie peu caractéristique.

Elle avait décidé de ne plus la laisser sortir seule du palais *et* de la faire accompagner nuit et jour par deux gardes du corps.

Une solution, aux yeux d'Elspeth, parfaitement inacceptable.

Elle fut incapable de placer un mot tant que sa mère n'eut pas terminé sa tirade en arpentant de long en large son bureau. Présente lors de l'entretien, Talia était restée prudemment à l'écart.

Si elle avait pris le parti de ma mère, je serais devenue dingue !

— Je ne comprends pas que tu prennes ça si cavalièrement, dit Selenay, les mains tremblantes.

— Ce n'est pas le cas, mère, répondit Elspeth, espérant que sa colère ne s'entendait pas. J'ai conscience de l'importance de ce qui est arrivé. Mais je ne veux pas laisser la peur me gouverner. Pas question d'avoir quelqu'un sur les talons toute la journée. Et je refuse de vivre cloîtrée dans le palais !

— Tu manques te faire assassiner, et tu oses dire *ça* ?

— Mère, tout dirigeant doit vivre avec cette menace. Nous avons eu de la chance à Valdemar. Les sorciers ne pouvaient pas traverser nos frontières, ni approcher du monarque sans que son Héraut soit au courant. Ce n'est plus forcément vrai. Mais je ne veux pas que cet incident me gâche la vie !

Selenay pâlit, à court d'arguments.

— Cela ne veut pas dire que je serai imprudente, ajouta la jeune fille. Je prendrai toutes les précautions prescrites par Kerowyn. Je ne suis pas une idiote, mais je refuse de vivre dans la peur.

Talia prit enfin la parole.

— Il n'y a pas plus de danger que d'habitude. Nous avons seulement été plus imprudents que les rois du temps de Vanyel, par exemple. Nous pensions être à l'abri de la magie, et ce n'est pas le cas. Nous devons apprendre à redécouvrir et à parer cette menace.

C'est curieux. Personne ne semble avoir de mal à parler de la magie quand cela fait référence au passé. Mais si nous en parlons au présent, le « blocage » s'applique.

La jeune fille n'eut pas le temps de continuer ses réflexions sur ce sujet. Il lui fallait trouver des arguments convaincants.

— Mère, je suis d'abord un Héraut, et ensuite votre héritière. Je ne peux pas faire mon travail sous l'œil de deux gardes du corps. Je suis toujours de service aux tribunaux du palais, vous vous en souvenez ? Et je suis détachée auprès de Kerowyn. Qu'arriverait-il si elle veut que je reste quelque temps avec les Eclairs, et que je sois flanquée de deux gardes ? Ils penseront que vous ne faites pas confiance à votre peuple.

Sans parler de ce que ça risque de coûter à ma vie amoureuse, pensa-t-elle, dépitée. *Déjà qu'elle n'est pas très active... Je ne me vois pas donner un rendez-vous galant sous le regard de la moitié des soldats du palais...*

Tu pourrais te contenter de flirter avec tes gardes du corps, suggéra Gwena, taquine.

Quelle bonne idée ! railla Elspeth.

— De plus, cela me rendrait moins accessible aux gens. Ils s'adressent à l'héritière, alors qu'ils sont impressionnés par le monarque. Il en va ainsi depuis toujours. Vous ne pouvez pas retirer ce privilège au peuple. Ça ne marcherait jamais. Cela diminuerait mon efficacité, et donc la vôtre.

Bien joué, petite ! Tu es en train de remporter la partie. Je suis d'accord avec toi, les gardes du corps ne sont pas une solution. Sauf si c'étaient des Hérauts, et nous n'en avons pas de reste.

Elspeth fut encouragée par l'approbation de Gwena.

Merci. Je ne suis pas bornée et entêtée sur cette question, comme tu me le reproches souvent ?

Oh, si, répondit son Compagnon. *Mais pour de bonnes raisons. Un peu d'entêtement n'a jamais fait de mal à personne.*

La voix mentale de Gwena était pleine de bonne humeur. Elspeth se sentit incapable de prendre ombrage de son ironie.

Selenay n'avait pas l'air convaincue.

— Je ne crois pas qu'il vaille la peine de courir un tel risque...

Talia l'interrompit.

— Elspeth a raison, j'en ai peur. Cela *vaut* la peine. Quand elle quittera le palais, vous pourrez lui affecter un garde — un seul ! — le plus discret possible. A l'intérieur, les précautions supplémentaires que nous prendrons seront suffisantes.

— Vous pensez que ma réaction est disproportionnée, n'est-ce pas ? demanda la reine.

Oui, répondit mentalement Elspeth, gardant cette pensée sous un bouclier.

— Non, dit Talia en souriant. Vous réagissez comme n'importe quelle mère. S'il s'agissait de Jemmie, je l'aurais déjà expédié à la campagne chez un parent pour le mettre à l'abri...

— Peut-être que..., commença Selenay.

— Ça ne marcherait pas pour Elspeth, continua Talia. Elle est trop âgée pour se cacher ainsi. Mais la cour de son oncle est fort bien protégée...

Ce n'est pas une mauvaise idée, reconnut Elspeth. *Même si elle ne m'enchante pas.*

— Je dois y réfléchir, dit Selenay.

— Tant que vous ne me faites pas garder comme les Bijoux de la Couronne, ça me convient, dit Elspeth, de meilleure humeur.

— Pas pour l'instant..., concéda sa mère.

— Parfait. Je peux m'accommoder d'un garde en ville. De toute façon, nous devrions toujours sortir avec une escorte. Si je ne suis pas en sécurité dans l'enceinte du palais, je ne le serai nulle part. De plus, Kero a dit qu'elle ferait un de ses fameux sermons aux gardes, afin qu'ils soient plus vigilants. Mais j'ai eu droit à *deux* de ses tirades aujourd'hui ! Dès qu'elle a vu que je n'avais pas été blessée, elle m'a gratifiée d'une critique détaillée de mes performances.

— Elle est pire qu'Alberich, dit Talia. Plus tu es fatiguée, plus elle insiste.

— Je le sais, crois-moi ! Au sujet de la fatigue, mère... Cela poserait-il un problème que je mange dans ma chambre ce soir ? Je ne me sens pas le courage d'affronter la délégation de mon oncle...

— Je te comprends, dit Selenay. Je présenterai tes excuses aux émissaires. Après ce qui s'est passé cet après-midi, les rumeurs devraient vite s'éteindre...

— Merci. Si quelqu'un me cherche, je serai dans la salle de bains. Après, je mangerai quelque chose que je me ferai apporter et je me mettrai au lit avec un livre...

Elle sortit avant de se trahir. Son petit discours était vrai... en partie. Elle était épuisée, et elle avait besoin d'un bain et d'un repas tranquille.

Mais elle n'avait pas l'intention de se coucher de sitôt. Il y avait trop de choses auxquelles elle devait réfléchir.

Plus tard, enveloppée dans une épaisse robe de chambre, elle termina son repas en grignotant un gâteau au miel. Et elle n'avait toujours pas réussi à émettre une conclusion sur tous ces événements.

Elle éprouvait un malaise, déjà présent avant la tentative d'assassinat, mais que l'hystérie de sa mère avait focalisé.

Comme si je devais faire quelque chose que j'ai négligé. Ou oublié. J'ai la réponse, il suffit de m'en souvenir...

Une chose était sûre : Ancar ferait d'autres tentatives. Il voulait Valdemar. Il lui était impossible de s'étendre à l'est, car le royaume d'Aurinala était trop puissant pour lui ; au nord, Iftel était protégé par une divinité qui détruirait ses armées s'il était assez téméraire pour attaquer. Restait Karse, au sud. On disait qu'Ancar avait déjà avancé dans cette direction. Mais Karse ne se laisserait pas faire sans résistance. Si Ancar prenait Valdemar, cela lui procurerait une frontière avec Karse qu'il n'aurait pas besoin de surveiller. Il supposait sans doute que le pays serait facile à envahir si le monarque et son héritier disparaissaient.

Il y aura une autre guerre, cela ne fait pas de doute. Peut-être pas tout de suite, mais elle aura lieu. Tout le monde le sait. Mère ne veut simplement pas le reconnaître.

Elle en avait parlé avec Kero et avec le prince consort, Daren. Eux ne la traitaient pas comme une enfant ! Mais elle savait qu'on restait toujours un gamin aux yeux de ses parents...

Ancar utilisera la magie contre nous, la prochaine fois. Une magie de combat, comme la connaissent les Eclairs. Kero le pense aussi. Elle peut parler de la magie véritable, et moi aussi... Peut-être est-ce une indication de ce que je devrais faire en ce moment.

Valdemar n'était pas prêt à affronter la magie. En dépit des ballades du temps de Vanyel, toujours en circulation, les gens pensaient que ces choses « ne pouvaient pas se passer de nos jours ».

Kero était arrivée à la même conclusion qu'elle sur ce sujet.

D'après ce que Kero lui avait raconté, la plupart du temps, seule la magie mineure était employée lors des combats. Les sorciers importants n'étaient pas très chauds pour risquer leur vie au bénéfice d'un employeur.

Mais si le chef était lui-même un mage, ou s'il avait l'appui d'un sorcier, les règles changeaient. Les mages pouvaient être contraints de coopérer. Il y avait déjà eu des preuves qu'Ancar était capable de contrôle mental, par exemple sur les zombies qui constituaient son armée.

Valdemar n'était plus protégé par ses frontières. Quelqu'un était décidé à payer le prix pour éliminer les protections...

Quand les défenses frontalières ont échoué, quel était le dénominateur commun ?

Elles n'ont pas empêché Hulda d'entrer, mais elle n'a pas utilisé la magie tant qu'elle était ici. Certains sorts d'Ancar ont eu de l'effet à l'intérieur de nos frontières, mais ils avaient été jetés depuis l'autre côté. Les défenses n'ont pas tenu l'assassin de cet après-midi à l'écart. Cela dit, il est probable que le sort qui le protégeait a été lancé quand il était encore à Hardorn. Elles n'ont pas refusé le passage à Besoin, mais l'épée n'a rien fait depuis l'arrivée de Kero.

Tant qu'aucune magie *active* n'était impliquée à l'intérieur du royaume, les barrières ne fonctionnaient pas.

Ou alors, il existait des sorciers plus puissants que les protections du royaume, à condition qu'ils travaillent *à l'extérieur*.

Ancar l'avait compris. Toute protection pouvait être détruite, sauf si elle était l'œuvre d'une divinité.

Quand il atteindrait son but, Valdemar serait aussi impuissant qu'une souris dans les serres d'un prédateur.

Il faudrait trouver un mage très puissant, qui ne souffrirait pas de la « maladie » qui avait empêché les sorciers des Eclairs de travailler, puis l'amener à Valdemar.

Il faudrait de l'argent et un certain pouvoir de persuasion. Les fonds ne posaient pas de problème, le royaume les avait. Restait à choisir le bon négociateur...

Si cela ne marchait pas, un des Hérauts devrait apprendre la magie.

Voilà ce que je dois faire ! Trouver un mage et le persuader de venir ici. Ou apprendre la magie. Kero dit qu'une bonne partie du succès dépend de la volonté d'accomplir les choses. Et je l'ai !

Quant à trouver un mage... Je sais où commencer mes recherches.

Elspeth demanda à rencontrer sa mère au petit déjeuner, un moment où elle était plus détendue.

La jeune fille détestait se lever avant le soleil, mais elle voulait bien faire un effort pour une bonne cause.

Elle exposa son idée avec clarté et concision. Elle avait préparé tous les arguments : pourquoi il fallait trouver un mage, et pourquoi elle devait s'en charger.

Il faut qu'elle soit d'accord. Nous n'avons pas le choix.

— Impossible ! dit Selenay.

— Mère, il n'existe pas d'autre solution. Kero pense que j'ai raison sur ce qui risque d'arriver, et c'est notre meilleure tacticienne. Alberich la soutient. Nous en avons parlé tous les trois à plusieurs reprises.

— Je ne sais pas...

Selenay se tut, l'air troublée.

Elspeth poussa son avantage.

Elle hésite de nouveau entre ses devoirs de mère et de monarque. Je peux convaincre le Conseil, mais je dois commencer par la persuader, elle.

— Nous ne pouvons plus nous défendre seuls. Nous devons trouver un mage. Un Adepte, d'après Kero. Quelqu'un qui puisse travailler malgré ce qui empêche les autres sorciers d'entrer. Et quelqu'un qui soit également disposé à enseigner le plus de choses possibles aux Hérauts.

— Nous nous sommes débrouillés sans mage jusque-là, dit Selenay. Les dons héraldiques ne sont-ils pas suffisants ?

— Mère, ils n'ont pas vraiment été mis à l'épreuve. D'après ce que m'a raconté Kero, ils ne tiendraient pas le coup contre plusieurs sorciers. De plus, les Chroniques parlent du don de magie. Elles indiquent qu'il est rare, mais qu'il existe. Je suis persuadée que nous avons chez nous des gens nés avec ce don, mais que nous ne savons plus les reconnaître.

— En admettant que tu aies raison, pourquoi devrais-tu partir toi-même à la recherche d'un mage ?

— Détenant une partie des pouvoirs de la Couronne, je suis en mesure d'offrir une rémunération raisonnable à un mage. Et je ne suis pas indispensable. Vous avez deux autres héritiers. A dire vrai, je ne suis pas sûre d'être le meilleur cheval pour le trône. Ne suis-je pas un peu trop directe pour le Conseil ? Il ne verra pas d'objection à me laisser partir, puisqu'il reste deux candidats à votre succession. Kero peut me donner une liste de contacts. Je suis la personne la plus qualifiée pour ce travail.

Selenay ouvrit la bouche, mais elle ne dit rien. Comme si quelque chose l'empêchait de parler.

— De plus, ajouta Elspeth, si vous m'envoyez près de mon oncle Faram, je serais entourée de sorciers : les siens, et ceux de l'école de Quenten, l'ancien mage de Kero. Si quelqu'un peut nous trouver un magicien adéquat, ce sera lui !

— Ta logique me semble un peu bizarre, mais je ne saurais dire par où elle pèche. Je n'aime pas ça. Tu seras vulnérable en traversant Valdemar. Le seul col praticable est bien trop près de Karse. Tu as sans doute raison au sujet du mage. Mais j'enverrai quelqu'un d'autre que toi.

Le ton de Selenay en dit long à Elspeth. Impossible de discuter quand la reine était de cette humeur.

Elspeth n'abandonnerait pas. Mais ce n'était pas le moment d'insister.

Pourtant, maintenant qu'elle avait une tâche à accomplir, la pression qu'elle subissait devenait intolérable.

Elle *devait* partir et elle ne pouvait pas. Elle aurait voulu crier...

Mais si elle contrariait Selenay, elle ruinerait ses chances de la convaincre.

Sans l'accord de Selenay, le Conseil ne la laisserait pas partir. Et elle ne pouvait pas agir sans ces deux avals, car elle avait besoin de la délégation d'autorité de la Couronne *et* du Conseil pour réussir.

Gardant sa colère sous le boisseau, elle sortit des appartements de sa mère et arracha la poignée de la porte quand elle voulut entrer dans sa chambre.

Elle jeta rageusement la poignée à travers la pièce.

Petite ? fit la voix de Gwena. *Ne te laisse pas décourager. Les choses peuvent changer.*

Ne me traite pas comme une gamine ! cracha Elspeth. *Je n'ai plus l'âge pour ça ! Nous avons des problèmes, et personne ne le reconnaît. Laisse-moi tranquille, veux-tu ? Je vais me calmer à ma façon.*

Oh..., fit Gwena, surprise par la colère qui vibrait dans la voix mentale d'Elspeth.

Elle se tut.

Elspeth passa un vieil uniforme et sortit en trombe pour gagner son atelier de poterie.

Arrivée devant son sanctuaire, elle resta muette de saisissement. La porte avait été remplacée. Il y avait un tabouret neuf, ainsi que des étagères et un four qu'elle n'avait jamais vus.

Tout avait été récuré à fond.

Quelqu'un avait violé son sanctuaire. Avec de bonnes intentions, certes...

Mais c'était tout ce qui lui restait.

Serrant les mâchoires, elle entra, s'empara d'un morceau de glaise et entreprit de fabriquer un vase identique à celui qu'elle avait cassé.

Selenay est têtue comme une mule ! Elle refuse de voir ce que nous gagnerions si je menais cette affaire à bien.

Tu n'es pas mère, murmura la voix de sa conscience. *Tu ignores ce qu'il lui en coûterait de te laisser partir. De plus, tu n'es pas la seule capable de remplir cette mission.*

Et qui d'autre le peut ?

Kerowyn, par exemple. Son oncle, s'il vit toujours, est un Adepte de l'école des Vents Blancs. Et Quenten appartenait aux Eclairs. Elle a les mêmes contacts que toi. Un des mages de la cour de Faram pourrait aussi faire l'affaire. Kero est l'amie intime de Daren et de Faram. Elle pourrait sans doute persuader le roi de lui céder un ou plusieurs mages...

Moi, je suis leur parente. Ce serait encore plus efficace.

Sa conscience ne trouva rien à répondre.

Ni Elspeth. Elle était le meilleur choix, mais il y avait d'autres possibilités.

Kero ne sait pas ce qu'il nous faut.

Les besoins d'un capitaine de mercenaires et ceux de Valdemar n'avaient rien de commun, c'était exact. Le mage idéal devait avoir des caractéristiques particulières.

Un sens moral à toute épreuve, pour commencer. Il devra être diplomate, savoir à quel moment ne pas utiliser ses pouvoirs. Et surtout ne jamais abuser de sa position.

En d'autres termes, il devait ressembler de près à un Héraut, le rêve étant qu'il soit Choisi quand Elspeth le ramènerait à Valdemar.

Il deviendrait le premier Héraut-Mage depuis Vanyel...

Kero était intelligente, mais elle était un Héraut de fraîche date. Elle risquait de choisir quelqu'un d'inadéquat, un mage médiocre, voire un allié d'Ancar qui aurait réussi à dissimuler ses vraies motivations. Ou d'abandonner si elle ne trouvait personne. Ou encore de ramener un mage trop faible pour passer la frontière.

Mon entêtement sera un atout. Là où Kero renoncerait peut-être, je m'obstinerais. De plus, certains mages n'accepteront pas d'être recrutés par une ancienne mercenaire...

Kero avait travaillé toute sa vie à ne pas montrer ses émotions. Dans ce cas, cela pouvait jouer contre elle. Elspeth, passionnée de nature, serait plus convaincante...

J'ai de bonnes raisons et les réponses aux objections.

Si je trouvais quelqu'un qui veuille bien m'écouter...

CHAPITRE IV

VENTNOIR

— Ainsi, tu t'es trouvé mêlé à un autre incident..., dit Etoilelame k'Sheyna, assis à côté de son fils dans l'*ekele* que le vent balançait doucement.

Son regard était inflexible. Ventnoir essaya de ne pas montrer son malaise. L'oiseau lige d'Etoilelame, un corbeau noir géant, le regardait d'un œil totalement inexpressif.

Qu'est-il advenu du père que je connaissais ?Il a disparu tout autant que Ventlumière.

— Voyons si je comprends bien. Tu étais sur la frontière. Ton oiseau a repéré sept intrus. Deux d'entre eux étaient peut-être des mages, les autres des gardes à leur service.

— Oui, Ancien, dit Ventnoir d'une voix aussi impersonnelle que celle de son géniteur.

Si je lui parle sur le même ton, peut-être que...

— Mais tu n'es pas *sûr*, dit son père, avec un regard moqueur indiquant qu'il avait éventé l'astuce.

— Non, Ancien.

— Qu'as-tu fait pour t'assurer de leurs intentions ?

Ventnoir savait très bien où son père voulait en venir. Il soupira.

— J'ai écouté leur conversation. Quand j'ai trouvé qu'ils s'étaient aventurés trop loin, je les ai affrontés. Deux d'entre eux étaient peut-être des mages, car ils n'avaient pas d'armes. Je les ai neutralisés les premiers.

— Tu ne t'es pas servi d'un sort pour vérifier si l'un d'eux utilisait la magie ?

— Non, père, répondit Ventnoir avec un rien d'irritation.

— Pourquoi ? demanda Etoilelame. Tu en as les capacités.

— Parce que j'ai choisi de ne pas utiliser mes pouvoirs, répondit Ventnoir, se forçant au calme. Vous le savez, et vous connaissez mes raisons.

— Tes *prétextes.* Ce ne sont pas des raisons. Tu as mis k'Sheyna en danger.

— Pas le moins du monde. J'ai protégé k'Sheyna en tuant les intrus quand ils ont refusé de rebrousser chemin. De plus, j'ai évité d'utiliser la magie près de la frontière, à un endroit où elle peut faire plus de mal que de bien. J'ai donc rempli ma mission.

— Sans recourir à la magie.

— Exactement. Parce que ce n'était pas nécessaire, et que je risquais d'attirer des... choses... que nous n'aurions pas pu combattre. Nous n'étions que trois gardes et leurs oiseaux. Si vous insistez pour que des mages surveillent la frontière, peut-être pouvez-vous nous accompagner la prochaine fois ?

Et nous serions obligés de vous tenir la main !

Le père et le fils formaient un contraste absolu. Le mage portait les cheveux longs jusqu'à la taille. Ils étaient décorés de cristaux, de plumes et de perles de toutes les couleurs. Son costume de soie bleu vif, luxueux et bien coupé, était impressionnant mais peu pratique. Quand il n'était pas dans la tenue camouflée des éclaireurs, Ventnoir choisissait des vêtements gris ou marron sans ornements. Ses cheveux lui arrivaient à peine aux épaules.

La plupart des mages s'habillaient comme Etoilelame, sauf s'ils devaient voyager. Dans ce cas, ils condescendaient à porter du blanc en hiver, et des couleurs vert-rouille en été.

Naguère, Ventnoir leur ressemblait.

Tout ça devient ennuyeux.

— Père, ce n'est pas la première fois que nous parlons de ça. J'ai fait mon devoir : débarrasser k'Sheyna des intrus. Peu importe que j'aie utilisé la magie ou pas. Le problème, c'est que nous ne sommes pas assez nombreux. Plus de la moitié de notre clan manque à l'appel. Que se passe-t-il ? Pourquoi n'avons-nous rien fait à ce sujet ?

— Cela ne te regarde pas...

— Si ! Je fais partie du Conseil, où je représente les Eclaireurs. Je suis un des Aînés du clan, ce que vous semblez avoir oublié. Et j'aimerais savoir ce que nous avons prévu de faire pour drainer la pierre-cœur, ou la stabiliser, afin de pouvoir rejoindre le reste de notre clan.

Se redressant, il défia Etoilelame du regard.

— C'est l'affaire des mages. Si tu veux avoir ton mot à dire à ce sujet, rejoins leurs rangs !

— Ce que je décide de faire de mon pouvoir importe peu. Dans les clans, la coutume a toujours été de laisser la parole à chacun.

— Tu te trompes. Ce que tu fais ou ne fais pas de tes pouvoirs importe ! Tu risques la vie de tes éclaireurs en refusant d'utiliser la magie. Tes capacités sont *nécessaires* à la frontière. De plus, je n'accepte pas les raisons que tu avances.

Ventnoir ferma les yeux, mais il ne put empêcher ses souvenirs de déferler.

La pierre-cœur, un immense rocher veiné de cristal, plus haut qu'un homme, vibrant de la puissance qui nourrissait la Vallée. Sa surface scintillait tandis que le cercle d'Adeptes continuait à drainer l'énergie magique excédentaire du territoire environnant, des nodes et de leurs lignes de pouvoir, afin de ne rien laisser derrière eux qui puisse être utilisé pour faire le mal.

C'était ainsi que les Tayledras quittaient un endroit : ils concentraient toute l'énergie dans la pierre-cœur, puis ils la vidaient et transféraient le pouvoir dans la pierre de leur nouvelle Vallée.

Le pouvoir crépitait en se déversant dans la pierre. Ventlumière était à l'extérieur du cercle où se tenaient ses parents.

Il était chargé d'ancrer l'énergie de la pierre à l'ouest. La drainer était dangereux, et demandait la présence de guides et de points d'ancrage à l'extérieur du cercle principal. Ventlumière k'Sheyna était le plus jeune Adepte de son clan à entreprendre un tel travail. Il était conscient de l'importance du défi et des responsabilités que cela impliquait.

Il n'y eut pas de signes avant-coureurs. La pierre devint simplement plus brillante, puis une sensation de désorientation le saisit...

L'enfer s'ouvrit devant lui. Un éclair de pouvoir incandescent jaillit, si éblouissant qu'il le brûla jusqu'à l'âme. Devant lui, à contre-jour, se tenait sa mère...

— Je ne fais pas confiance à mes prétendues « capacités », père, dit-il d'une voix tremblante. Personne ne sait pourquoi la pierre-cœur s'est fracturée, libérant le pouvoir.

Il lui sembla que son père sursautait.

— J'étais le plus jeune Adepte présent, insista Ventnoir. Le seul qui n'avait jamais pris part au déplacement d'une pierre-cœur. Et si c'était quelque chose en moi qui a provoqué la catastrophe ? Je refuse de courir un tel risque !

Regardant ses mains comme s'il les découvrait, l'Ancien parla sans lever les yeux vers son fils.

— Je t'ai dit et répété que ce qui est arrivé n'avait rien à voir avec toi.

— En êtes-vous sûr ? Père, je connais mes limites physiques et mentales. Mais je ne peux pas me fier à mon don magique...

Etoilelame leva les yeux, du mépris sur le visage.

— Ventlumière n'était pas si timoré. Son pouvoir était une source de fierté pour lui et pour notre clan. Tu refuses de les utiliser pour défendre ce qu'il reste de nous. Cela ne m'incite pas à beaucoup de respect pour toi, Ventnoir.

Le jeune homme sentit le sang quitter son visage.

— L'Etoilelame qui est désormais mon Aîné ne ressemble pas au père dont je me souviens. Peut-être devriez-vous aussi changer de nom. Lameglace, ou Lamebrisée, car vous semblez avoir perdu votre courage et votre compassion.

Il se leva. Etoilelame le regardait, bouche bée.

— Vous ne voulez pas reconnaître que les circonstances ont changé, continua Ventnoir. Je crois que vous avez peur d'affronter ces changements. Si vous ne voulez pas aider ceux qui ne travaillent pas avec la magie, nous demanderons l'aide des hertasis, des dyhelis et des autres créatures des Collines dont vous vous souciez si peu dans votre arrogance.

— Arrogance ? Voilà un choix de mot intéressant ! Ventlumière était le plus jeune Adepte de notre clan. Je commence à me demander si cette distinction te suffisait.

— Que voulez-vous dire ? demanda Ventnoir, presque malgré lui.

— Ventlumière était un Adepte parmi d'autres. Ventnoir fait partie du Conseil. Il est devenu un Aîné. Ventlumière aurait dû attendre beaucoup plus longtemps pour accéder au même rang.

Rougissant puis pâlissant de colère, Ventnoir se tourna vers son père.

— Si vous suggérez que j'ai abandonné la magie pour courir après un autre type de pouvoir...

— Je ne suggère rien, dit Etoilelame. Je souligne ce qui semble évident.

— Si c'était vraiment le cas, Aîné, j'aurais déjà agi pour renforcer mon pouvoir afin de manipuler les mages de faible envergure. Mais vous savez que je n'ai rien fait de tel. Comme tous les éclaireurs, j'ai accompli la tâche qu'on m'a affectée. Je n'ai pas recherché cette place au Conseil, on me l'a imposée.

Etoilelame eut un sourire crispé.

— Je te faisais remarquer que tu serais forcé d'abandonner ce poste si tu revenais à la magie. On te demanderait probablement de recommencer de zéro puisque tu n'as pas pratiqué pendant si longtemps. Peut-être ne veux-tu pas être commandé après avoir été un chef ?

— Ce n'est pas la première fois que vous m'accusez de ça, répondit Ventnoir, furieux mais contenant sa colère. Vous vous trompez.

— Je ne reconnais plus l'être que tu es devenu, Ventnoir...

— Vraiment ! Vous ne m'avez jamais connu, si vous pensez si peu de bien de moi.

Ce n'était pas la repartie qu'il aurait préférée, mais il n'avait pas le choix. Impossible de claquer la porte quand celle-ci était un rideau de graines séchées.

Descendant l'échelle à vive allure, il prit quelques risques inutiles.

L'*ekele* de son père n'était qu'à quelques hauteurs d'homme du sol de la Vallée et comportait plusieurs pièces. L'échelle ressemblait beaucoup à un escalier.

Il sauta les dernières « marches » et atterrit silencieusement, comme seul un éclaireur pouvait le faire. Puis il prit un chemin qui le conduirait hors de la Vallée.

Conscient que son calme n'était qu'apparent, il consuma une partie de sa colère en se frayant un chemin dans les sous-bois touffus. Les plantes étaient caractéristiques de toutes les Vallées des Tayledras, les soins en moins.

Les Frères du Faucon choisissaient toujours le même genre de vallée pour leurs habitations : un site qu'on puisse isoler par en haut et sur les flancs avec un bouclier magique, afin de contrôler le climat et d'empêcher l'entrée de créatures hostiles. S'il n'y avait pas de source chaude, les mages en créaient, et obligeaient certains arbres à pousser plus vite afin d'y installer plusieurs *ekeles*.

Le foisonnement de plantes tropicales et la disposition judicieuse des chemins, calculés pour que chacun conserve son intimité, donnaient à un étranger l'impression que la Vallée était déserte, alors qu'un clan entier et les hertasis qui le servaient l'habitaient.

A un Tayledras, les bruits quotidiens et le sentiment de *vie* qu'il éprouvait indiquaient où se trouvait chaque résident.

Mais il n'y avait rien de tel dans la Vallée des k'Sheyna. Les hertasis étaient quasiment les seuls êtres vivants que percevait Ventnoir. Les petites créatures en forme de lézard préparaient la nourriture, nettoyaient, réparaient et effectuaient mille autres tâches domestiques. Et cela n'était pas *bien*.

De plus, il n'y avait aucune présence enfantine dans le secteur. Seulement des adultes, et pas nombreux, comparé à ce qu'un clan pouvait compter.

Tout Tayledras saurait que quelque chose ne va pas en mettant un pied dans la Vallée.

En plus des éclaireurs, il aurait dû y avoir des artisans, des musiciens, des artistes. Les sons que Ventnoir n'aurait pas remarqués normalement — le bruissement des feuilles, le clapotis de l'eau, le murmure du passage de quelques hertasis —, lui paraissaient bien trop forts dans la Vallée presque déserte.

Il y avait aussi des signes d'abandon : des *ekeles* vides qui tombaient en ruine, des ruisseaux encombrés de feuilles mortes. La végétation redevenait sauvage, et les plantes rares, faute de soins, dépérissaient et mouraient.

Tout cela contribuait à un sentiment général de désolation.

La moitié du clan était partie vers la nouvelle Vallée, hors d'atteinte jusqu'à ce qu'un Portail soit construit. Il n'y avait aucun mage assez puissant dans la moitié exilée du clan, et personne de sensé n'aurait conduit des enfants et des vieillards fragiles dans les territoires dangereux qui les séparaient désormais des leurs. Les mages restant à k'Sheyna représentaient une force négligeable, car la plupart n'étaient pas des Adeptes.

Le cercle d'Adeptes chargés de drainer la pierre-cœur avait subi le plus gros du désastre. La plupart de ses membres étaient morts en même temps que la mère de Ventnoir. Les autres restaient en état de choc à cause de la perte de tant de parents ou d'amis.

Si peu d'entre eux suivirent l'exemple de Ventnoir en changeant de nom, il ne fut pas seul à réagir ainsi. Cette modification de patronyme signifiait, en pratique, que celui qui l'avait porté était « mort ».

C'était pour cela que Ventlumière était devenu Ventnoir. Après avoir guéri de ses blessures, il avait renié la magie.

Quand cela entraîna un conflit avec son père, il quitta l'*ekele* familial pour aller vivre parmi les éclaireurs et les artisans.

Un autre mage, Etoilefeu, devint Etoilesombre. Obsédé par la pierre-cœur, il étudiait les débris nuit et jour, essayant de comprendre la cause du désastre.

Le mage le plus traumatisé, une jeune femme du nom d'Ailelune, prit le nom de Silence.

J'aurais pu connaître le même sort. Me replier sur moi-même, ne plus vouloir parler, sauf d'esprit à esprit, communiquant ma douleur à toute personne qui eût effleuré mes pensées. J'ai eu de la chance : trouver une occupation utile.

Les plaies physiques des k'Sheyna s'étaient cicatrisées, mais les blessures mentales et affectives refusaient de guérir.

Tous ceux qui auraient été capables de les soigner avaient péri dans la catastrophe.

Il ne restait plus de Guérisseur assez habile pour soigner Silence...

La soigner ? Alors qu'aucun d'eux n'a pu me guérir, quand mon cas est loin d'être aussi grave...

Ils auraient dû avoir de l'aide des autres clans. Ventnoir savait que des émissaires étaient venus s'enquérir de leurs besoins au cours des premières semaines. Tous avaient été renvoyés. Depuis, plus personne ne leur proposait de l'aide. Tout ça à cause de la fierté des Aînés.

Ventnoir arriva à la limite de la Vallée, à l'endroit où le bouclier la protégeait du monde extérieur. La démarcation était visible. Les plantes tropicales et les arbres immenses de la Vallée étaient remplacés sans transition par une forêt de conifères au maigre sous-bois. En regardant avec attention, Ventnoir aperçut un frémissement à l'emplacement du bouclier.

S'il avait utilisé sa vision magique, il aurait vu une barrière d'énergie pure, conçue pour laisser entrer les animaux sauvages, les Frères du Faucon et leurs alliés. Il s'arrêta avant de traverser le bouclier, attiré par le murmure d'une source chaude.

Un bon bain me ferait du bien. La journée a été longue, et elle n'est pas terminée.

Otant ses vêtements, il se laissa glisser dans l'eau.

La source n'était pas très grande, et peu fréquentée, car elle était trop près du monde extérieur au goût des mages. En revanche, les éclaireurs l'appréciaient : ils se sentaient mal à l'aise trop près du cœur de la Vallée et des restes encore actifs de la pierre-cœur.

Laissant l'eau agréablement tiède détendre ses muscles endoloris, il ferma les yeux et, pour une fois, essaya de se souvenir des jours sombres et chaotiques qui avaient suivi la catastrophe.

Savions-nous à ce moment dans quel état de délabrement étaient les terres situées à l'extérieur de nos frontières ?

Il pensait que non. Personne n'y avait prêté attention. A dire vrai, ils avaient suffisamment à faire avec le *nettoyage* du territoire dont ils s'étaient chargés.

Après avoir achevé leur tâche et s'être préparés à déménager, ils s'étaient aperçu que la zone contaminée, sur la frontière sud, était encore pire que les menaces qu'ils venaient d'éliminer. Sans doute plus dangereuse que le nouveau site qu'ils avaient choisi à l'ouest pour leur Vallée.

Ils ne l'avaient pas vu, parce qu'une zone saine, entre leur Vallée et la région atteinte, cachait ce qui s'étendait au-delà. Après la catastrophe, ils réalisèrent à quel point ces terres étaient contaminées.

Maintenant, ils ne pouvaient plus les nettoyer, éliminer la menace, ni même la repousser.

La zone est sous le contrôle d'un Adepte, sinon de plusieurs.

Et ils avaient refusé l'aide des autres clans...

J'essayerais bien de les contacter, mais je serais obligé d'utiliser la magie. J'ignore où se trouvent les territoires des autres clans, et père ne me fournira pas une carte !

L'utilisation de la magie attirerait l'attention de leurs ennemis invisibles. Ventnoir avait déjà vu la chose se produire. L'unique mage qui s'était joint aux Eclaireurs était tombé victime de ce phénomène.

Il a succombé sous le nombre avant que nous puissions venir à son aide. Et je suis sûr qu'il n'y avait pas autant de créatures malformées auparavant !

Il pensait que l'Adepte — ou les Adeptes — surveillait les nodes et lâchait ses créatures quand il percevait l'utilisation de la magie hors des frontières de k'Sheyna. Il ne lançait que des attaques mineures... tant que les mages exerçaient leur pouvoir à l'intérieur de la Vallée.

Jusque-là, ils n'avaient perdu que quelques éclaireurs et un mage.

Il semble qu'il nous juge trop faibles pour le menacer, mais trop forts pour qu'il s'en prenne à nous. Une sorte de paix armée... Cette année, aucune attaque contre nous ou contre les créatures que nous protégeons n'est venue de cette région. Mais qui sait ce que cela signifie... Notre clan est affaibli, confronté à un ennemi inconnu...

La réponse d'Etoilelame était simple : entraîner davantage de mages et les utiliser pour la défense.

Mais Ventnoir avait vu trop de cas où l'usage de la magie avait *créé* de nouveaux problèmes.

A ses yeux, davantage de magie n'était pas la réponse.

Il faudrait demander de l'aide aux autres clans, vider la pierre-cœur ou la stabiliser, puis construire un Portail pour rejoindre les nôtres. En attendant que la pierre-cœur soit rendue inoffensive, nous devons nous défendre par la ruse et l'intelligence. Il nous faudrait trouver un moyen d'attirer cet Adepte — je doute qu'ils soient plusieurs, car les sorciers noirs détestent partager leur pouvoir — hors de son territoire et le neutraliser. Il veut quelque chose, probablement l'énergie contenue dans la pierre-cœur. Peut-être essaie-t-il de nous faire oublier sa présence, sans cesser de surveiller les nodes...

Il serra les dents, exaspéré par la façon dont Etoilelame sous-estimait l'importance des éclaireurs.

Peut-être est-ce notre ennemi qui nous a envoyé le dernier contingent d'intrus. Ne pas avoir eu recours à la magie lui aura donné des informations. Par exemple, il doit savoir que nous n'avons pas beaucoup de mages.

Et si je pouvais me servir de ça contre lui ? L'attirer à découvert, pour savoir à qui nous avons affaire ?

Et si j'arrivais à le détruire ? Ou au moins à le persuader que nous sommes trop forts pour qu'il nous attaque ?

Il eut un rire moqueur.

Et si je me faisais pousser des ailes et que je m'envolais ? Ça me semble plus vraisemblable...

Il valait mieux se contenter de ce qu'il *savait* pouvoir faire.

Il regarda en direction du feuillage dense, au-dessus de sa tête. Le crépuscule approchait. Il ferait mieux de retourner à son *ekele.*

Les éclaireurs de jour attendaient de faire leur rapport. Ceux de nuit devaient recevoir leurs instructions. Et Vree comptait sur son repas du soir.

Il sortit à regret de la mare, se sécha avec sa chemise et remit ses autres vêtements.

Puisque j'ai compris de quoi il fallait que je m'occupe, il est de mon devoir de le faire, quoi qu'en pense mon père.

CHAPITRE V

ELSPETH

Sur ses gardes, Elspeth tremblait d'épuisement, la dernière épée d'entraînement à la main.

— Parfait, dit Kerowyn. Recommençons encore une fois.

Ai-je entendu une certaine satisfaction dans sa voix ? Ça valait la peine de récolter tous ces bleus !

Elspeth chassa la sueur qui coulait dans ses yeux, ramassa les épées d'entraînement et les posa au hasard sur le périmètre du cercle. C'était amusant : la première fois qu'on lui *ordonnait* de laisser tomber des armes n'importe où !

C'était encore une idée de Kero pour améliorer son « attitude ». Elspeth devait seulement se défendre. Elle n'avait pas eu le droit de porter de coup.

Kero la désarmait et Elspeth essayait de se procurer une autre arme — par tous les moyens —, avant d'être « tuée ». D'où les épées jetées au hasard dans la salle.

Ses « semailles » terminées, elle se tint au milieu du cercle, l'épée à la main, attendant que Kero la désarme.

*Nous y voil*à, pensa la jeune fille, le cœur battant et la bouche sèche. Peu importait qu'il s'agisse seulement d'un entraînement. Avec Kerowyn ou Alberich, les bleus glanés lors des exercices étaient bien réels.

Kero feinta, puis la força à quitter sa position initiale. Quand Elspeth s'y attendait le moins, la capitaine des Eclairs lui fit sauter son épée des mains.

Elspeth se laissa rouler sur le sol et se releva, une épée brandie.

Kero fut sur elle avant qu'elle ait le temps de réagir. L'épée vola de nouveau en l'air.

Et zut !

Comme Kero le lui avait enseigné, elle fit ce que son adversaire n'attendait pas : la bousculant, elle plongea vers une autre épée.

Qu'elle n'atteignit jamais. D'un coup de pied, Kero l'expédia au loin.

A plat ventre, Elspeth glissa pour en saisir une autre. Elle eut à peine le temps de l'effleurer avant que Kero la lui fasse sauter des mains.

Les doigts engourdis par le choc, elle lança un bras vers l'arme. Elle la prit et parvint à la garder assez longtemps pour parer les trois premières attaques de son adversaire.

— Ça suffit, dit Kero en reculant.

Elspeth s'écroula comme une masse, haletante.

Elle cligna des yeux et roula sur le côté. Quand Kero lui tendit la main pour l'aider à se relever, elle la prit sans fausse honte.

— Pas mal du tout, dit la capitaine. Malgré ta fatigue, tu as toujours réussi à ramasser une arme. Bon travail, petite !

Elspeth ne sut que répondre.

— Vous pensez que j'aurais pu survivre face à un assassin ?

— Jusqu'à ce que de l'aide arrive dans un délai raisonnable... C'est tout ce qu'on peut demander.

Il y eut un raclement de gorge.

Skif avança dans la salle.

— Pardonnez-moi, capitaine. Si vous avez terminé avec Elspeth, le Conseil souhaite la voir sur-le-champ.

Que se passe-t-il ? se demanda Elspeth.

Skif avait l'air bizarre.

— Il lui laissera bien un moment pour se rafraîchir, lança Kero. Inutile qu'elle s'y rende dans cet état !

Petite, dit-elle mentalement, en mode privé, *il y a dans mon bureau un uniforme blanc qui devrait t'aller à peu près et de quoi te laver. Je sais par expérience qu'il vaut mieux être présentable pour affronter des notables...*

Merci, répondit Elspeth, reconnaissante mais un peu surprise que Kero s'adresse à elle ainsi. Et plutôt flattée, car la capitaine, obligée de le cacher une bonne partie de sa vie, utilisait rarement son don.

Elspeth se précipita dans le bureau, où l'attendaient une bassine d'eau et des serviettes épaisses, le tout derrière un paravent. A peine eut-elle fini de se laver que l'uniforme promis fit son apparition sur le bord du paravent.

Je n'aurais pas cru que Kero avait un uniforme ! Elle a convaincu tout le monde qu'elle refusait de le porter...

La tenue était un peu serrée au niveau de la poitrine, mais personne ne le remarquerait. Elspeth se sentit un peu plus confiante en elle après s'être rafraîchie et changée.

— Allons-y, dit-elle à Skif en revenant dans la salle.

Ils sortirent côte à côte, direction le palais.

Elspeth lui jeta un coup d'œil interrogateur, mais il détourna le regard.

Que se passe-t-il ? Que suis-je censée avoir fait ? Est-ce au sujet de la dispute avec mère sur la ques-

tion des mages ? Si c'est le cas, je ne reculerai pas. Je sais que j'ai raison.

Pourquoi le Conseil aurait-il voulu lui parler de ça ? Ce n'était pas comme si elle s'était révoltée contre la Couronne.

A moins que le Conseil ait supposé que j'avais l'intention de partir, avec ou sans autorisation...

Ce qui aurait été idiot.

Je l'ai envisagé, c'est vrai. Mais Gwena m'a démontré que j'avais tort. J'ai besoin d'une délégation d'autorité officielle pour convaincre un mage valable de venir nous aider.

Cela dit, il était inutile de s'inquiéter ou de se mettre en colère tant que le Conseil ne lui avait pas précisé ce qu'il voulait.

Les conseillers la firent poireauter un peu avant de la faire entrer dans la salle de réunion. Skif l'avait laissée seule dès qu'ils étaient arrivés devant la porte.

Au terme de ce qui lui sembla une attente interminable, elle entendit des bruits de pas dans le couloir. La porte s'ouvrit et les conseillers entrèrent. Quelqu'un fit signe à Elspeth de les suivre.

Elle regarda discrètement les conseillers qui faisaient aussi partie du Cercle Héraldique : Teren, qui avait remplacé Elcarth au poste de doyen du Collegium ; Kyril, le Héraut du sénéchal ; Griffon, le Héraut du seigneur marshal ; Talia, le Héraut de la reine, Selenay et le prince Daren. Leur expression ne lui apprit rien.

Un Héraut-messager vêtu de blanc était assis sur le fauteuil supplémentaire destiné aux invités et aux requérants.

Les sages n'étaient donc pas sur le point de la critiquer pour ses idées saugrenues.

Elle eut un sourire intérieur.

Le monde ne tourne pas autour de toi, Elspeth, s'admonesta-t-elle.

Selenay se leva quand chacun se fut installé.

— Ce messager vient de la frontière de l'est. Il est envoyé par Shallan, un lieutenant des Eclairs. Après avoir entendu son message, j'ai décidé de réunir le Conseil en session extraordinaire. Héraut Selwin, vous avez la parole.

Le messager se racla la gorge et se leva.

— Vous savez tous que cette frontière est ce qu'on nomme un point chaud. Des gardes y sont postés en permanence. Je suis affecté à la ville où les Eclairs de Kerowyn sont cantonnés. Vous ignorez peut-être que les Eclairs, avec l'autorisation de la reine, se sont livrés à quelques activités... souterraines.

Il y eut un murmure d'étonnement. Le conseiller de l'ouest, dame Kester, se leva d'un bond.

— Que voulez-vous dire par là ? demanda-t-elle.

Le Héraut Selwin jeta un coup d'œil à la reine, qui secoua la tête.

— Je ne peux pas en révéler plus. La reine et le prince consort sont informés de chaque mouvement. Moins il y a de gens au courant, mieux ça vaut.

— Je suppose que vous pouvez parler de ce qui vous amène ici ! lança la femme, sarcastique

— Bien entendu, répondit Selwin. Nous avons fait sortir en secret des gens et des informations de Hardorn, et nous y avons fait entrer des... fournitures. Une des personnes que nous avons aidées à fuir n'était pas un simple fermier poussé à bout, mais un prisonnier évadé.

Nous ? pensa Elspeth. *Ça signifie que Selwin prend une part active à ces opérations. Il n'est pas seulement un messager.*

— Ce n'était pas un prisonnier ordinaire, continua le Héraut. Il était sous-secrétaire dans le corps d'officiers d'Ancar. Il affirme qu'il n'était pas au courant de ce qui se passait et qu'il l'a appris récemment. Nous avons utilisé l'enchantement de vérité ; nous pensons qu'il est sincère.

Elspeth eut d'abord tendance à douter. Puis la description de l'homme la rendit un peu moins sceptique. C'était un être fondamentalement insignifiant, un comptable qui ne quittait jamais son bureau, sauf pour rentrer chez lui. Il n'avait jamais cherché à comprendre ce que signifiaient les chiffres qu'il additionnait consciencieusement.

Jusqu'à ce que les abus de pouvoir d'Ancar l'affectent directement. Des officiers et des notables qu'il avait connus toute sa vie disparaissaient sans laisser de trace. Les gens l'évitaient quand il portait la tenue de sa charge. Il constata que le nombre de prisonniers avait considérablement augmenté, mais pas le budget alloué pour les nourrir. De plus, les noms des prisonniers changeaient presque toutes les semaines sur les registres. Malgré l'étroitesse de son esprit, il avait le sens de la morale, et tout cela commença à le perturber. Il se lança dans une enquête personnelle, qui le conduisit jusqu'aux donjons du roi.

Ce qu'il y découvrit l'horrifia.

Puis un des sorciers le surprit...

Il avait eu l'intelligence de ne pas parler de ce qu'il avait appris. C'était un homme si terne qu'on le mit simplement aux arrêts, en attendant de le faire interroger par quelqu'un que tout le monde appelait « l'Inquisiteur Général ».

Il n'attendit pas de rencontrer le personnage. Forçant une fenêtre, il vola un cheval et partit à bride abattue pour Valdemar.

Il se souvenait du règne du père d'Ancar, quand Hardorn et Valdemar étaient alliés. Ne croyant pas aux discours de propagande, il décida de se réfugier chez les anciens amis de son peuple.

— Je vous passe les détails, dit Selwin. Il vous les donnera quand nous l'amènerons à la cour. Pour le moment, il est hors d'état de voyager.

Elspeth hocha la tête. Rien ne la surprendrait, après les récits de Kero et ce qui était arrivé à Talia.

— L'important, c'est qu'il a découvert ce qu'il advient des prisonniers. Ils sont sacrifiés dans des rituels du sang ! Ancar recrute autant de sorciers qu'il peut. Rojer affirme que ses plans à long terme prévoient une guerre contre Valdemar, avec les mages au premier rang. L'homme qui l'a capturé prétend que même un dieu ne pourrait pas résister à la puissance magique qu'Ancar est en train de réunir.

Les conseillers murmurèrent.

— Ce n'est pas tout, dit Selwin. Après avoir aidé Rojer à sortir, une attaque a été lancée sur la ville de garnison des Eclairs. Un assaut magique, qui a traversé la frontière.

— Pourquoi ? demanda le seigneur patriarche, le père Ricard, qui avait remplacé le père Eldon, trop âgé.

— La raison me semble évidente, coupa le prince Daren. Ils savaient que nous avions récupéré Rojer, et ils voulaient le réduire au silence.

— Exactement, votre excellence, répondit Selwin. Il semble que les mages d'Ancar soient parvenus à percer notre protection frontalière. Au début, nous n'avons vu qu'une sorte de brouillard, qui ne semblait pas très dangereux. Mais Shallan, la chef des Eclairs, a fait évacuer la ville. Elle a dit qu'elle pouvait s'occuper du problème, mais que ça ne marcherait qu'à distance. Le brouillard était en réalité un essaim de minuscules insectes venimeux. Ils ont été *guidés*, cela ne fait aucun doute : ils sont apparus dans les faubourgs de la ville, sortant d'un « trou » dans le ciel.

— Vous vous êtes débarrassés des insectes ? demanda le sénéchal.

— Les Eclairs les ont tués. Ils avaient déjà rencontré ce type d'adversaires. Après avoir évacué la ville, ils ont utilisé des petites catapultes pour lancer des herbes enflammées dans les rues. Peu d'insectes survécurent assez longtemps pour repartir par le trou, quand il apparut de nouveau.

Il s'assit.

Le prince Daren se leva.

— Ce ne sera pas la dernière tentative, souligna-t-il. Sans les Eclairs, la ville aurait péri et nous ne saurions pas pourquoi.

Le prince regarda son épouse. Elle était très pâle.

— Je dois avouer, dit-elle, que je n'ai pas cru ma fille et Kerowyn quand elles ont affirmé qu'Ancar pouvait entrer à Valdemar grâce à la magie. J'avais tort. Elspeth m'a proposé une solution que j'ai rejetée. Elle a suggéré que Valdemar cherche des alliés dans ce domaine. Elle voudrait trouver un mage assez puissant pour traverser la frontière, nous aider de l'intérieur et peut-être former de nouveaux mages. Elle croit possible que certains Hérauts aient toujours les pouvoirs magiques dont on parle dans les Chroniques. Mais personne n'est en mesure de reconnaître ce don et de le développer. Ma fille voulait partir à la recherche de ce mage...

Tous les yeux se tournèrent vers Elspeth. Elle fut reconnaissante à Kero de lui avoir fourni de quoi se laver et se changer.

— Puis-je prendre la parole ? demanda-t-elle.

Selenay fit signe que oui. Elspeth se leva, se souvenant des leçons de Kerowyn.

Tu dois t'adresser à eux debout. Ainsi, ta tête sera au-dessus des leurs. Cela te donnera l'avantage sur eux. Inutile d'élever la voix. Parle un peu plus bas que d'habitude, si tu peux. Ils en déduiront que tu n'es pas une femelle émotive, mais un membre du Conseil à part entière.

Talia et Selenay pratiquaient ainsi, sans savoir pourquoi elles le faisaient. Kerowyn avait lutté pour s'élever dans une profession masculine. Elle avait appris comment traiter avec les notables. Et elle savait pourquoi sa tactique marchait.

— Le Héraut-capitaine Kerowyn et moi avons parlé à plusieurs reprises de cette possibilité. C'est déjà inhabituel : il semble qu'il soit difficile d'évoquer la magie à Valdemar, surtout pour les Hérauts. Souvenez-vous de ce qui est arrivé chaque fois que vous avez mentionné la magie au Conseil : une fois hors de la salle, vous avez tout oublié.

Il y eut des hochements de tête parmi les conseillers.

— Je crois que cet « oubli » fait partie de ce qui nous protégeait jusque-là. J'*oubliais* aussi, jusqu'à l'arrivée de Kerowyn. Aujourd'hui, je doute que vous oublierez de quoi nous parlons ! Et j'ai peur que cela signifie que la protection de nos frontières s'affaiblit.

Quelqu'un laissa échapper un petit cri. Plusieurs conseillers hochèrent de nouveau la tête, l'air peu ravi.

— Je doute que nous ayons le choix : il faut trouver un mage ou *des* mages pour nous aider. Plusieurs raisons me font penser que je devrais me charger de cette tâche.

Elle attendit un instant, mais personne ne souleva d'objection.

— D'abord, il faut envoyer un Héraut, afin qu'il s'assure de la moralité du mage que nous recruterons. Il faut aussi quelqu'un qui soit investi de l'autorité royale. Talia correspond à ce profil, mais elle a un enfant en bas âge. Il ne serait pas raisonnable de lui demander de le quitter, et elle ne peut pas l'emmener, car il pourrait être capturé et utilisé contre elle.

Chacun acquiesça.

Elspeth continua :

— Comme vous le savez, Ancar a tenté de me faire assassiner. Il lui sera plus difficile d'atteindre une cible mobile. De plus, parmi les Hérauts, seules Kero et moi semblons capables de parler librement de la magie. Kero était une mercenaire. Le type de mage que nous cherchons risque de ne pas lui faire confiance à cause de ça. Enfin, on peut se passer de moi : en cas de malheur, un des jumeaux deviendra l'héritier.

Elle se rassit.

Alors ce fut le tollé général.

Elspeth eut mal à la tête bien avant que la séance soit levée. L'heure du dîner était passée depuis longtemps. On envoya des serviteurs chercher un repas froid pour les conseillers. A cause de la nature des discussions, des élèves-Héraut de dernière année se chargèrent du service. Ce n'était peut-être pas la plus longue séance du Conseil, mais ça n'en était pas loin.

Les conseillers ne cessaient de poser des questions à Elspeth, criant à tue-tête pour se faire entendre dans le tintamarre.

Elle répondit de son mieux, sachant qu'elle était la mieux placée pour défendre son idée et sa mission.

Puis elle remarqua quelque chose d'étrange. Chaque fois qu'un Héraut semblait vouloir prendre la parole contre elle, il se figeait, parfois au milieu d'une phrase, puis se taisait.

Les Hérauts agissaient ainsi quand leurs Compagnons leur parlaient. Mais Elspeth n'avait jamais vu le phénomène se produire aussi souvent.

Elle vit même sa mère « écouter » son Compagnon.

Peu avant minuit, le Conseil arrêta une décision : Elspeth devait partir. Selwin et elle avaient réussi à persuader tout le monde de l'urgence du problème.

Le trajet qu'elle suivrait serait étroitement surveillé, du moins dans Valdemar. Et il n'était pas question qu'elle parte seule.

— Une escorte d'au moins vingt hommes d'armes, dit le seigneur marshal.

— Trente, renchérit le sénéchal.

Je dois partir à la recherche d'un mage, par nature timide et méfiant. Et ils veulent que je traîne une armée derrière moi ?

Elspeth ne dit rien, attendant que les conseillers se mettent d'accord sur la taille de l'escorte. Puis elle intervint à un moment où elle pensait avoir une chance de se faire entendre dans le vacarme.

— Impossible, dit-elle fermement. Je dois aller très vite et je doute qu'on puisse trouver cinquante chevaux aussi rapides qu'un Compagnon, même parmi les Eclairs. Si je suis obligée de sortir de Rethwellan, les autres pays n'aimeront pas me voir débarquer avec une armée. Enfin, pour que mon excursion reste secrète aux yeux d'Ancar, pas question d'emmener cinquante combattants avec moi !

Cela mit un terme aux discussions. Le seigneur marshal lui-même eut l'air penaud.

— Si vous souhaitez me transformer en une cible facile, vous auriez dû me prévenir. Je vous assure qu'il y a des moyens plus simples de vous débarrasser de moi !

— Allons, vous exagérez ! lança le seigneur Palinor.

— Croyez-vous ? Vous venez d'entendre la description d'une attaque qui aurait pu tuer une garnison entière. Que se passera-t-il si Ancar est informé de mes mouvements ?

Le silence tomba un moment pendant que chacun réfléchissait.

— Que veux-tu faire ? demanda le prince Daren.

— J'aimerais mieux partir seule, dit Elspeth. Je serai vraiment en sécurité si personne ne sait où je suis.

Le prince secoua la tête.

— Non, fit-il à regret. Tu es l'héritière en titre. Et ce qui vaut pour Jemmie vaut pour toi : si tu es faite prisonnière, Ancar pourrait t'utiliser comme monnaie d'échange.

Elspeth soupira.

— C'est vrai. J'avoue ne pas y avoir pensé. Pourtant, il faudrait une petite armée pour nous vaincre, Gwena et moi.

— Cela peut être accompli par la trahison ou la ruse, fit remarquer Daren. Il te faudra emmener au moins une personne avec toi. Un Héraut, de préférence.

— Quelqu'un qui ait le sens des responsabilités et qui soit compétent..., dit le père Ricard.

— ... Intelligent et rusé, ajouta Talia.

Parfait, dit Elspeth. (Elle enchaîna, avant qu'ils aient le temps de commencer une longue discussion sur l'identité de son compagnon.) Je veux Skif. Personne ne pourra mieux surveiller mes arrières.

Elle s'attendait à un tollé général. Qu'on la voie en compagnie de Skif avait déjà été à l'origine de tant de rumeurs...

— D'accord, trancha Selenay. Skif fera tout à fait l'affaire. Il est tout ce que nous pouvons souhaiter.

Les autres conseillers se hâtèrent de donner leur accord.

Elspeth en resta bouche bée de saisissement.

Avant qu'elle ait eu le temps de revenir de sa surprise, le conseil approuva sa délégation d'autorité et leva la séance.

Puis les sages sortirent à la queue leu leu pour aller prendre un repos bien mérité.

Talia flanqua une tape amicale sur l'épaule d'Elspeth.

— Bon boulot, petite ! Je crois que tu as dit la seule chose qui pouvait les convaincre.

Elspeth resta assise dans la salle vide, se demandant qui avait manipulé qui...

CHAPITRE VI

VENTNOIR

Une réunion. Une de plus. Passée à discutailler de futilités, pendant que les gardiens de la frontière risquent leur vie jour après jour... Si je pouvais persuader quelqu'un de prendre ma place au Conseil, j'abandonnerais aussitôt !

Ventnoir écarta le rideau végétal, se retenant à grand-peine de l'arracher. Il avait affronté son père et le Conseil des semaines plus tôt, exigeant qu'ils prennent des mesures au sujet de la situation du clan.

Et qu'avaient-ils fait ? Rien. Ils avaient « considéré ses arguments » et ils « pèseraient les différentes possibilités ». Bref, ils « étudiaient la question ».

Ils ont peur d'agir, voilà la vérité ! Père ne les laissera pas bouger, car il craint ce qui arriverait à la pierre-cœur. Et ils refusent de demander de l'aide aux autres clans.

Il ne s'était pas attendu à mieux, après la manière dont Etoilelame l'avait traité. Quand on en venait aux choses importantes, et particulièrement à la magie, tout le Conseil s'exprimait par la bouche d'Etoilelame.

Il faut que je commence à penser au plan proposé par Aubefeu, enrôler les hertasis et les autres. Nous n'avons plus le choix : pour continuer à remplir notre tâche de gardiens, nous devons utiliser tous les alliés possibles.

Et peu importait que les hertasis n'accomplissent pas leurs autres tâches. Si quelques Aînés souffraient d'inconfort parce que leur *ekele* n'était pas réparé, ou que leur jardin était mal entretenu, peut-être cela leur montrerait-il qu'il y avait un problème...

Je l'espère. Mais je n'y compte pas trop...

Il prit la route la plus courte menant à la frontière protégée par son mur d'énergie magique.

Vree l'attendait, perché sur un arbre, de l'autre côté de la barrière. Quand il avait le choix, le faucon préférait éviter la Vallée, comme nombre de ses congénères. Les oiseaux sentaient-ils l'instabilité de la pierre-cœur ? Une chose était sûre, cette aversion était apparue *après* la catastrophe.

Ventnoir aussi aurait aimé pouvoir éviter la Vallée. Elle le mettait mal à l'aise avec son foisonnement de plantes qui devenaient de plus en plus étranges à mesure qu'on s'approchait des restes de la pierre-cœur. Ventnoir se sentait mal à proximité du site de la pierre : désorienté, léthargique. Comme si quelque chose absorbait son énergie et obscurcissait ses pensées.

*Ce n'est pas mon imagination. Si les oiseaux liges n'aiment pas la Vallée, cela devrait nous indiquer que quelque chose ne va pas. Quoi qu'en dise mon père. Qu'en saurait-il, d'ailleurs ? Son oiseau lige est un corbeau stupide. Il fait tout ce que père lui dit, et ne parle jamais aux autres oiseaux. La plupart du temps, il est perché dans un coin de l'*ekele, *immobile comme une statue.*

Il traversa la barrière, sentit des picotements sur sa peau, et sortit dans le monde réel. Plus léger et plus libre, il avançait avec davantage de confiance...

Vree ! appela-t-il mentalement.

Il avait envie de sentir le poids familier sur son épaule. Vree plongea vers lui du sommet de l'arbre le plus proche et atterrit sur son poignet protégé par du cuir.

De là, il grimpa sur son perchoir favori, l'épaule rembourrée de la tunique de Ventnoir.

Je n'aime pas la Vallée, se plaignit le faucon. *Trop chaude, trop vide... Je déteste cet idiot de corbeau. N'y retournons pas.*

J'y suis obligé, tête de linotte, dit Ventnoir à regret. *Mais tu n'as pas besoin d'y entrer si tu ne veux pas. Pour le moment, restons un peu ici...*

L'oiseau roucoula et lissa les cheveux de Ventnoir comme s'ils avaient été des plumes. L'éclaireur eut un petit rire. Décidément, il se sentait beaucoup mieux à l'extérieur de la Vallée. Il gratta affectueusement le bréchet de l'oiseau, puis sa tête. Vree se pencha pour lui offrir un meilleur accès.

— Sybarite, dit Ventnoir en riant.

Vree aime. Gratte encore.

Fais-moi ton rapport, sinon plus de caresses !

Vree soupira et obéit.

Les oiseaux liges pouvaient dans une certaine mesure transmettre des messages. Quand Ventnoir était dans la Vallée, il dépendait de Vree pour rester en contact avec les éclaireurs sous son commandement. Vree avait contacté tous ceux qui ne lui avaient pas fait leur rapport avant la séance du Conseil.

Les messages étaient surtout du genre « rien à signaler ». A part ceux qui venaient des gardes postés à la frontière sud, comme lui.

Leurs rapports parlaient tous de problèmes. Trois d'entre eux disaient qu'ils avaient laissé la place aux gardes de nuit et qu'ils viendraient le voir dans son *ekele* pour lui parler de vive voix.

Cela ne présageait rien de bon. La dernière fois que ses éclaireurs avaient agi ainsi, c'était à cause d'une série d'incursions de créatures déformées par la sorcellerie, qui leur avait coûté deux éclaireurs et le seul mage ayant jamais accepté de travailler avec eux.

C'était arrivé peu après qu'il se fut joint aux éclaireurs. Il espérait que les problèmes actuels n'entraîneraient pas de nouvelles pertes en vies humaines.

On rentre à la maison ? demanda Vree, plein d'espoir.

Oui. Retrouve-moi à mon ekele.

Le faucon s'envola. Ventnoir le suivit des yeux jusqu'à ce qu'il ait disparu, puis il prit le chemin de sa demeure.

Il n'empruntait jamais deux fois le même itinéraire pour rejoindre son *ekele.* Courant silencieusement comme seul un éclaireur tayledras pouvait le faire, l'esprit et les sens tournés vers d'éventuelles menaces, il prit le chemin de son foyer.

Certains éclaireurs n'avaient pas été aussi prudents. Ventpluie, par exemple. Il était tombé dans une embuscade à mi-chemin des sources chaudes et de son *ekele.* Il avait eu de la chance : prévenu par son oiseau lige, il était parvenu à éliminer la créature qui l'avait attaqué. Celle-ci n'étant pas venimeuse, il s'en était sorti avec une cuisse lacérée qui le ferait boiter pour le reste de sa vie.

D'autres avaient payé de leur vie le même genre d'insouciance.

Voilà ce qu'il en coûtait d'habiter hors de la Vallée. Mais ceux qui avaient fait ce choix trouvaient que les avantages compensaient les inconvénients.

Cela faisait du bien d'être loin de la pierre-cœur et des mages.

Ventnoir perçut la présence des éclaireurs avant qu'ils sachent qu'il approchait. Par politesse, ils attendaient en bas de son *ekele.* Perché sur un arbre, Vree agitait les ailes.

Faim, dit-il d'un ton plaintif.

Les trois éclaireurs « entendirent » Vree et se tournèrent vers la forêt, cherchant la présence de Ventnoir.

Quand il fut en vue, ils lui adressèrent un salut peu enthousiaste. Lumièrehiver et Nuagetempête levèrent une main ; Aubefeu effleura mentalement son esprit d'une caresse légère comme une plume. Mais la voix mentale exprimait aussi une grande inquiétude.

Tout cela n'était pas de bon augure.

Ventnoir fit un signe à Vree, qui vola jusqu'au tronc d'arbre où se trouvait l'*ekele.* Utilisant son bec, il décrocha l'échelle suspendue hors d'atteinte. Les barreaux de bois se déroulèrent jusqu'au sol.

Ventnoir fit signe aux trois éclaireurs de le précéder. Il les suivit, saisissant l'extrémité de l'échelle afin de pouvoir remonter son « escalier » après usage.

Son *ekele*, comme ceux des autres éclaireurs, était bâti de façon plus durable et plus complexe que ceux de la Vallée, car il devait supporter les intempéries, sans parler des visites occasionnelles de créatures hostiles venues des Terres Extérieures.

Arrivé à l'endroit où le bout de l'échelle s'accrochait, il le remit en place et rejoignit les éclaireurs en passant par la trappe pratiquée dans le plancher de la première pièce.

L'arbre servant de support à sa demeure était un géant des forêts, mais sa taille n'avait rien à voir avec celle des « mastodontes » qui abritaient chacun une demi-douzaine d'*ekeles* dans la Vallée. L'habitation était dissimulée dans le feuillage épais à plusieurs hauteurs d'homme du sol.

Ventnoir ferma la trappe et se dirigea vers la fenêtre de la première pièce. Il l'ouvrit, laissant le passage à Vree. Puis, le faucon sur son épaule, il gravit l'escalier pour rejoindre ses invités.

L'*ekele* était entièrement fait de bois teinté en brun à l'extérieur pour se confondre avec le tronc de l'arbre, mais d'une chaude couleur dorée à l'intérieur. La pièce inférieure jouait le rôle de sas. Au-dessus, chaque pièce était construite sur la précédente. Cette structure en spirale épousait la configuration des branches.

La salle suivante était beaucoup plus grande que la première. Elle servait surtout à recevoir les invités. Chauffée en hiver grâce à un fourneau en céramique astucieusement placé, sa chaleur se communiquait également aux deux pièces supérieures.

Quand Ventnoir eu poussé la porte de la trappe, Vree sauta sur le sol et clopina maladroitement vers son perchoir. Ebouriffant ses plumes, le faucon bâilla et attendit son repas.

A part le perchoir et le fourneau, la pièce contenait des couches basses couvertes de coussins. Les trois éclaireurs s'y étaient installés : Lumièrehiver, Nuagetempête et Aubefeu.

Ils font partie des meilleurs. S'ils ont des problèmes, ils ne sont pas dus à l'incompétence.

Lumièrehiver était le plus âgé des éclaireurs. Il avait été leur représentant au Conseil avant de céder sa place à Ventnoir.

Maintenant, je sais pourquoi ! Je lui rendrais volontiers son poste, s'il acceptait !

Lumièrehiver se teignait rarement les cheveux, qui lui descendaient plus bas que la taille. Il les nouait en une tresse blanche épaisse comme son poignet. De quelques années plus vieux qu'Etoilelame, il était d'une nature si solitaire qu'il avait vécu presque toute sa vie hors de la Vallée.

Sa principale particularité était d'avoir deux oiseaux liges : Lyer, un aigle blanc, le jour, et Huur, un hibou, la nuit. Les deux oiseaux avaient des compagnons qui aidaient à garder l'*ekele* de Lumièrehiver. L'harmonie régnant entre les deux espèces étonnait, car les aigles et les hiboux étaient normalement ennemis. Les rejetons de Lyer et de Huur étaient des oiseaux liges très demandés.

La réduction de la population et l'absence d'enfants signifiaient que les oiselets de l'année ne trouveraient pas de compagnons. Ils s'envoleraient pour un autre clan dès qu'ils en auraient l'âge.

Ventnoir avait caressé l'idée de prendre un deuxième oiseau lige, un jeune hibou, mais Vree avait manifesté tant de jalousie qu'il avait abandonné son projet à regret.

Nuagetempête aurait pu devenir un mage, mais quand il était enfant, Etoilelame et les autres Adeptes avaient estimé que son don n'était pas « suffisant ». Depuis, il refusait d'envisager un changement d'orientation. « Mieux vaut un bon éclaireur qu'un mage médiocre » disait-il.

Je ne t'en blâme pas, mon vieil ami, quoi qu'en dise mon père. J'ai réagi de la même façon que toi.

Le jeune homme était l'ami d'enfance de Ventnoir. Parmi les k'Sheyna, lui seul portait les cheveux courts, et son visage rond était très différent des traits aquilins de la plupart des Tayledras.

Son oiseau lige, un corbeau blanc nommé Krawn, était aussi loquace que l'oiseau d'Etoilelame était taciturne. Il aimait plaisanter autant que son maître. Qu'ils n'aient pas joué un tour aux autres soulignait le sérieux de la situation.

L'oiseau d'Aubefeu était un faucon au plumage roux, Kyrr, aussi gracieux que la Tayledras et aussi recherché qu'elle pour les accouplements.

Aubefeu osa un regard plein de promesses voilées quand Ventnoir entra. Il s'émerveilla de nouveau d'être l'élu qui avait attiré son attention parmi les éclaireurs. Le visage d'Aubefeu était si raffiné qu'il ressemblait à celui des tervardis, les délicieuses créatures aviennes incapables de voler avec lesquelles elle travaillait souvent. C'était son don le plus puissant : parler par l'esprit aux races non-humaines avec une aisance que les autres lui enviaient. Elle communiquait aussi facilement avec toutes sortes d'animaux. Sa chevelure — trois tresses épaisses —, était aussi longue que celle de Lumièrehiver. Une lanterne illuminait son visage, la faisant ressembler à une elfe.

Le jour, l'*ekele* était éclairé par quatre fenêtres défendues par une matière transparente, étanche et presque impossible à briser. Ventnoir ignorait comment les artisans tayledras la fabriquaient.

La nuit, l'éclairage était assuré grâce à la seule concession que Ventnoir avait consentie au surnaturel : des lumières magiques enfermées dans les lanternes. Plus le jour baissait, plus elles s'avivaient.

Ventnoir plongea la main dans son sac à gibier et en tira un demi-lapin.

Un maigre repas aux yeux de Vree, qui n'en fit pas mystère :

Quoi ?

Tu auras mieux plus tard, quand nous aurons fini de parler.

Vree émit un pépiement de satisfaction et s'attaqua à son « hors-d'œuvre ».

Ventnoir s'assit sur une des couches.

— Bien, dit-il. Quel est le problème ?

— La zone de la barrière, dit Lumièrehiver avec un calme forcé. Des gens et des choses approchent du sud, et nous n'aimons pas leur allure. Ils viennent de la partie contaminée des Terres Extérieures. De plus, ils semblent vouloir s'installer : ils construisent des terriers ou des huttes fortifiées. Ils ont déjà dépassé les anciennes frontières de k'Sheyna et avancent de plus en plus vers la barrière actuelle. Comme s'ils voulaient nous forcer à partir...

— Idem pour moi, dit Nuagetempête. J'ai suffisamment de pouvoir magique pour détecter deux ou trois autres choses. Un nouveau node est en cours d'installation non loin de ma zone. Des lignes de forces ont été détournées pour l'alimenter. Une nouvelle ligne part de ce node et pénètre dans le territoire occupé par le mystérieux Adepte. Et il est très fort. Je l'ai surpris à sonder la Vallée pour en évaluer la puissance. Je crois qu'il a l'intention de se « brancher » directement sur la Vallée pour nous voler son énergie magique.

— C'est nouveau, fit Ventnoir, fronçant les sourcils.

— Oui. Et ça ne me dit rien qui vaille. D'autant plus que nos mages ne se sont aperçus de rien, répondit Nuagetempête.

Lumièrehiver ricana.

— Une guerre magique pourrait éclater dehors sans qu'ils le sachent ! Ils sont perdus dans leurs souvenirs et leurs regrets. Et même s'ils étaient plus « présents », la pierre-cœur obscurcirait tout ce qui se passe à l'extérieur.

Ventnoir fronça les sourcils. Ce n'était pas l'effet qu'une pierre-cœur était supposée avoir. Elle devait *sensibiliser* les mages aux énergies extérieures. Mais il comprit que son aîné avait raison. C'était une des choses qui le poussaient à éviter la Vallée quand il le pouvait.

Personne n'en avait parlé après l'éclatement de la pierre-cœur. Cela signifiait que l'effet était récent ou qu'il était apparu depuis le désastre...

... et que personne ne s'en est aperçu. Ce qui est encore pire.

Aubefeu prit la parole.

— Nuagetempête sait reconnaître les lignes d'énergie, et Huur est le meilleur espion dont nous disposons. J'ajouterai que les mêmes choses semblent se produire dans la partie que je surveille, mais j'aimerais tout de même que quelqu'un vérifie. Des alliés travaillent pour moi : les hertasis, les dyhelis, les tervardis et quelques humains n'aimant pas la compagnie.

Aubefeu avait été la première à suggérer qu'ils demandent l'aide des races non-humaines. Elle avait prouvé que l'idée était viable.

— Certains de mes informateurs ont disparu, continua-t-elle. Sans laisser de traces. Pourtant, les hertasis construisent des huttes, et les tervardis des *ekele*. Qui ont disparu aussi, comme s'ils n'avaient jamais existé.

— Disparu ? Comment peut-on escamoter un arbre ?

— Les arbres restent là, mais les habitations et les *ekeles* disparaissent. Les cavernes aussi : elles sont remplacées par un amas de terre et de roc. C'est du moins ce que m'a affirmé Kyrr.

— Pourrait-il s'agir d'une illusion ? demanda Lumièrehiver.

— Oui, reconnut Aubefeu. Kyrr ne peut pas faire la différence entre illusion et réalité, et elle n'est pas très sensible à la magie. Mais les hertasis et les tervardis ne sont pas des mages. Il leur aurait été impossible de recourir à des artifices pour cacher leurs demeures. Quelque chose ou quelqu'un les a fait prisonniers, puis a dissimulé les traces...

— Qui, et pourquoi ? demanda Nuagetempête. Il y a un Adepte dans cette région...

— Mais il n'a jamais rien fait de tel, souligna Lumièrehiver.

— A notre connaissance, ajouta Ventnoir. Il a peut-être décidé de changer de méthode. Ou il s'agit de quelqu'un d'autre. Quant à la raison, c'est une bonne question. Pourquoi les enlever, puis faire en sorte qu'ils semblent n'avoir jamais existé ?

— Pour nous troubler l'esprit ? avança Nuagetempête avec un sourire facétieux. Nous faire croire que nous devenons fous ?

— Pourquoi pas ? répondit Aubefeu. Il connaît probablement l'effet que la pierre-cœur a sur nous. Si nous n'étions pas en contact étroit avec ces créatures, les faire « disparaître » pourrait nous amener à douter de notre santé mentale.

— Exact, dit Lumièrehiver. La question est toutefois la suivante : qu'allons-nous faire ?

— Au sujet de la perte d'un territoire désormais neutre, pas grand-chose. Peut-être essayer de déranger les créatures qui s'installent, pour les persuader de repartir.

— En leur jouant quelque bon tour ? demanda Nuagetempête. Krawn et moi pourrions nous en charger. (Il eut un sourire malicieux.) J'ai déjà un certain nombre d'idées...

— Vas-y, dit Ventnoir. Dans les territoires des autres aussi, si tu peux.

— Oui. Pour qu'un tour de ce genre soit efficace, il faut qu'il survienne là où on ne l'attend pas. Krawn va adorer ça !

— Et le vol d'énergie magique ? demanda Lumièrehiver. Nous n'y pouvons rien, mais quelqu'un doit être capable d'intervenir.

— Je le dirai aux mages, mais je ne peux rien promettre. Peut-être accepteront-ils de colmater la fuite, ou peut-être pas.

— Et mes alliés qui ont disparu ? demanda Aubefeu avec un regard implorant.

— Pour le moment, nous sommes impuissants. Je sais, ce n'est pas bien, mais nous n'avons pas assez de gardiens pour en envoyer à leur recherche dans la zone neutre.

— Si c'étaient tes amis griffons qui avaient disparu, dirais-tu la même chose ? demanda la jeune femme.

— Oui, répondit Ventnoir. Mais je te promets une chose : si nous parvenons à prendre le « prédateur » la main dans le sac, nous verrons ce que nous pourrons faire pour sauver ceux qu'il a enlevés. Faute de l'attraper en flagrant délit, nous essaierons de préparer un moyen de défense pour les créatures qui restent.

Aubefeu ne fut pas ravie par la réponse, mais elle savait que c'était la seule possible.

— Y a-t-il autre chose ? demanda Ventnoir en étouffant un bâillement.

Le ciel tournait au pourpre. Si les éclaireurs devaient rejoindre leurs *ekeles* avant la nuit, il leur faudrait partir bientôt.

— Je dois me lever à l'aube pour relever Aileambre, qui m'a remplacé afin que je puisse assister à cette fichue réunion du Conseil. Je serais bien allé me coucher !

— Nous avons parlé de tout, dit Lumièrehiver. J'informerai les autres de nos décisions.

Se levant, il se dirigea vers la sortie. Nuagetempête le suivit et fit un clin d'œil à Ventnoir.

Quand ils furent partis, Aubefeu lui demanda :

— Es-tu fatigué à ce point ?

— Pas si tu as l'intention de rester un peu avec moi, fit-il avec un sourire.

— Tu n'as pas repris la plume que tu m'as offerte, dit-elle en se glissant dans ses bras. Et je n'ai pas envie de récupérer la mienne..

Les lèvres de la jeune femme étaient aussi capiteuses que la poudre de *tran*. Ventnoir se perdit dans leur passion, la serrant contre lui.

Il lui resta juste assez de sens commun pour se souvenir qu'il devait remonter son échelle et verrouiller la porte.

— Si je me souviens bien, dit sa compagne, l'aube est impressionnante là-haut.

Il descendit l'escalier dans un brouillard. Après avoir remonté et attaché l'échelle, il monta vivement jusqu'à sa chambre à coucher.

Elle l'attendait sur son lit, vêtue de sa chevelure dénouée, semblable à une cascade gelée.

Elle sourit et lui tendit la main.

Ils ne virent pas grand-chose du lever de soleil...

Un frère arrive vite... Très vite, annonça Vree d'une voix mentale pleine de surprise.

La patrouille avait été des plus banales. Ventnoir longeait le cours desséché d'un ruisseau qui coulait le long d'une des frontières de k'Sheyna. Une semaine plus tôt, le cours d'eau n'était pas à sec. De toute évidence, les lignes de force magique n'étaient pas les seules à être déviées.

Pourtant, Ventnoir ne s'était pas inquiété outre mesure, car l'assèchement du ruisseau pouvait avoir des causes naturelles. Cela faisait quand même une chose de plus à vérifier...

Avant qu'il ait eu le temps de se poser des questions sur ce qu'avait annoncé Vree, il entendit un bruit de sabots. Un instant plus tard, un dyheli surgit de la piste et s'arrêta net devant lui, soulevant un nuage de poussière et de gravillons.

La gracieuse créature en forme d'antilope haletait. Quand Aubefeu se laissa glisser de son dos, le dyheli secoua sa tête dorée aux trois cornes en spirale et parla mentalement à Ventnoir.

Je ne peux plus courir. Aidez mes frères...

Puis il repartit dans le sous-bois, titubant d'épuisement.

— Que se passe-t-il ? demanda Ventnoir à Aubefeu.

— Une harde de jeunes mâles dyhelis, de l'autre côté de la frontière... Ils sont emprisonnés dans une vallée close. Ils vont devenir fous de peur !

— Calme-toi, fit Ventnoir. Qu'est-ce qui les retient dans la vallée ?

— Une sorte de banc de brouillard obstrue la sortie. Tout ce qui tente de le traverser n'en sort pas vivant. Ventnoir, nous devons les tirer de là !

— Tu dis qu'ils sont de l'autre côté de la frontière ?

Elle hocha la tête.

Je ne devrais pas y aller. Il pourrait s'agir d'une embuscade...

Les yeux implorants de la jeune femme le persuadèrent en dépit de ses réticences.

— D'accord. Je vais aller voir, *ashke*. Mais je ne peux rien promettre.

Il leur fallut assez longtemps pour arriver à destination.

La situation avait encore empiré.

Le brouillard avait fait reculer les jeunes mâles dyhelis au fond de la vallée. Leurs cris paniqués se répercutaient jusqu'à la colline où se tenait Ventnoir.

Le brouillard était d'origine magique, il n'avait aucun mal à le détecter. Mais le sorcier n'était pas là. Il n'y avait personne à attaquer pour éliminer la brume blanc-bleu à l'aspect visqueux.

A deux reprises, un jeune dyheli, gagné par la terreur, avait plongé dans l'épaisseur huileuse.

Aucun des deux animaux n'était arrivé de l'autre côté.

— Nous devons faire quelque chose ! implora Aubefeu.

Ventnoir hésita un instant, puis il lui avoua la vérité.

— Nous ne pouvons rien faire, dit-il en fermant son esprit aux ondes de peur et de désespoir qu'émettaient les malheureuses créatures. Peut-être la pluie du début de soirée dissipera-t-elle la brume à temps pour les sauver.

— Non ! Je ne les abandonnerai pas ! Ils sont sous ma responsabilité !

— Aubefeu... Ils sont trop effrayés pour accepter des harnais et se laisser hisser au-dessus du brouillard, en supposant que nous soyons assez nombreux pour le faire. Je ne peux pas appeler les autres éclaireurs. Il est déjà assez grave que j'aie quitté ma zone ! Ne comprends-tu pas qu'il pourrait s'agir d'une diversion pour laisser le passage à *quelque chose* qui traverserait la frontière tant qu'elle est sans surveillance ?

Elle le regarda un instant, muette de saisissement.

Puis elle cracha :

— Espèce de lâche ! Tu ne vas même pas *tenter* de les aider ! Peu t'importe ce qui arrive aux autres. Tu ne veux pas faire appel à ta magie pour leur sauver la vie !

Tandis que les mots empoisonnés l'atteignaient comme des flèches, il essaya de garder son calme, conscient de la jeunesse d'Aubefeu.

Elle n'a que dix-sept ans. Toute sa vie est consacrée à son rôle de gardienne. Elle ne sait pas qu'on peut échouer, et moins encore comment l'accepter. Elle parle sans réfléchir...

Mais quand les mots de sa compagne devinrent de plus en plus blessants, il perdit son calme et arrêta le torrent d'injures d'une « gifle » mentale.

Puis il la dévisagea jusqu'à ce qu'elle baisse les yeux.

— Oui, tu es une gardienne. Et tu as juré d'obéir à ton supérieur. *Moi.* Et de respecter ses décisions. Es-tu redevenue un enfant qui tient ses promesses jusqu'à ce qu'il en ait assez de jouer ? Non ? (Il la regarda rougir puis pâlir.) Dans ce cas, je te suggère de te calmer et de reprendre ta patrouille. Si tu te comportes correctement, j'envisagerai de te laisser continuer de surveiller le même endroit, au lieu de t'affecter ailleurs. Est-ce bien compris ?

— Oui, Aîné, répondit-elle d'une voix rauque.

— Bien. Retourne à ton travail.

CHAPITRE VII

ELSPETH

— Elspeth ?

La jeune fille ne détourna pas les yeux de son livre. Elle était plongée dans le récit de la description de la dernière bataille de Vanyel.

Avant l'engagement, il a vu que les parois de la vallée avaient été découpées pour permettre le passage d'une armée — quatre hommes de front. Et cela aurait été accompli par la magie... Je ne sais que croire.

— Elspeth, insista Skif, ne penses-tu pas que nous devrions sortir d'ici ? Partir, je veux dire ?

Elle regarda Skif. Le jeune homme avait l'air anxieux. Ils étaient pour le moment les seuls occupants de la bibliothèque.

Le soleil abîmant les livres anciens, la pièce ne comportait pas de fenêtres. Elle était éclairée par des lanternes spéciales sans fumée utilisant la plus fine des huiles. Ces lampes étaient conçues pour s'éteindre immédiatement si on les renversait. Aucun autre type d'éclairage n'était autorisé, et surtout pas les chandelles.

Elspeth réalisa qu'elle ne savait pas quelle heure il était. Tard, sans doute. Elle n'avait pas entendu sonner les cloches du Collegium.

— Pourquoi ? demanda-t-elle.

— Je n'aime pas tellement l'idée de partir seul avec toi, dit-il, mais comme tu sembles décidée, je ne peux m'empêcher de penser que le Conseil a accepté trop facilement.

— Crois-tu ? Tu n'étais pas là ! Les sages ont soulevé tant d'objections que j'ai cru mourir de vieillesse dans cette salle !

— Non, insista Skif. Normalement, il aurait dû leur falloir des *semaines* pour accepter ton idée. Ça n'a pas de sens... Donc, je me demande pourquoi nous ne quittons pas les lieux aussi vite que possible !

— Ils ne changeront pas d'avis. Gwena me l'a dit.

— Pourquoi un Compagnon aurait-il quelque chose à voir avec les décisions du Conseil ?

J'aimerais le savoir, pensa Elspeth. *Gwena fait des mystères à ce sujet chaque fois que je lui pose la question.*

— Oui, dit-elle d'un ton vague. Tu as raison. Mais ce que je fais là est aussi important que les autres préparatifs, sinon plus.

— Ah bon ?

Elle désigna les piles d'ouvrages, autour d'elle.

— Ce n'est pas un secret. Je fais des recherches sur la magie dans les Chroniques anciennes. La magie, les Hérauts-mages, ce qu'ils avaient le pouvoir de faire... Pour savoir de quoi nous avons besoin et qui chercher.

— Oui, ça semble raisonnable. Souviens-toi seulement que le Conseil pourrait changer d'avis à tout moment, en dépit des assurances de Gwena.

— Je garderai ce point à l'esprit, fit-elle, retournant à sa lecture.

Elle repensa à la remarque de Skif. Cela correspondait à ses propres observations.

C'était *trop* facile. Il n'y avait aucune raison pour que la reine accepte aussi aisément. Idem pour le Conseil. L'attaque de la ville de garnison des Eclairs était un prétexte, rien de plus. Dans les archives de ces dernières années, Elspeth avait trouvé trace d'au moins cinq autres raids identiques sur des villes de la frontière. Toutes semblaient indiquer un affaiblissement des protections, mais il n'était jamais fait mention d'une réaction aussi drastique des Conseillers. Ils avaient seulement envoyé une équipe de Hérauts et de Guérisseurs et relogé les victimes qui le désiraient.

Puis l'incident avait été enregistré dans les archives et oublié.

Lors de la capture de Talia par Ancar, il y avait eu des discussions interminables sur la façon de traiter les attaques magiques. Elspeth s'en souvenait parfaitement.

Quelques progrès avaient été accomplis. Le Collegium avait vérifié les chroniques postérieures à l'époque de Vanyel, pour déterminer comment les Hérauts n'ayant pas de pouvoir s'opposaient aux attaques magiques. Quelques personnes avaient été formées...

Mais c'était tout. Aucune attention particulière n'avait été portée depuis à ce sujet. Pas de la façon qui aurait été nécessaire, après la deuxième tentative de conquête d'Ancar.

Enregistré et oublié...

Elle trouva même des preuves que Karse avait utilisé la magie, sous couvert du « pouvoir des prêtres ». Personne n'avait cherché plus loin, même quand Kero avait rapporté le fait au Conseil.

Si on la laissait remplir cette mission, il y avait forcément une autre raison. De plus, les Conseillers et les Hérauts ne semblaient pas ravis de la voir partir, même pour une destination aussi peu dangereuse que Bolthaven, le royaume de son oncle.

Malgré leur réticence, ils n'étaient pas revenus sur leur décision. Gwena continuait d'affirmer qu'il n'y avait aucune possibilité qu'ils le fassent.

Inutile d'être un génie pour deviner que les Compagnons étaient pour quelque chose là-dedans...

Ses soupçons éveillés, Elspeth avait décidé de ne pas partir à l'aventure avant d'en savoir davantage sur les Hérauts-mages. Pour connaître leurs forces et leurs faiblesses, mais aussi pour appréhender l'étendue de leurs pouvoirs et les différents degrés du « don magique ». Et pour comprendre l'importance de l'apparente « prohibition » de la magie en Valdemar, et savoir depuis combien de temps elle était en action.

Ce qu'elle avait appris était fascinant. Certes, cela remontait à l'époque de Vanyel... Ou plutôt du moment où le Barde Stefen, devenu un vieillard solitaire, avait disparu sans laisser de traces.

En tout cas, ce fut ce que déduisit Elspeth. Il était, disait-on, parti pour un pèlerinage à l'endroit où Vanyel était mort, en compagnie d'un jeune Héraut dont le nom n'avait pas été noté. Il n'arriva jamais à destination ; pourtant, nul ne raconta sa mort. Il n'avait pas encore atteint le statut de légende, mais c'était un Barde fort célèbre, auteur de centaines de chants et de ballades. L'amant de Vanyel, lié à lui pour la vie, était le dernier à l'avoir vu vivant. Quelqu'un aurait décrit sa mort si cela avait été possible. Il aurait eu des funérailles officielles organisées par les autres Bardes.

Mais il n'y avait rien. On eût dit qu'il avait simplement disparu.

En son temps, personne ne s'aperçut qu'il s'était volatilisé. A la même époque, peut-être à ce moment précis, il devint impossible de parler de magie, sauf dans un contexte historique. Les Chroniques cessèrent de traiter du sujet ; plus personne n'écrivit de ballade sur la magie.

Quand quelqu'un la croisait sur son chemin, hors des frontières de Valdemar ou juste à l'intérieur, l'incident était oublié en quelques semaines. Lorsqu'un envoyé d'un autre royaume parlait des prouesses de ses mages, les chroniqueurs enregistraient le récit avec soin, puis il sortait de l'esprit de tout le monde, membres du Conseil et Hérauts compris.

Je me demande si ceux qui lisaient les Chroniques assimilaient ce qui y était rapporté ? Ou les mots glissaient-ils hors de leur pensée comme s'ils n'avaient pas été écrits ?

Elle n'en aurait pas été étonnée. Elspeth s'était aperçue que des pages entières se brouillaient devant ses yeux. Elle devait faire un effort spécial pour continuer à les lire.

Elle avait d'abord pensé à un effet de la fatigue, mais elle n'en était plus si sûre. Plus elle lisait et plus la lecture devenait aisée. Elle se demanda ce qui arriverait si elle cessait de lire puis recommençait au bout d'un certain temps.

Elle avait trouvé un rapport rédigé par le grand-père de Selenay alors qu'il n'était encore que le Héraut Roald, l'héritier.

Il relatait sa rencontre avec Kethry, la grand-mère de Kero, et sa partenaire.

Tarma shena Tale'sedrin, une Kal'enedral shin'a'in, vouée au service de sa déesse, était de toute évidence une prêtresse.

A la grande surprise de Roald, elle était parvenue à invoquer sa déesse. Il en était resté bouche bée.

Ça m'aurait sans doute fait le même effet.

Il avait décrit l'affaire en détail : l'apparition avait l'aspect d'une jeune Shin'a'in d'une incroyable beauté, mais ses yeux n'avaient ni blanc ni pupille. Ils ressemblaient à un ciel étoilé.

Roald et elle étaient devenus amis après cette histoire. Le Compagnon de Roald avait donné son approbation à la prêtresse et à sa déesse.

Et Kethry, la partenaire de Tarma, était une magicienne d'une grande puissance. Roald s'en était entiché. Si la jeune femme ne s'était pas éprise de l'archiviste qu'ils avaient sauvé, il laissait entendre qu'il aurait pu lui faire la cour.

Mais il savait reconnaître une situation sans issue quand il y était confronté. Il s'abstint donc de révéler ses sentiments.

La partie qui intéressa le plus Elspeth fut la description des pouvoirs magiques de Kethry. Par ce biais, elle comprit la différence entre un Apprenti et un Maître, puis un Maître et un Adepte. Elle en déduisit que Valdemar avait besoin d'un Adepte, ou de plusieurs, si possible, doués pour l'enseignement. Il n'y avait aucune raison que le don de magie ait disparu de la population de Valdemar, alors qu'il existait toujours ailleurs.

Roald mentionnait brièvement Besoin, l'épée magique de Kethry. Il précisait qu'elle aidait seulement les femmes et restait vague sur les détails.

Elspeth avait trouvé dans les Chroniques des Bardes un autre exemple fascinant de la prohibition de la magie. La *Ballade de Kerowyn* avait été écrite et chantée plusieurs années *avant* que la jeune femme accomplisse sa mission. L'auteur était indiqué comme « anonyme ». C'était faux : plusieurs Bardes étrangers avaient annoté les Chroniques pour rectifier l'erreur, mais chaque fois que les Bardes valdemariens mentionnaient de nouveau la ballade, ils l'attribuaient à un auteur « anonyme ».

De plus, même après l'odyssée de la véritable Kerowyn, des maîtres Bardes, glosant sur la *Ballade de Kerowyn*, prétendaient qu'il s'agissait d'une allégorie au sujet du passage de pouvoir de la Déesse mère à la Déesse du renouveau, lors du solstice de printemps. D'autres la décrivaient comme le récit d'une histoire réelle, mais survenue plusieurs centaines d'années auparavant.

Cela poussa Elspeth à faire des recherches plus approfondies dans les Chroniques des Bardes. Elle y découvrit de quoi étayer sa théorie : *quelque chose* supprimait activement l'idée même de magie à Valdemar.

En dépit des efforts répétés du Collegium des Bardes pour remettre en circulation des ballades sur les Hérauts-mages et les conflits magiques du passé, *il leur était impossible de les maintenir à leur répertoire.* Leurs auditeurs s'en allaient, ennuyés, les Bardes *oubliaient les paroles*, ou se retrouvaient en train de chanter une autre ballade, parfois même l'abominable chanson dégoulinante de sentimentalisme appelée *Les Yeux de ma Dame*.

Des chants bien plus anciens que les ballades de l'époque de Vanyel, écrits en langue archaïque, étaient toujours chantés, telle que le célèbre *Ombre et Soleil*. Sans doute était-ce parce que les références à la magie y étaient des plus vagues.

Elspeth avait entendu ces airs à plusieurs reprises, et ils étaient d'aussi bonne qualité que les autres. Le public les avait acclamés. Le « problème » était donc leur signification.

En y réfléchissant, elle s'avisa que beaucoup de Hérauts étaient présents à ces occasions. Les pires échecs survenaient quand l'auditoire ne comptait aucun Héraut.

Elle avait appris d'autres choses intéressantes en lisant les Chroniques du temps de Vanyel, qui n'avaient peut-être pas un lien direct avec sa mission, mais qui expliquaient bien des choses.

Il existait jadis une entité nommée le « réseau », dont quatre Hérauts-mages devaient s'occuper en permanence. Toute menace contre le royaume était portée à leur attention par l'intermédiaire de ce réseau. A la fin du règne d'Elspeth II, il ne restait plus assez de Hérauts-mages pour assurer cette charge.

Vanyel modifia l'enchantement pour inclure tous les Hérauts de Valdemar dans le « réseau », afin que chacun soit alerté en cas de danger. Alors, les Hérauts ayant les dons correspondant à la situation se mettaient en chemin...

Les Chroniques ne disaient pas comment Vanyel avait procédé. Elles mentionnaient seulement que ça avait marché, et que le royaume était soulagé de ne plus dépendre de quatre Hérauts-mages pour protéger ses frontières.

Vanyel avait aussi invoqué des... *créatures*... leur assignant le rôle de surveiller les sorciers étrangers et de signaler leur arrivée aux Hérauts-mages de Valdemar.

Que s'est-il produit quand le dernier Héraut-mage eut disparu ? Ces créatures ont-elles continué à monter la garde. Ont-elles tenté d'alerter les Hérauts ?

Cela expliquait une histoire que Kero lui avait racontée. Quenten et les autres mages n'avaient pas pu rester à Valdemar, parce qu'« ils avaient l'impression que quelqu'un les surveillait en permanence, épiant leur moindre mouvement. Et ça les rendait à moitié fous ».

C'était une raison suffisante aux yeux d'Elspeth. Elle n'aurait pas supporté qu'on la regarde nuit et jour.

A moins qu'elle soit un mage très puissant, capable de lever un bouclier efficace. Un mage qui se sente apte à se dissimuler aux yeux de l'ennemi.

Comme Hulda, peut-être ? Nous ne savons toujours pas ce qu'elle pouvait faire. Nous avons tous pensé que le pouvoir d'Ancar lui était propre. Mais si Hulda était derrière tout ça, lui laissant croire qu'il commande alors qu'il n'est qu'une marionnette entre ses mains ?

Cela eût expliqué pas mal de choses, en particulier les efforts incessants d'Ancar pour se débarrasser de Talia, de Selenay et d'Elspeth.

S'il s'était senti honteux d'être vaincu par des femmes, Hulda jouait peut-être sur ce sentiment, le poussant jusqu'à l'obsession. Après tout, Hulda n'avait pas grand-chose à perdre. Si Ancar battait Valdemar, elle avait gagné. S'il perdait ou s'il était tué, elle serait là pour hériter de son royaume. Et il y avait fort à parier qu'elle ne ferait pas les mêmes erreurs que lui...

Cela se tenait, même si Elspeth n'aimait pas les conséquences de ce raisonnement. Ancar était un ennemi redoutable, mais l'idée que quelqu'un comme Hulda complotât depuis des années contre Valdemar... C'était suffisant pour faire courir un frisson glacé le long de l'échine d'Elspeth et lui valoir des cauchemars pendant trois nuits.

Elspeth ferma le grimoire qu'elle consultait, luttant contre une vague nausée.

Elle venait de lire la partie des Chroniques concernant Tylendel, le premier amant de Vanyel. Cela racontait comment son Compagnon l'avait répudié, d'où son suicide. Le récit avait été écrit par un Guérisseur ami du mentor de Tylendel. Ces événements avaient tellement affecté les Hérauts qu'aucun d'eux n'avait pu se charger du rapport.

Ce n'était pourtant pas la raison de son malaise.

A dix-sept ans, Tylendel était capable de construire ce que le chroniqueur appelait un « Portail », qui lui permettait de franchir de longues distances en un clin d'œil.

Le sang d'Elspeth se glaça à cette idée. L'auteur avait indiqué que le mage devait connaître avec précision sa destination. Mais Hulda *connaissait* Valdemar.

Et si Ancar apprenait à maîtriser cet enchantement ? Rien ne pourrait l'arrêter. Il aurait la possibilité d'infiltrer ses agents partout dans le royaume.

Y compris au palais, où Hulda avait vécu des années !

Peut-être est-ce comme ça que l'assassin est entré dans les jardins. Je crois que je vais de nouveau avoir des cauchemars...

Ce qu'elle lisait n'était pas très agréable. Cela perturbait presque autant que le récit de la dernière bataille de Vanyel.

Le Héraut-mage avait d'immenses pouvoirs, au point que l'auteur de la chronique indiquait qu'il aurait pu raser Haven s'il en avait eu envie.

Cela paraissait impossible ; pourtant, le chroniqueur semblait persuadé de la réalité de ces pouvoirs.

Ce n'aurait pas été la première fois qu'un chroniqueur utilisait l'hyperbole dans ses récits. Elspeth avait d'abord cru à une licence poétique.

Puis elle avait vu la signature.

Barde Stefen, pour le Héraut-chroniqueur Kyndri.

Pourquoi Stefen aurait-il prêté de tels pouvoirs à son amant ? Il n'était pas un Barde frustré, comme nombre de chroniqueurs. Le reste de la chronique était simple, direct et sans exagération.

Il fallait conclure que le Héraut Vanyel avait *réellement* disposé de ces pouvoirs.

La possibilité de détruire une ville ?

Si Vanyel avait eu ces capacités, d'autres pouvaient en disposer. Même si peu de mages étaient aussi puissants, il suffisait qu'Ancar en trouve un qui soit aussi assoiffé de conquête que lui et doué comme Vanyel.

Elspeth se prit la tête entre les mains, envahie par un sentiment d'impuissance absolue. Comment Valdemar pourrait-il résister à un sorcier d'une telle force ?

En trouvant un mage aussi puissant que lui. S'il y en a un, il en existe forcément d'autres. Tous ne se laisseront pas tenter par l'offre d'Ancar...

Elle recula sa chaise pour se lever et fut étonnée par la quantité de notes qu'elle avait prises en lisant.

D'accord, se dit-elle. *J'ai appris tout ce que je pouvais des grimoires. Maintenant, il est temps d'aller sur le terrain et de découvrir ce qui est encore d'actualité.*

Elle fit une pile de ses notes et les fourra dans une sacoche. Puis elle s'étira, ramassa les livres pour les remettre en place et fut obligée d'admettre que ce n'était pas par politesse envers les bibliothécaires, mais pour reculer le moment du départ.

Le menton levé, elle sortit d'un pas ferme, affichant une confiance qu'elle était loin de ressentir.

C'était son plan, après tout ; elle avait l'intention de le mener à bien.

Et même si je ne me sens pas prête, je sais que Skif l'est !

C'était le cas. Le jeune homme bouillonnait d'impatience. Elspeth décida de partir immédiatement. Il était midi. Ils auraient le temps de faire un bout de chemin avant de devoir s'arrêter pour la nuit.

Dans sa chambre, elle emballa rapidement ses affaires personnelles, puis demanda à un page de distribuer des mots d'adieu à tout le monde, sauf à sa mère et à Talia, qu'elle saluerait en personne.

Ma mère ne me pardonnerait pas de partir en lui laissant une simple note... Mais elle va sûrement me faire une scène.

Selenay ne s'était pas encore faite à l'idée de son départ, Elspeth l'aurait juré. Absorbée par ses recherches, la jeune fille n'avait pas passé beaucoup de temps avec sa mère, qui lui avait chaque fois lancé des regards chargés de reproche.

Au moment où elle décida d'aller voir sa génitrice, on frappa à sa porte.

Quelqu'un a dit à ma mère que je m'apprêtais au départ !

Mais ce n'était pas elle. Kero entra, portant une épée glissée dans un fourreau. Elle lui mit le tout dans les mains.

— Tiens, dit-elle d'une voix bourrue. Tu auras besoin de ça. Sans jeu de mots !

Elspeth eut l'impression qu'elle avait du mal à se séparer de l'épée.

C'est Besoin, *son épée magique ! Et elle me la donne ! Impossible...*

— Mais... pourquoi ?

— La première fois que je t'ai vue, Besoin m'a fait savoir que tu étais sa prochaine maîtresse. Elle ne m'a plus « parlé » depuis, mais je suis sûre que tu es son élue.

La lame entre les mains, Elspeth éprouva une sorte de désorientation, comme si quelqu'un tentait de sonder discrètement son esprit. Un peu comme quand elle avait été Choisie, mais en moins marqué.

— L'épée *décide* à qui elle appartiendra. Seules les femmes peuvent s'en servir. Ma grand-mère me l'a donnée, et maintenant je te la remets. Tu l'aurais eue un jour ou l'autre, mais je me suis dit que c'était une bonne occasion...

— L'épée vous parle ? demanda Elspeth avec un rien d'appréhension.

— Pas exactement. Mais je dois te prévenir : au début, elle essaiera de te forcer à faire ce qu'elle veut. Soit en prenant le contrôle de ton corps, soit en te flanquant un mal de tête abominable. Il est possible de la neutraliser. J'ai appris à le faire ; tu ne devrais avoir aucun mal à la dominer. Ne lui cède pas, sinon elle te manipulera comme elle l'a fait pour ma grand-mère. Moi, je ne l'ai jamais laissée m'en imposer.

— Si elle est aussi ennuyeuse...

— Elle en vaut la peine ! *Primo*, elle a le pouvoir de guérir pratiquement toutes les blessures. *Secundo*, si tu es une combattante, elle te protégera des attaques magiques.

— Mais votre grand-mère était une magicienne, non ?

— Si sa maîtresse a des dons magiques, l'épée la protège physiquement en la rendant meilleure combattante, mais elle n'intervient pas au niveau magique. Et vice versa.

— Et si on n'est ni l'une, ni l'autre, comme dans la *Ballade de Kerowyn* ?

Kero gémit.

— Elle prend le dessus et fait de son élue une magicienne *et* une combattante. A sa façon, ce qui tend à en faire une cible presque aussi visible que ces fichus uniformes blancs !

Elspeth sourit. Comme à son habitude, Kero ne portait pas l'uniforme.

— Pourtant, il est possible de lutter contre ses manigances ?

— Oui. Il faut un peu de détermination, c'est tout. J'ai dû menacer ce bout de ferraille de le jeter dans un puits ! Je lui ai dit que tu ferais pareil si elle t'ennuie.

Voyant l'hésitation d'Elspeth, elle enchaîna :

— Si tu ne veux pas qu'elle intervienne, il suffit de ne pas la sortir du fourreau.

Elspeth n'était pas si sûre que ce soit si simple. Mais si Kero disait qu'on pouvait combattre l'influence de l'épée, elle y arriverait.

Après quelques instants de réflexion, elle décida d'accepter le cadeau.

Elle me protégera de la magie, que je risque de ne pas détecter avant qu'il soit trop tard. Et si je suis blessée, je n'aurai pas besoin de chercher un Guérisseur, qu'il n'est pas toujours facile d'avoir sous la main...

Toute hésitation écartée, elle tira l'épée du fourreau.

Quelques secondes durant, rien ne se produisit.

Puis le temps sembla suspendre son cours...

Elspeth entendit un bourdonnement sourd dans son esprit, une sorte de ronronnement de satisfaction.

Un peu comme quand j'ai été Choisie, pensa-t-elle tandis que la lame s'illuminait d'une lueur irréelle, des runes apparaissant progressivement.

Le besoin de la femme éveille un écho en moi, comme le besoin de la femme m'a faite.

Dès qu'elle eut compris le sens de l'inscription, celle-ci disparut.

Le temps recommença à s'écouler...

— Qu'était-ce donc ? demanda Elspeth.

— Je l'ignore, avoua Kero. Mais elle fait ça quand elle est remise à la personne qu'elle a élue. C'est la première fois qu'elle réagit depuis que je l'ai amenée à Valdemar.

— Que se passera-t-il quand elle sera hors des frontières ?

— Je n'en ai aucune idée. Mais je suis sûre d'une chose : tu en auras besoin ! Et même si je n'ai pas toujours apprécié ses « manières », elle m'a tirée de situations impossibles. Je me sens rassurée de savoir qu'elle te protégera.

— Kero... Vous remercier semble insuffisant, mais je ne sais quoi dire d'autre !

— Inutile de te casser la tête ! C'est elle qui a décidé de venir avec toi !

— Merci du fond du cœur.

Elle serra Kero dans ses bras puis lui fit ses adieux.

La capitaine partie, Elspeth boucla le ceinturon autour de sa taille. Contrairement à la plupart des armes, l'épée sembla trouver aussitôt la bonne place.

Mais les autres lames ne sont pas enchantées...

Enfant, Elspeth avait rêvé de devenir une héroïne de légende.

Maintenant qu'elle possédait une *épée de légende,* elle n'était plus si sûre d'apprécier cette destinée.

Destinée. Elle haïssait le mot et le concept. Pourtant il semblait que le terme s'appliquait parfaitement à ce qui lui arrivait.

A son profond mécontentement.

CHAPITRE VIII

VENTNOIR

C'est stupide, dit Vree, désapprobateur.

L'estomac de Ventnoir se souleva tandis que son oiseau lige plongeait en piqué au-dessus de la vallée qui retenait les dyhelis prisonniers.

Parfois, utiliser les yeux du faucon entraînait une certaine désorientation...

Stupide, stupide. Nous devrions partir.

Ventnoir n'avait pas besoin de son oiseau pour le savoir. Les dyhelis étaient blottis les uns contre les autres, trop épuisés pour avoir une idée rationnelle.

A travers les yeux de Vree, Ventnoir essaya de repérer une piste qui conduisait hors de la vallée sans devoir traverser la brume mortelle.

Il n'y en avait pas.

A part un miracle, rien ne pouvait étirer les inoffensives créatures de leur prison.

Vree a raison. Nous devrions partir. Je ne peux pas risquer la sécurité de k'Sheyna pour une dizaine de dyhelis.

Dans ce cas, pourquoi était-il toujours là ?

Parce que je suis stupide...

Un cri déchirant transperça ses oreilles : la plainte d'un jeune mâle affolé.

Et parce que je ne supporte pas de les voir souffrir. Ils sont nos amis et se montrent aussi intelli-

gents que les Tayledras. Aubefeu avait promis de les protéger en échange de leur collaboration. Je ne peux pas les abandonner.

Il ne doutait pas qu'Aubefeu partageait ce sentiment.

Ce qu'il faisait était aussi irresponsable que ce qu'elle avait eu l'intention de faire.

La brume moutonnait comme une mer, laissant des plantes desséchées sur son passage. Inutile de tenter de calmer les dyhelis pour qu'ils essaient de sortir en traversant le rideau de brouillard. Ils ne survivraient pas au contact.

Un tentacule immatériel s'éleva plus haut que les autres. Ventnoir sentit une odeur âcre qui lui brûla la gorge. Il toussa.

Ainsi la brume était à la fois empoisonnée et caustique. Les dyhelis étant terriblement vulnérables aux poisons, il n'y avait aucune chance de les faire traverser le rideau de brouillard.

La cascade qui coulait dans la vallée avait un débit trop faible pour servir d'abri à un dyheli, sans parler d'une dizaine.

Impossible de supporter ça. J'ai le choix entre leur tirer dessus pour abréger leurs souffrances, ou les abandonner en espérant que la brume se dissipera d'elle-même.

La seconde solution pouvait leur valoir une mort encore plus douloureuse. Il frappa le roc du poing, plein de frustration et de colère.

Non ! Ils font confiance aux Tayledras. Il doit être possible d'agir...

Puis il sentit un courant invisible frôler son esprit. Même s'il refusait d'utiliser ses pouvoirs, il reconnut la sensation pour ce qu'elle était.

La magie à l'œuvre.

Il pencha la tête, essayant de localiser l'origine de la sensation.

La brume s'agita de plus belle.

Ici...

Les poils de la nuque de Ventnoir se hérissèrent. Il se retrouva dans la vallée, devant le mur de brouillard, incapable de se rappeler comment il était arrivé là. La magie prit naissance en face de lui, puis déferla comme une vague...

Elle frappa le mur magique empoisonné.

La brume ondula sous l'attaque, résistant avec obstination. Un enchantement isolé percuta le brouillard, essayant de le forcer à se disperser. La brume contre-attaqua avec des sorts de protection. Elle s'épaissit et monta le long des parois de la vallée, accélérant son avance vers les dyhelis.

L'enchantement se modifia.

Le pouvoir pénétra comme une lance dans le mur de brouillard, y creusant un tunnel. La brume répliqua, mais sa force diminuait.

Ventnoir sentit l'âpreté de la lutte. Il n'avait pas besoin de regarder la bataille, il la *percevait.* Celui qui avait lancé l'enchantement forçait la brume à reculer.

Il tendit la main, prêt à utiliser le pouvoir auquel il avait renoncé...

Puis il s'arrêta, en proie à un conflit intérieur aussi violent que celui qui opposait la brume empoisonnée à son adversaire.

La brume perdit la partie. Elle s'écarta, poussée sur le flanc par un tunnel d'air frais.

Mais il sentait la pression du brouillard sur ces parois immatérielles.

Le tunnel ne tiendra pas longtemps !

Le sol trembla.

Ventnoir crut un instant que c'était un effet de la bataille entre les deux pouvoirs, mais quelque chose apparut au fond du « tunnel ».

Les dyhelis.

La harde de jeunes mâles s'était mise en mouvement.

Dans leur panique, les créatures risquaient de se jeter dans la brume au lieu d'en sortir.

Il leur envoya un appel mental. Peu importait si quelqu'un d'autre l'entendait.

Frères à sabots ! Par ici ! Dépêchez-vous de sortir avant que le chemin de la liberté se referme !

Il n'y eut pas de réponse, mais le sol trembla de nouveau sous les sabots des jeunes mâles. Un peu plus tard, les dyhelis débouchèrent du passage, couverts de sueur et haletants.

Derrière eux, autre chose apparut.

Un être qui courait sur deux jambes, pas sur quatre pattes.

Il s'effondra sur le sol, à la lisière du mur de brume. Au même moment, le passage disparut.

Ventnoir n'eut pas le temps de réfléchir : il agit.

Emplissant ses poumons d'air non contaminé, il retint sa respiration et plongea vers la lisière de la brume. Larmoyant à cause des vapeurs délétères, il lança la main vers la silhouette allongée et la prit par un bras pour la remettre sur pied.

Il tira l'être hors d'atteinte de la brume.

Le fuyard était plus léger et plus petit que lui, et encore vivant, car il se débattait faiblement. Ventnoir ignorait si c'était un être humain ou non : en bordure des Pelagirs, on ne savait jamais...

L'être que Ventnoir avait sauvé aspira de l'air pur à grandes goulées.

Ventnoir tituba quand son fardeau devint inerte dans ses bras, le faisant presque tomber avec lui.

Lui ?

A cet instant, Ventnoir comprit que l'être n'était ni mâle, ni humain, comme il s'en était douté.

Cours ! cria Vree.

Ventnoir jeta un coup d'œil derrière lui et vit la brume continuer à avancer.

Il hissa le rescapé sur son épaule et détala.

Il courut et s'arrêta avant de laisser tomber la créature. Vree surveillait les alentours. Ventnoir ralentit et continua au pas, les muscles brûlants, le côté endolori.

Il avait couru longtemps, car il était hors de portée de la brume, en supposant qu'elle ne se soit pas dissipée. Quand il s'arrêta sur la souche d'un arbre mort, il transpirait autant que les dyhelis au moment de leur fuite.

Il s'agenouilla et posa son fardeau sur l'herbe. Puis il s'appuya contre la souche, les membres drainés de leurs forces.

Il resta assis un long moment, le front sur ses genoux relevés, se fiant à Vree pour surveiller les alentours.

Puis il retrouva son souffle. Ses muscles cessèrent de brûler comme s'il était tombé dans un bain d'acide. Il entendit des oiseaux chanter autour de lui, une preuve qu'il n'y avait pas d'ennemis dans les environs.

La créature qu'il avait sauvée venait des Terres Extérieures et n'appartenait à aucune race non-humaine connue de k'Sheyna. A ce double titre, elle ne serait pas la bienvenue, car « inconnu » était synonyme de « suspect ».

Que vais-je faire d'elle ? D'abord, l'examiner de plus près. Si elle n'est pas blessée trop gravement, peut-être puis-je la laisser ici jusqu'à ce qu'elle se réveille. Puis je m'assurerai qu'elle aille dans le sens opposé à la Vallée.

La jeune « femme » était toujours inconsciente. Il la retourna sur le dos. Son apparence lui mit les nerfs à vif.

C'était un des « Modifiés » des Pelagirs, créé à partir d'un humain ou d'un animal. Quand la créature d'origine était humaine, les modifications s'avéraient souvent volontaires. S'il s'agissait d'un animal, il avait été manipulé par ses « géniteurs ».

C'était ainsi que les Tayledras avaient créé les oiseaux liges et les chevaux des Shin'a'in, transformés en quelque chose que beaucoup de Tayledras tenaient pour une obscénité, sans doute à cause des modifications survenues lors des Guerres Magiques.

Son œil expérimenté lui indiqua que cette créature, jadis humaine, avait été modifiée pour avoir des caractéristiques félines.

Même inconsciente, elle émettait des ondes sexuellement attirantes. Cette caractéristique était courante, basée sur l'odeur et la stimulation des pulsions de celui qui regardait. Il ne savait si elle lui faisait pitié ou s'il était révolté.

Si on l'avait modifiée contre son gré, la pitié l'emporterait. Si elle avait provoqué elle-même ces changements, ce serait une autre affaire...

Dans ce cas, j'aurais envie de la renvoyer dans la brume empoisonnée !

Ceux qui s'altéraient afin de devenir sexuellement attirants le faisaient généralement pour utiliser leur corps à des fins malhonnêtes.

Si quelqu'un avait imposé le changement à la créature, c'était pour en faire le jouet sexuel de son maître. Cela révoltait Ventnoir autant que la première possibilité. Mais sa haine n'était plus dirigée contre la jeune fille.

Son apparence était féline à l'extrême, bien qu'elle marchât debout comme un humain. Ses cheveux d'un noir d'ébène étaient courts et lisses. Elle avait un petit visage triangulaire presque dépourvu de menton, et deux oreilles pointues terminées par une touffe de poils. Quand il lui souleva une paupière pour voir si elle était réellement inconsciente, il s'aperçut que ses yeux vert-jaune avaient des pupilles verticales, comme ceux d'un chat, et qu'elles étaient dilatées sous l'effet du choc.

Elle était fort peu vêtue : une tunique de cuir crème très courte, et une paire de braies lacées sur le côté, révélant une bonne partie de ses jambes.

Pas des vêtements rêvés pour courir dans les bois...

Même évanouie, elle était gracieuse comme un félin. Ses ongles rétractiles étaient pointus comme des griffes de chat.

Même si elle avait été autrefois humaine, elle l'était désormais moins que les Tayledras. Il doutait qu'elle ait été à l'origine des modifications, beaucoup trop importantes. Celles-ci avaient sans doute été entreprises dès sa naissance, ou même avant.

Elle n'avait pas de chaussures, ce qui n'était pas l'idéal non plus pour se déplacer dans la forêt. Sans doute s'était-elle enfuie de quelque part.

Ventnoir vit des marques de coups sur son corps, certaines anciennes et d'autres récentes. Elle n'en portait pas au visage. Partout ailleurs, elle en était couverte. De plus, elle était trop mince, les os apparents comme si elle n'avait jamais mangé à sa faim.

Il y avait bon nombre de contradictions dans tout cela : si elle était le jouet d'un Adepte, comme semblaient l'indiquer les traces de coups, il était impossible qu'elle ait à sa disposition la magie nécessaire pour neutraliser la brume. Aucun sorcier n'aurait permis à sa « propriété » d'avoir un pouvoir, encore moins de l'utiliser.

Mais si elle était hostile, pourquoi aurait-elle libéré les dyhelis ?

Je dois lui laisser le bénéfice du doute. Elle a sauvé nos alliés. Il me faut la garder en sécurité jusqu'à ce qu'elle ait récupéré.

Il semblait qu'elle n'avait pas respiré assez de poison pour être en danger. Mais elle était affaiblie par les coups et la faim. Son combat contre la brume l'avait épuisée, ce qui indiquait qu'elle n'était pas un Adepte, ni même un Maître.

Apparemment, il lui était impossible de dissiper l'enchantement ou de le modifier. Elle pouvait seulement lutter pied à pied contre lui. C'était sans doute une apprentie. Cela rendait son énergie magique difficile à détecter de loin, au contraire de celle des Adeptes ou des Maîtres, qui manipulaient un pouvoir bien plus considérable.

Quand l'énergie limitée dont disposait un apprenti était épuisée, il tombait parfois en catatonie, surtout s'il avait trop présumé de ses forces.

La Modifiée était dans ce cas, et il lui faudrait longtemps pour se remettre.

Décidément, il ne pouvait pas l'abandonner. Et il n'était pas assez versé dans l'art de soigner pour savoir si elle avait besoin d'un Guérisseur ou pas.

Je dois trouver quelqu'un qui accepte de la protéger et de la surveiller. Je ne peux pas l'amener dans la Vallée. Mon père lui couperait la gorge sans autre forme de procès. Et j'ai besoin de conseils. Des bons !

Il savait où obtenir des conseils, mais quant à leur qualité...

Ayant une idée, il hissa la jeune fille sur son épaule et se mit en route.

Quand il fut en contact plus étroit avec elle, le désir redoubla. Il se morigéna et se força à penser aux choses les moins excitantes qu'il connaissait. Nettoyer les latrines de son *ekele*, par exemple...

L'astuce fonctionna.

Vree ! appela-t-il.

Heureusement, la jeune fille appartenait à une espèce qui n'affectait pas Vree. Si elle avait été tervardi, l'oiseau lige aurait eu la même réaction que Ventnoir.

Et je ne crois pas qu'il sache se contrôler comme moi. Nous aurions été dans de beaux draps...

Où allons-nous ? demanda Vree.

Chez les hertasis qui vivent près de la frontière de k'Sheyna. Cette créature est blessée et elle est endormie...

Bien, dit Vree, se souciant fort peu de la jeune fille. Mais il savait que les hertasis avaient toujours un morceau de choix pour les oiseaux liges.

Je monte la garde.

Il volerait un peu en avant de Ventnoir, repérant les menaces potentielles pour l'en avertir.

Sans se laisser distraire par des « considérations » personnelles, comme le Tayledras en ce moment précis.

Nettoyage des latrines..., pensa Ventnoir avec détermination.

Nera leva les yeux vers Ventnoir. Le minuscule hertasi pouvait difficilement faire autrement quand il regardait un humain.

Et si elle se réveille ? demanda le lézard.

Nera était l'Aîné de l'enclave hertasie, et un vieil ami de Ventnoir. Même si les mages pensaient que l'intelligence limitée des hertasis les rendaient tout juste bons à un travail de serviteurs, Ventnoir savait que ce n'était pas le cas.

Je ne crois pas que ça arrivera, répondit-il. *Pas avant que je revienne. Je l'ai sondée mentalement. Son épuisement est réel. Elle devrait dormir encore une bonne journée.*

Nera réfléchit. Le village hertasi se trouvait sur une colline qui surplombait un marais. Les murs, le sol et le plafond de chaque « tanière » étaient renforcés par des poutres et l'ameublement était simple mais confortable.

Le marécage était leur domaine. Là, leur petite taille importait peu. Ils faisaient pousser du riz, élevaient des grenouilles, chassaient et pêchaient. Leur science du marais dépassait de loin celle des Tayledras.

Cela avait facilité la tâche de Ventnoir quand il avait entrepris de persuader les autres de laisser les hertasis s'installer sur le territoire k'Sheyna. Le marais était en lui-même une barrière impressionnante, et les hertasis avaient rarement besoin d'assistance. Qu'une partie de la frontière soit protégée par un marais plein de petits lézards rusés ne pouvait qu'avoir l'approbation des mages.

Les hertasis savaient se servir d'armes, mais ils laissaient volontiers leur environnement « lutter » à leur place. Un ennemi parti à la poursuite d'un lézard à l'aspect inoffensif se trouvait rapidement enfoncé jusqu'à la poitrine dans des sables mouvants...

Les hertasis donnaient à ces visiteurs désagréables, mais temporaires, le nom d'« engrais »...

Nera regardait toujours Ventnoir d'un air inquisiteur. Le Tayledras fréquentait le vieux lézard depuis son enfance. Parfois, cela avait des inconvénients ; Nera le connaissait trop bien.

Le pouvoir sexuel de la Modifiée n'avait pas d'effet sur les hertasis, mais Ventnoir aurait parié que son ami savait ce qu'il lui faisait. Il pensait sans doute que Ventnoir laissait ses sens influencer son jugement.

D'accord. Si elle se réveille et qu'elle vous pose des problèmes, tant pis pour elle si elle devient de l'engrais. Ça te convient ?

Nera hocha la tête et esquissa une ébauche de sourire.

Parfait. Je voulais seulement vérifier que ton esprit fonctionnait aussi bien que le reste de ton corps.

Ventnoir grimaça. Nera était si petit qu'il était facile d'oublier qu'il était plus âgé que son père, et tout aussi enclin à lui rappeler sa jeunesse.

Je suis toujours le chef des éclaireurs, rappela-t-il au lézard. *Tout ce qui vient des Pelagirs est suspect. Encore plus si son aspect est inoffensif ou attirant.*

Bien, fit Nera. *Transmets nos salutations à tes Amis Ailés. Pour partir, suis le chemin indiqué par les fleurs bleues. Nous avons changé l'itinéraire de sécurité depuis ta dernière visite.*

Nanti de l'approbation tacite de son ami, Ventnoir déposa son fardeau sur un matelas d'herbe, dans la demeure de Nera. Quand l'éclaireur se retourna, le vieux lézard avait filé dans le marais et arrachait les mauvaises herbes de la rizière en compagnie des siens. Les hertasis avaient hérité la rapidité de leurs ancêtres reptiliens.

Ventnoir chercha le chemin indiqué par les plantes bleues. Les hertasis modifiaient souvent la voie de sortie des marais. Elle passait à travers des eaux boueuses où n'importe quel animal aurait pu se dissimuler. Les hertasis avaient beau assurer que les plantes bordant le chemin éloignaient les sangsues, il avait du mal à y croire.

Ventnoir aurait pu faire le grand tour pour éviter le marais, mais c'était la voie la plus directe. Le marécage se terminait non loin des plaines Dorisha, près des ruines qu'il cherchait. Quand il avait partagé la frontière entre les éclaireurs, il s'était réservé cette partie.

Un des avantages d'être le chef... J'ai pu prendre la section que je souhaitais. J'ai attribué à Aubefeu les collines où vivent ses amis, et je patrouille dans la zone où habitent les miens. Ça me semble équitable.

L'eau était désagréablement tiède, l'air humide et lourd. Des odeurs nauséabondes agressaient ses narines : celles de l'eau croupie, des plantes pourrissantes et des poissons. Il regarda en arrière, mais le village hertasi n'était plus en vue, caché par les herbes hautes.

Quelque chose frôla sa jambe. Il frissonna et s'immobilisa pour ne pas inciter l'animal à mordre.

Rien ne se passa. Il continua d'avancer sur le chemin jalonné de petites fleurs bleues sans odeur qui poussaient au milieu des roseaux. Tant qu'il aurait ce point de repère, il était sûr d'avancer sur le chemin de pierre construit par les hertasis pour sortir du marais. Cet itinéraire impliquait des détours, mais le trajet entre deux plantes bleues était toujours en droite ligne. Mieux valait ne pas s'en écarter...

Ventnoir transpirait comme un dyheli paniqué, ce qui attira les insectes. Pourtant, il s'était enduit d'un onguent à base de plantes censé les éloigner. Mais des mouches noires bourdonnaient autour de lui, et il sentit sur ses bras la piqûre de plusieurs petits insectes volants.

Puis il atteignit la terre ferme.

Il n'y avait pas de transition : le marécage cessait abruptement pour céder la place aux ruines. L'éclaireur pensait que le marais avait autrefois été un lac, peut-être artificiel, et les bâtiments en ruine un village établi sur sa berge.

Se jurant de prendre le chemin le plus long, mais le plus sec, à son retour, il leva les yeux et chercha Vree. Gracieux et délié, l'oiseau glissait dans le ciel nuageux.

Il envia les ailes de son oiseau lige.

Que ferais-tu d'ailes ? demanda une voix sarcastique. *Comment pourrais-tu ramper et te cacher de tes ennemis ?*

Je ferais comme toi, mon vieil ami ! En volant au-dessus d'eux.

Bonne réponse ! lança Treyvan.

Le griffon atterrit gracieusement sur un menhir renversé, soulevant un nuage de poussière. Ventnoir se protégea les yeux.

— Quelle raison t'amène dans notre humble demeure ? demanda Treyvan d'une voix nasillarde.

Les griffons étaient parvenus à faire ce que les tervardis ne pouvaient pas : parler la langue des humains.

— J'ai besoin de conseils, et peut-être d'aide, dit Ventnoir, se sentant tout petit devant l'être légendaire dont les serres faisaient une fois et demie la taille des mains humaines.

— Nous te donnerons volontiers des conseils. Savoir si tu les écouteras est autre chose... Cela dépend de toi. Notre aide t'es acquise, que tu en veuilles ou pas !

Ventnoir sourit et fit un pas en avant. Il saisit le bord de l'aile repliée de l'immense griffon.

— Merci. Où est Hydona ?

— Elle cherche des matériaux pour le nid, à mon avis.

Treyvan se pavana de fierté, gonflant les plumes de son bréchet.

— Déjà ? Quand aura lieu le vol ?

— Bientôt... Tu t'en apercevras..., gloussa Treyvan quand il vit Ventnoir s'empourprer.

Il était très facile pour un humain de tomber sous l'emprise de l'aura hypnotique d'un griffon, générée par le contact des plumes soyeuses, l'odeur agréable, le doux ronronnement...

Le griffon rompit le charme.

— Tu as besoin de nous, Ventnoir, dit-il à l'éclaireur. Allons trouver Hydona.

Il avança à grands pas sur le chemin qui serpentait entre les ruines. Ventnoir eut fort à faire pour le suivre.

Les griffons s'étaient installés ici quand Ventnoir avait sept ou huit ans, tombant littéralement du ciel. Le jeune garçon considérait ces ruines comme son terrain de jeu privé, alors situé à l'intérieur des frontières de k'Sheyna, avant que celles-ci soient repoussées. Il y avait de la magie sur les lieux, mais domestiquée, estimaient les mages, et sans danger pour un enfant.

Regardant la queue emplumée de Treyvan, Ventnoir se souvint de l'arrivée des griffons.

Ce jour-là, il incarnait un Grand Mage qui explorait un territoire inconnu et rencontrait un Monstre Terrifiant.

Il ne s'était pas attendu à voir un *vrai* monstre...

Il apprit plus tard que le griffon le regardait jouer depuis un moment, amusé par ses pitreries.

Tout d'abord, il ne vit que deux immenses pattes poilues terminées par des griffes de taille impressionnante. Il leva les yeux et constata que la fourrure se transformait en plumes, le tout étant couronné par une tête et un bec énormes.

Un bec d'aspect très pointu et très dangereux...

— Grrr..., avait « dit » Treyvan.

Ventnoir était parti à la vitesse de l'éclair, ne souhaitant qu'une chose : retourner dans la Vallée.

Il était arrivé à son *ekele* en criant qu'il y avait des monstres dans les ruines, des centaines, des milliers ! Comme il n'était pas menteur, ses parents l'avaient cru et ils avaient donné l'alarme.

Une petite armée de combattants avait gagné les ruines, surprenant une paire de griffons légèrement contrits.

Heureusement, les griffons étaient répertoriés comme des créatures rares mais amicales. Treyvan s'excusa et précisa qu'Hydona et lui formaient une équipe de reconnaissance venue voir si les ruines étaient habitables. Ils avaient proposé leur aide pour garder la frontière. Les Aînés avaient accepté : les griffons seraient des alliés de valeur.

Quand ses parents revinrent, sereins, Ventnoir demanda ce qui était arrivé. Son père lui ébouriffa les cheveux en souriant.

— Je crois que tu as un nouvel ami. Il s'est excusé de t'avoir fait peur.

Ainsi commença la période la plus heureuse de sa vie. Il évoluait toujours dans l'univers magique de l'enfance, avec deux griffons prêts à jouer avec lui.

Il ne s'en était pas aperçu à l'époque, mais les griffons ne se contentaient pas de jouer. En réalité, ils lui avaient appris une bonne partie de ce qu'il savait sur le combat et les reconnaissances en forêt, comme ils le feraient plus tard pour leurs petits.

Depuis, il avait également compris qu'ils s'étaient installés à dessein dans les ruines, à cause des sources magiques souterraines. Les jeunes griffons avaient besoin de cet apport de puissance, car leur race avait des pouvoirs différents de ceux des Tayledras, mais réels. Ils les utilisaient pour se défendre, de manière quasi instinctive. Hydona les qualifiait de « mages de la terre ».

Ils s'en servaient aussi pour leur vols d'accouplement, car ceux-ci restaient stériles sans l'enchantement approprié.

C'était le sens de la remarque de Treyvan : « Tu t'en apercevras... », car tout mage se trouvant dans les environs captait l'enchantement sexuel.

La première fois que les griffons s'étaient accouplés, Ventnoir avait quatorze ans. Il se félicitait encore d'avoir été seul à l'époque...

Les petits de cette couvée avaient six ans.

Ils n'étaient pas adultes et ne volaient pas encore, mais ils avaient une taille respectable. Au contraire de Vree, qui était plutôt laid à sa sortie de l'œuf, Lytha et Jerven étaient nés avec des plumes et de la fourrure, et leurs yeux s'étaient ouverts au bout de trois jours.

Le nid des griffons ressemblait à un *ekele* construit sur le sol, probablement pour éviter que les bébés griffons se cassent le cou.

Quand Ventnoir approcha de la demeure de ses amis, il constata qu'elle était plus grande qu'avant. Fait de pierre et de bois, avec des plantes habilement entremêlées, le nid avait l'air assez solide pour braver une tempête.

Il comptait désormais trois pièces, au lieu de deux : une pour les adultes, une pour les jeunes, et la nourricerie pour la future couvée.

— Alors, demanda Treyvan, ébouriffant ses plumes, qu'en penses-tu ?

— Il est splendide, dit Ventnoir.

Les jeunes griffons reconnurent sa voix. Ils sortirent de leur chambre et se jetèrent sur lui en piaillant. Il était leur *jouet* favori, comme Treyvan et Hydona avait été les siens. Il lui semblait juste de rendre la pareille à leurs enfants.

Ils essayaient de faire attention, mais ils ne mesuraient pas toujours leur force. Leurs cris de joie aigus lui transpercèrent les tympans.

Lytha prit sa tunique dans son bec et la mordilla. Jerven fit semblant de lui « mâcher » la cheville. Il se débattit de bon cœur : les jeunes griffons étaient assez solides pour qu'il ne risque pas de leur faire mal en jouant.

Mais il aurait besoin d'une tunique neuve quand les jeunes auraient fini de jouer. Et peut-être aussi d'une *cheville* neuve !

Treyvan siffla un ordre aux enfants. Ils se remirent debout et quittèrent la pièce. Ventnoir ne comprenait toujours pas bien la langue des griffons, mais il savait que son ami leur avait dit : « Allez jouer dehors, Ventnoir veut parler avec nous de quelque chose que vous trouveriez ennuyeux. »

— Pardonne-leur, mon ami, dit Treyvan. Ils sont très jeunes.

— Je sais, dit Ventnoir. Je me souviens très bien d'avoir fait la même chose avec vous deux !

— Mais tu étais beaucoup plus petit que nous à l'époque, fit remarquer Treyvan.

— N'empêche, je vous dois beaucoup. Vous m'avez aidé à surmonter la mort de ma mère. Je ne l'oublierai jamais

— C'est la mission d'un ami...

— Je vois que vous avez agrandi le nid pour les nouveaux petits, dit Ventnoir. Avez-vous d'autres projets ?

— Peut-être une salle de jeu en cas de mauvais temps...

Ils parlèrent un peu des futures améliorations. Puis une ombre passa au-dessus de Ventnoir, sifflant son nom en griffon.

Hydona, la compagne de Treyvan, atterrit dans un nuage de poussière. Elle était plus grande que Treyvan. Sa couleur était un contrepoint plus terne au brun mordoré du mâle et elle avait les mêmes yeux dorés que son compagnon. Elle manifesta autant de joie que lui à la vue de Ventnoir.

Elle posa sa tête sur l'épaule de Ventnoir, qui lui gratta la nuque à l'endroit qu'elle ne pouvait pas atteindre. Pour un griffon, c'était une caresse des plus intimes. Ses amis avaient été très ouverts avec lui, surtout après la mort de sa mère.

Ils lui avaient appris des choses que la plupart des humains n'étaient pas autorisés à savoir. Les griffons ne frayaient pas facilement avec les autres espèces. Parmi les Tayledras, il était leur seul ami intime. Ils n'avaient pas permis à Aubefeu de s'approcher deux, alors qu'elle était la plus douée de k'Sheyna pour contacter les races non-humaines.

— Tu es d'habitude en patrouille à cette heure, dit Hydona d'une voix sifflante. Je suppose que tu es là pour le travail. Que pouvons-nous faire ?

— J'ai besoin de conseils, et peut-être d'une faveur. Il semble qu'un problème me soit tombé dessus...

— Tombé dessus ? C'est une façon intéressante de parler. Explique-nous.

L'éclaireur s'assit sur un rocher.

— Ma foi, dit-il, les choses ont commencé ainsi...

CHAPITRE IX

ELSPETH

Maître Quenten relut le message envoyé par son ancien chef, le capitaine Kerowyn. Le *Héraut* capitaine Kerowyn, se corrigea-t-il.

« *Quenten, j'ai un travail à te confier. Un personnage important ne va pas tarder à arriver chez toi. Essaie d'empêcher qu'on l'identifie. Ce personnage aura besoin d'un très bon mage et d'une formation, voire des deux. A toi de juger. Il a une escorte sachant se défendre en cas de troubles. Si tu as des problèmes, amène le personnage en question à l'Oncle. Ecris-moi si un jour tu trouves un* vrai *travail. Kerowyn.* »

Il sourit de la plaisanterie : Kerowyn n'avait pas changé ! Le messager, un page du roi Faram, accepta l'hospitalité de Quenten, le temps de se reposer. En échange, il proposa de lui raconter les ragots de la cour de Rethwellan.

Dire que les gens se demandent comment nous sommes si bien informés...

Le page, un garçon sympathique, avait toujours l'accent de la région des collines. Quenten eut la nostalgie de l'époque où il travaillait avec les Eclairs, dont la moitié était originaire du même secteur.

Le jeune homme avait un vernis de culture indiquant qu'il était né dans une des familles de nobliaux de la région qui avaient accédé au pouvoir par la ruse et l'entêtement.

Il regarda les lumières magiques qui éclairaient la table, mais ne fit aucune remarque à leur sujet. Et il connaissait l'usage des couverts...

Fraîchement arrivé à la cour, il fut incapable de révéler à Quenten ce qu'il voulait savoir : l'identité du « personnage ».

— Ils sont deux, dit le page. Un homme et une jeune fille vêtus de blanc avec des montures tout aussi blanches. Ces chevaux sont très rapides. Je suis parti il y a une semaine, mais je crois qu'ils arriveront demain, tant leurs bêtes sont vives !

Des Hérauts de Valdemar, de toute évidence. Mais que pouvaient-ils avoir à faire avec un mage ? Quenten se souvenait trop bien des protections de la frontière : aucun jeteur de sorts n'accepterait de les traverser...

Pourtant, il existait peut-être un moyen de les neutraliser. Il verrait bien.

Qui étaient ces Hérauts ? Des gens importants, pour que Kero s'occupe d'eux, et que le roi Faram envoie un messager pour prévenir de leur arrivée.

Il posa de nouveau la question au jeune page, après quelques verres de vin d'Ehrris.

— Personne ne sait exactement qui elle est, mais la jeune fille appelle le roi « mon oncle ». Je crois que c'est l'enfant de Daren, bien que je n'aie jamais entendu parler d'elle avant...

Quenten ricana d'amusement.

L'enfant de Daren ? Déjà Héraut ? Ce serait un miracle, vu l'âge des jumeaux. Mais la fille aînée de Selenay, ça n'est pas impossible... Bizarre qu'ils lui aient laissé quitter le royaume. Il doit se passer avec Hardorn quelque chose dont je ne suis pas informé...

Les événements semblaient se précipiter. Et devenir périlleux, tout en offrant la possibilité d'un avancement rapide en cas de succès. Quenten ne manquait pas d'élèves qui se porteraient volontaires.

Ils ont peut-être trouvé un moyen d'annuler les protections. Est-ce la raison de leur venue ?

L'affaire pouvait même l'intéresser, pensa-t-il. Il était devenu un Maître et pouvait agir comme un Adepte mineur, s'il s'y appliquait. Cela vaudrait peut-être la peine d'affronter les mystérieux « gardiens » de la frontière, s'ils n'avaient pas été neutralisés.

Mage à la cour de Valdemar...

Un moment, des images de gloire et de fortune dansèrent dans sa tête. Puis il se souvint de la raison qui l'avait dissuadé de devenir un mage de cour : la compétition, les rivalités, les limites à ce qu'on pouvait dire... On lui avait offert ce poste plus d'une fois. Il avait choisi de rester dans son école et d'aider des amis à obtenir la charge.

Entre la liberté et un travail à la cour, je préfère la liberté, avait-il un jour déclaré à Kero.

Elle avait haussé les épaules, mais il savait qu'elle était d'accord avec lui.

Quenten s'était installé dans l'appartement et le bureau qui servaient à Kerowyn au temps où Boltha-ven tenait lieu de quartiers d'hiver aux Eclairs, bien avant d'être une école de magie. Situés dans une tour, ils dominaient la ville et l'ancienne forteresse, offrant une vue dégagée sur le portail principal et la route qui y menait. Le terrain d'entraînement avait été transformé en jardin, et la plupart des bâtiments étaient recouverts de briques.

Les baraquements étaient devenus un dortoir, avec du linge séchant aux fenêtres et des enfants assis devant les portes. L'écurie principale était désormais un atelier de travail, où les mages s'entraînaient à lancer les sorts qui risquaient de faire sauter quelque chose. L'écurie auxiliaire avait gardé sa destination première, pour l'entretien des quelques chevaux dont l'école avait besoin. Si les fortifications étaient toujours en place, imposant aux étudiants une frontière physique qu'ils n'étaient pas autorisés à dépasser, le complexe ne ressemblait plus à une place forte. Il avait l'air de ce qu'il était : une école.

La plus grande école de magie des Vents Blancs de Rethwellan.

Parfois, les écoles de magie posent problème aux gens ordinaires. Ils n'aiment pas trouver un élémental au milieu de leurs casseroles. Je me demande bien pourquoi...

Cet aspect n'était pas gênant pour Quenten. Bolthaven était une ville de garnison. Ses habitants avaient été soulagés d'apprendre qu'ils auraient encore des clients. Et tout bien pesé, un élémental dans une cuisine posait moins de problèmes qu'un mercenaire aviné...

Le bureau de Quenten était installé devant la fenêtre, afin qu'il puisse surveiller le déroulement des cours.

En ce moment, il gardait un œil sur la route et lisait en même temps les mémoires de quatre étudiants sur le point de devenir des apprentis. Le messager de Rethwellan était parti dans la matinée. Depuis, Quenten attendait — patiemment, une qualité essentielle des mages — l'arrivée du *personnage.*

Relisant la note, il s'aperçut que Kero demandait qu'il forme la jeune fille. C'était intéressant. Kero n'était pas une magicienne, mais elle était capable de reconnaître ce don chez les autres. Avait-elle détecté quelque chose au sujet de la jeune fille ?

A moins que celle-ci se soit mise en tête de devenir magicienne après avoir entendu des récits légendaires ? Ce serait impossible si elle ne possédait pas le don. Même ceux qui choisissaient la magie noire avaient un minimum de talent. Il fallait être capable de *voir* les énergies magiques et de les manipuler.

La force et le type de ce talent étaient variables ; tous les mages n'accomplissaient pas les mêmes choses.

Certains restaient au niveau le plus bas, utilisant leur propre énergie vitale pour renforcer les attributs naturels des plantes ou des animaux afin de les utiliser.

Quenten doutait qu'une princesse apprécie d'entendre qu'elle ne serait jamais rien de plus qu'un mage de quatre sous...

Ou qu'elle ne serait jamais un mage !

Il essaya de se préparer à tout : une gamine gâtée convaincue qu'un uniforme blanc et une couronne princière lui donnaient tous les droits ; une enfant naïve à la tête farcie de rêves mais sans aucun pouvoir. Ou quelqu'un qui ressemblerait à ses élèves les plus doués.

La dernière solution serait idéale. Théoriquement, la discipline exigée par la magie mentale des Hérauts lui donnerait un certain avantage sur des jeunes gens dotés d'un talent qu'ils n'avaient jamais appris à maîtriser.

Quand un éclair blanc apparut sur la route, Quenten utilisa sa vision magique. Si la jeune fille avait des aptitudes, il le verrait, même de si loin. Il saurait quoi lui répondre si elle demandait une formation.

Deux cavaliers apparurent devant le portail, puis descendirent de leurs montures.

Quenten eut le plus grand choc de sa vie.

La jeune femme, d'aspect banal, n'était pas *ordinaire* du tout. Elle possédait un don à l'état brut d'une puissance telle qu'il l'enveloppait d'une aura crépitante d'énergie. Elle effleurait tout ce qui l'entourait avec des « doigts » invisibles, apparemment sans s'en rendre compte.

Quenten en fut sidéré, s'étonnant qu'elle n'ait pas provoqué de catastrophes avec un tel don. Elle voyait sûrement les courants d'énergie, et même les nodes qu'il percevait mais ne pouvait pas utiliser.

Elle s'était sans doute demandé de quoi il s'agissait. Comment avait-elle résisté à la tentation de les manipuler ? Puis il se souvint que les Hérauts recevaient une formation de « magie mentale ». Si quelqu'un ignorait ce qu'était le « don des mages », il pouvait être pris pour une variante de la vision à distance.

Si on l'avait persuadée qu'elle n'avait aucune influence sur ce qu'elle voyait, il était possible qu'elle n'ait jamais essayé.

Ils ne savent pas à quel point ils sont passés près de la catastrophe. Si elle avait tenté de toucher quelque chose...

De plus, elle portait au côté une arme qui irradiait un pouvoir éclipsant presque le sien.

Quenten reconnut Besoin, l'épée de Kero : elle avait changé, s'étant en quelque sorte « éveillée ». Il ne faisait plus aucun doute que l'arme était un objet investi d'un pouvoir magique majeur rivalisant avec celui des Adeptes qu'il connaissait.

Heureusement que je n'ai jamais essayé de la manipuler quand elle était endormie ! Elle m'aurait écrasé comme une mouche.

Il se demanda comment il avait pu ne pas sentir ce pouvoir plus tôt, ou pourquoi les mages de Faram ne s'étaient aperçus de rien.

Puis l'épée cessa de diffuser son pouvoir. Elle redevint l'objet relativement inoffensif qu'il avait connu, doté d'un peu de magie seulement visible quand un mage s'y appliquait et savait que chercher.

A-t-elle fait sa démonstration à mon bénéfice ? se demanda-t-il.

La pensée était effrayante. Personne, à sa connaissance, ne pouvait repérer l'usage de la vision magique, car c'était un sort passif.

Personne *à sa connaissance.* Ça ne signifiait pas que c'était impossible. Besoin était infiniment ancienne. La magie qui l'avait façonnée disposait peut-être de pouvoirs inimaginables.

La créature que chevauchait la jeune femme n'était pas un cheval, même si elle choisissait d'apparaître sous cette forme. Peu de mages auraient pu repérer l'énergie particulière qui émanait d'elle, car elle faisait partie intégrante de l'être, comme si le pouvoir venait directement de lui.

C'était le cas. Quenten reconnut un Esprit Gardien du plus haut rang. Bien plus élevé que les Kal'enedral-esprits avec qui il avait brièvement conversé lors d'une visite des Shin'a'in. Le chamane Kra'heera les appelait des « esprits voilés », car ils dissimulaient leur pouvoir au commun des mortels.

Le pauvre mage eut toutes ces révélations en l'espace d'une seconde. Il faillit en avaler sa langue.

Il regarda la jeune femme comme s'il se trouvait face à un grand maître. Tant de puissance, tant de potentiel... Et il n'avait pas la plus petite idée de ce qu'il allait en faire !

Je suis incapable de la former ! Une seule erreur, et elle ferait sauter bien plus que l'atelier ! Et cette épée... Sans parler du « cheval »...

Des années de discipline au service de Kero lui permirent de se reprendre et de se comporter comme le maître compétent d'une école de magie, non comme un apprenti terrorisé.

Il détourna la tête : c'était la première chose à faire. Quand la jeune fille fut hors de sa vue, normale comme magique, il put respirer de nouveau. Il devait *réfléchir.* Il fallait une réponse et une solution au problème.

Une chose était sûre : non seulement il était possible de la former, mais c'était une nécessité absolue. Si elle était un jour tentée de manipuler les énergies qu'elle captait...

Impossible d'évaluer les dégâts qu'elle pourrait faire. Surtout si elle réagissait instinctivement à une menace dirigée contre elle ou ses proches...

Dieux ! La première chose que doit apprendre un mage est de ne jamais agir sous le coup de la peur ou de la colère.

Elle serait également une proie facile pour un sorcier noir, qui verrait son aura et déciderait aussitôt de l'utiliser. N'importe qui pouvait être brisé en y mettant le temps et les techniques nécessaires. Les sorciers noirs connaissaient les moyens de le faire et ils n'hésiteraient pas à s'en servir.

Il fallait qu'elle soit formée. La question était de savoir *qui* pourrait s'en charger.

Kero m'a dit de l'envoyer à son oncle Jendar si je n'étais pas capable de faire face. C'est un Adepte. Il devrait pouvoir s'en occuper !

Ayant réglé cette question, il soupira et se détendit. Son cœur reprit un rythme normal. Il se félicita d'avoir délégué auprès des visiteurs une jeune élève qui était une Guérisseuse-herboriste dépourvue de vision magique.

Qui sait ce qui serait arrivé si je les avais reçus ? Je me serais mis à balbutier, et ça n'aurait pas été pour lui inspirer confiance.

Quand une jeune élève vint lui annoncer l'arrivée des visiteurs, il avait retrouvé son aplomb habituel.

— Oui ? dit-il.

— Maître, les gens que vous attendez sont là. La jeune dame s'appelle Elspeth et le jeune homme, Skif. Vous devriez venir si vous le pouvez....

L'enfant regarda autour d'elle. Il n'était pas fréquent qu'un élève voit le bureau du maître. Quenten s'en servant comme d'une salle d'entraînement secondaire, il plaçait des verrous magiques quand il ne l'occupait pas.

— J'y vais, dit-il.

La fillette s'éclipsa.

Quand Quenten arriva au portail, il se sentait presque redevenu lui-même.

Il fut capable d'encaisser le nouveau choc qu'il reçut à la vue de ses visiteurs. L'épée se tenait tranquille, mais pas la jeune fille ni le « cheval ».

Tant qu'ils n'essaient pas de toucher *quelque chose...*

Il salua la jeune femme. Son compagnon resta en arrière, soulignant leurs rangs respectifs.

La jeune femme ressemblait beaucoup au roi Faram. Il en déduisit qu'elle était bien l'héritière du trône de Valdemar.

Elle avait l'air tout à fait ordinaire. Sa chevelure brune était nouée en une tresse épaisse et son visage carré n'avait pas la beauté de poupée de bien des jeunes nobles. Mais il avait tant de caractère que la beauté eût été superflue. Comme Kero, elle était agréable à regarder et pleine de vie. Ses yeux marron scintillaient. Même sans vision magique, il aurait deviné qu'elle avait le don, tant elle diffusait d'énergie.

Elle avait étudié le rethwellien et le parlait sans accent.

— Ravie de vous rencontrer, dit-elle. Je suis l'« enfant à problèmes » de Kero. Comme elle n'aime pas trop écrire, je suppose que vous n'en savez pas plus ?

— Ma foi, dit Quenten avec un sourire, elle ne m'a pas dit votre nom. Elle vous a baptisé « personnage » dans sa lettre. Pour des raisons de sécurité, je suppose. Vous êtes l'Elspeth dont la mère se nomme Selenay ?

— J'en ai bien peur. C'est une partie du problème. Désolée, je n'ai pas choisi mes parents ! Au fait, laissez-moi vous présenter Skif. Il est également affecté à cette mission.

— Elle veut dire que je suis son garde du corps, précisa Skif avec un sourire.

Il tendit la main à Quenten.

Le jeune homme aurait été parfaitement ordinaire, sans pouvoir magique... s'il n'avait pas chevauché un Esprit Gardien.

De moindre niveau que celui de la jeune fille, mais...

La jument se tourna vers le mage, le regarda dans les yeux et lui fit un clin d'œil.

Quenten faillit s'étouffer. Il se reprit, parvenant à ne pas bégayer.

— Je crois comprendre pourquoi vous arrivez incognito. C'est une précaution nécessaire.

— Je sais, dirent les deux jeunes gens en même temps.

Puis ils éclatèrent d'un rire franc.

Elspeth grimaça.

Skif haussa les épaules.

— Oui, nous savons que c'est nécessaire, mais ça ne veut pas dire qu'Elspeth apprécie beaucoup...

Quenten s'éclaircit la gorge.

— Kero m'a informé de la raison de votre venue. Je vais être honnête avec vous. J'aurais aimé pouvoir vous aider, mais j'en suis incapable. Les professeurs de l'école ne s'intéressent à rien d'autre qu'à leurs élèves. Aucun des apprentis prêts à prendre la route n'a le niveau suffisant pour s'attaquer à vos frontières et neutraliser leurs protections. Je suppose que vous le savez : je n'ai pas pu traverser avec Kero, et je ne suis pas sûr d'en être capable maintenant, après avoir pratiqué la magie et être devenu un Maître.

Le visage d'Elspeth se décomposa.

Skif prit un air résigné.

— Et si vous nous formiez ? demanda la jeune femme. Je suppose que nous n'entrons pas dans la catégorie des élèves à qui vous pouvez enseigner...

C'est l'occasion de lui parler...

Lui révéler la vérité ne ferait pas de mal.

Cela la rendrait peut-être plus prudente.

— Skif n'est pas concerné, mais vous êtes une magicienne potentiellement très puissante. Votre potentiel est même si élevé que je ne me sens pas capable de vous servir de professeur. Mais vous *devez* recevoir une formation, cela ne fait aucun doute.

Des émotions contradictoires passèrent sur le visage d'Elspeth : surprise, déception, soulagement et peur.

Il espérait qu'elle continuerait à craindre ce type de pouvoir.

— Je n'en aurai pas le temps, dit-il, sincère. Vous venez ici à un âge relativement avancé. Considérant la puissance de votre don, vous avez besoin d'un professeur particulier, capable de compenser vos erreurs. Je ne peux pas m'en charger. Cela occuperait trop du temps que j'ai promis de consacrer aux étudiants. Ce serait injuste pour eux. Et je suppose que vous êtes pressés ?

Ils hochèrent la tête. Le « cheval » d'Elspeth hennit sur un ton approbateur.

Grands dieux, il me regarde de la même façon que le vieux Jendar quand je ne me sentais pas capable d'une chose et que je le lui disais. Du genre : « Au moins tu sais où t'arrêter ! »

— Il ne serait pas juste non plus de vous accorder moins d'attention que nécessaire. (Il vit la jeune femme pâlir.) Mais cela ne veut pas dire que je ne peux rien pour vous ! Je vous indiquerai comment contacter l'Adepte Jendar, l'oncle de Kero et mon ancien maître. Il n'enseigne plus à l'école, mais il prend de temps en temps un élève doué, comme vous. Sans mes indications, vous n'arriveriez pas à le trouver, car il vit désormais en reclus.

— Je suppose qu'il ne sera pas possible de le convaincre de revenir avec nous ? dit Skiff. Cela résoudrait tous nos problèmes.

— Je l'ignore. Il est très âgé, mais la magie ralentit le vieillissement. Je ne l'ai pas vu depuis longtemps ; il se peut qu'il soit toujours aussi actif. De toute manière, il m'est largement supérieur en capacités et en connaissances. Le mieux est de le rencontrer et de lui poser la question.

— Merci, maître Quenten. C'est ce que nous allons faire.

Soulagé d'un poids immense, Quenten sourit.

— Je peux quand même vous proposer l'hospitalité pour la nuit. J'aimerais avoir des nouvelles fraîches de Kero. Et vous avez raison : c'est un très mauvais écrivain. Sa lettre à votre sujet faisait une demi-page. Celle que je vous donnerai pour Jendar en comptera au moins cinq, et je vous connais à peine !

La jeune femme gloussa et lui fit un clin d'œil rappelant celui du cheval-esprit de Skif.

Quenten tenta de se rappeler le nom exact. Camarades ? Non : Compagnons.

— Je peux aussi vous offrir de quoi abriter vos... amis. Vous les appelez « Compagnons », si je ne m'abuse ? Je ne sais pas à quoi ils sont habitués, mais je peux improviser une écurie convenable !

Elspeth eut l'air surpris.

Les Compagnons semblèrent ravis.

— Nous avons deux stalles qui se ferment de l'intérieur. On les utilise pour les chevaux shin'a'in, qui ne sont pas des Compagnons, mais qui se montrent bien plus intelligents que les chevaux ordinaires.

— Ce sera parfait, dit Elspeth, reconnaissante. Il est rare de trouver des gens qui ne les prennent pas pour de simples animaux, même à Valdemar.

— Ma dame, je sais parfaitement qu'ils ne sont pas des chevaux !

Et vous ne connaissez pas la moitié de la vérité, mon ami, murmura une voix dans son esprit.

Je vais faire semblant de ne pas avoir entendu ça, pensa Quenten. *Les Hérauts connaissent-ils la vraie nature de leurs Compagnons ? Si ce n'est pas le cas, je ne me risquerai pas à leur révéler que ce sont des Esprits Gardiens...*

Décidant de déléguer la visite des écuries et de l'école à quelqu'un d'autre, il partit avec l'intention de se détendre avant d'affronter de nouveau ses visiteurs.

Loin des yeux bleus inquisiteurs des Compagnons, le dîner fut moins pénible pour le mage. Ses invités s'ébaubirent de ses lumières magiques et admirèrent les petits élémentals de feu qui gardaient la nourriture au chaud. Il leur dit ce qu'il savait de Kero, de Faram et de Daren et il leur parla du temps qu'il avait passé avec les Eclairs.

Puis il écouta leurs récits sur les activités actuelles du *Héraut* Kerowyn.

Quenten apprit quelques rumeurs de cour qu'il pourrait utiliser, surtout par Skif. Ce garçon remarquait tout. Quenten eut le sentiment qu'il était plus complexe qu'on s'y attendait, plein de ressources, et probablement dangereux. Peut-être était-ce à sa présence qu'Elspeth devait de ne pas avoir été ennuyée par des sorciers avides de se servir d'elle.

Elspeth était une jeune femme bien éduquée, constata Quenten. Mais sur de nombreux points, c'était encore une gamine.

Et elle n'avait aucune idée de la manière dont son rang serait perçu hors de Valdemar.

— Tu vois, fit Skif, je t'avais bien dit qu'il faudrait être prudente en traitant avec la noblesse locale. Et je t'avais prévenue que ce ne serait pas toujours facile.

— Tu m'as dit beaucoup de choses, mais j'avais raison sur certains points !

— Ce n'est pas sa faute, intervint Quenten. Elle a toujours été en contact avec les nobles de haut rang. C'est de la petite noblesse du cru que vous devrez vous méfier. La plupart des seigneurs ne sont pas nés titrés ou n'étaient pas les premiers fils. Ils sont arrivés au pouvoir par des moyens douteux et ils n'ont pas l'intention de s'arrêter là. Il vous sera même impossible de faire confiance à votre famille. Si vous révélez à Lordan, le frère de Kero, qui vous êtes et la raison de votre venue, la famille de Dierna, son épouse, sera vite informée de votre présence. Et je ne donnerais pas cher de votre sécurité au moment où vous quitterez ses terres, car une rançon serait trop tentante.

Skif prit un morceau de viande fumée. Il portait des marques de coups de couteau sur les mains.

Intéressant, se dit Quenten. *Drôle de partenaire pour une princesse ! Bien plus qu'un garde du corps. Son amant, peut-être ?*

Mais peut-être pas... D'après Kero, les Hérauts étaient au moins aussi proches les uns des autres que les mercenaires d'une excellente unité. Qu'ils soient amants ou non ne changeait pas grand-chose.

— Croyez-moi, plus vous aurez l'air de gens ordinaires, moins vous courrez de risques. Par exemple, *abandonnez vos vêtements blancs*, fit-il d'une voix calme mais énergique.

Skif ricana. Elspeth eut l'air sidérée.

— Les gens ordinaires ne chevauchent pas en uniformes blancs ! Vos « chevaux » sont déjà assez spéciaux ! Je vous fournirai des tenues classiques. Gardez les uniformes pour les occasions où vous devrez impressionner quelqu'un.

L'idéal serait de teindre les Compagnons, mais avec l'énergie magique qu'ils irradient, ils redeviendraient probablement blancs en une demi-journée. En supposant que la teinture prenne, ce dont je doute.

Elspeth soupira.

— D'accord. Vous en savez plus que nous sur la façon dont les choses marchent ici.

— Que sont exactement les écoles de magie ? demanda Skif. Parfois, il semble que ce sont de véritables centres de formation. D'autres fois, on penserait plutôt à des écoles de philosophie.

— Les deux sont vrais. Chaque méthode d'enseignement *est* une philosophie. La différence vient de la façon dont nous utilisons la magie, et de ce que nous sommes prêts à faire pour obtenir le pouvoir.

Que devait-il leur dire ? Et que devait-il laisser aux soins de Jendar ?

Il vaut mieux s'en tenir au plus simple.

— Les Vents Blancs ne prennent rien sans autorisation. Nous essayons de faire le moins de mal possible. Le pouvoir magique étant un don, nous avons le devoir de l'utiliser au bénéfice de ceux qui ne l'ont pas. Cela dit, rien n'empêche un mage d'en faire son métier et d'en vivre, tant qu'il ne se sert pas de ses dons pour aider ceux qui abusent de leur pouvoir. Voilà pourquoi peu de mages travaillent avec les compagnies de mercenaires. On n'est jamais sûr d'être du bon côté.

— Nous n'avons pas à nous soucier de ça, dit Elspeth.

Skif leva un sourcil.

— Vous avez déjà entendu parler des sorciers qui pratiquent la magie du sang ?

Skif secoua la tête.

— Dans ce cas, je ferais mieux de vous expliquer ! Ce sont des mages qui volent leurs pouvoirs à des confrères. En les tuant, ou en brisant leur volonté pour les utiliser, s'ils en ont le temps.

Les yeux d'Elspeth s'écarquillèrent.

— C'est ce que fait Ancar ! En tout cas, d'après les récits des gens qui ont fui Hardorn. Je ne savais pas qu'il existait un nom pour ces mages.

— Et des écoles enseignent *ça* ? demanda Skif, ricanant.

Quenten haussa les épaules.

— Oui. Mais elles sont détruites dès qu'on les repère. Ou les sorciers se cachent quand ils savent qu'ils sont découverts. Aucun roi sain d'esprit n'en veut sur son territoire. La plupart du temps, ce type de magie est enseigné en privé. Un mage de sang désirant un apprenti essaie de trouver un élève ayant du potentiel, mais pas de formation.

— Afin qu'il ne reconnaisse pas de quelle sorte de mage il s'agit ? demanda Skif.

— Parfois. Sinon, ils se rapprochent d'un « candidat » avide de pouvoir et sans scrupules. Ce type d'élève finit en général par se rebeller. Il affronte son maître. Si les deux sortent vivants du combat, ils se séparent.

Quenten ne mentionna pas ce qui arrivait quand le maître l'emportait. Il préférait attendre qu'Elspeth se soit retirée pour la nuit.

— Souvenez-vous d'une chose : toute règle a ses exceptions. Il en existe une pour la sorcellerie du sang. Certains mage dévoués au bien pratiquent une forme de magie demandant qu'on verse du sang. Le plus souvent, il s'agit du leur, en petite quantité, car cela dégage beaucoup d'énergie. Les chamanes shin'a'in le font. En temps de crise, un chamane ou un guerrier peut se proposer pour le sacrifice. En quelque sorte, un messager signale à leur Déesse que les choses vont très mal et qu'ils ont besoin d'aide.

— C'est une plaisanterie ? demanda Elspeth, éberluée.

— Non. Ils prennent ça très au sérieux. Mais cela n'est plus arrivé depuis trois ou quatre générations. La dernière fois, c'était au moment d'une sécheresse terrible. Les hommes et les animaux mouraient comme des mouches. Un chamane s'est jeté du haut des falaises qui dominent la Plaine, sur l'autel qu'il avait érigé en bas.

— Et ? demanda Skif.

— La sécheresse a pris fin. Je ne juge pas leur Déesse : vaut-il mieux répondre au moindre cri, ou demander aux fidèles de prouver qu'ils ont vraiment besoin d'aide ?

— Je l'ignore aussi, concéda Skif. Mais je comprends ce que vous voulez dire. Nous ne sommes plus à Valdemar.

— Les Shin'a'in ne sont pas les seuls êtres étranges du secteur. Il y a aussi les Frères du Faucon, que les Shin'a'in appellent *Tale'edras*. On sait peu de choses sur eux, car ils ont tendance à tuer quiconque s'aventure sur leur territoire.

Skif l'observa un instant en silence.

— Inutile d'attendre un cri d'horreur de ma part, fit-il enfin. Vous nous avez dit ça pour une raison précise. Continuez, je vous en prie. Pourquoi tuent-ils les gens qui passent leur frontière ?

— Vous avez deviné ! lança Quenten en riant. Oui, j'ai une raison, et une bonne ! Pour être franc, ils essaient d'abord de décourager les intrus et de leur faire rebrousser chemin. Ils tuent ceux qui ne veulent pas entendre raison. Les Shin'a'in, qui les connaissent le mieux, disent qu'ils sont les gardiens d'une magie très destructrice. Ils purifient un endroit, puis ils passent au suivant. Ils éliminent les intrus pour éviter qu'ils s'approprient les énergies magiques. Leurs territoires sont tous dans les Pelagirs, un endroit où vivent et poussent des choses étranges... et mauvaises. Quand ils quittent un lieu, n'importe qui peut s'y installer sans avoir de problème. Je crois que les Shin'a'in disent vrai.

A cet instant, Elspeth étouffa un bâillement, puis eut l'air contrit.

— Je suis désolée, dit-elle, ce n'est pas votre compagnie qui m'ennuie. Mais ce long voyage, plus le repas délicieux que vous nous avez offert... Skif est habitué à chevaucher. Je suis moins entraînée que lui.

— Je vous comprends ! Pourquoi ne pas rejoindre la chambre que je vous ai montrée ? J'ai aussi l'intention de me coucher bientôt.

— Merci, dit la jeune femme.

Elle se leva et jeta un coup d'œil à Skif.

— Bonne nuit, dit Quenten. Je viendrai assister à votre départ demain matin, à moins que vous décidiez de rester encore un peu.

— Non, je vous remercie. Nous avons peu de temps devant nous. Je vous souhaite aussi une bonne nuit.

Skif regarda la porte se fermer derrière elle.

— Vous n'avez pas tout dit au sujet des mages de sang...

Surpris par la franchise de Skif, Quenten ne tourna pas autour du pot.

— C'était au sujet de ceux qui cherchent un apprenti puissant, mais sans formation. Quelqu'un de naïf, comme votre jeune amie.

— Continuez, souffla Skif, le regard dur.

— Ils recherchent des gens qui sont leur opposé. Pour arriver à leurs fins, ils utilisent deux méthodes, chacune impliquant la subversion. D'abord, ils essaient de corrompre leur « apprenti ».

— Impossible. Les Hérauts sont *réellement* incorruptibles.

— Si la première méthode ne marche pas, il leur reste la destruction. Ils attirent l'innocent dans un lieu chargé de pouvoir, puis ils utilisent la magie pour le briser. Et ne me dites pas que c'est impossible ! N'importe qui peut être brisé avec le temps, la patience et les connaissances nécessaires. Et les mages de sang possèdent tout ça. Leurs repaires sont très bien cachés et protégés. Il faut une petite armée pour tirer un « apprenti » de leurs griffes. Les secours, quand ils arrivent, ne servent plus à rien.

Skif blêmit.

— Charmant petit royaume que le vôtre, dites-moi !

— Les monstres de ce genre ne sont pas nombreux, mais ils existent. C'est pour cela que je vous préviens. Vous n'avez pas les capacités de voir le potentiel d'Elspeth. Moi, oui ! Tout mage ayant atteint le niveau de Maître en sera capable. Il existe aussi des Adeptes qui suivent ces voies. Ils peuvent vous persuader qu'ils sont vos meilleurs amis, si vous ne vous méfiez pas d'eux. Plus quelqu'un sera aimable, plus vous devrez vous en défier. Les mages normaux n'ont pas besoin de recruter des apprentis :

ils viennent d'eux-mêmes. Tous les autres sont suspects. Les Shin'a'in sont les seuls à qui vous puissiez faire une confiance absolue. Avec ceux dont ils se portent garants.

Skif fronça les sourcils.

— Et vous pensez qu'elle peut attirer ce type de sorciers ?

Quenten hocha la tête.

— Mon jeune ami, je suis désolé que cette idée vous donne des cauchemars, mais sachez une chose : vous aller entrer dans le territoire des loups avec à vos côtés un agneau tendre et appétissant. Et ces loups-là savent se déguiser en moutons.

Skif eut un rictus. Son regard convainquit Quenten qu'il était dangereux quand il le décidait.

Le mage espéra qu'il le serait *suffisamment*...

CHAPITRE X

VENTNOIR

Vree plongea sans avertissement, venant de la direction du soleil afin que Ventnoir ne le voit pas à temps.

— Treyvan, attention ! cria l'éclaireur, coupant la parole à Hydona.

Treyvan aplatit sa crête. Vree passa au-dessus de sa tête et rata la penne qu'il visait.

Puis il remonta dans les cieux.

C'était la seule mauvaise habitude de Vree, que Ventnoir n'avait jamais pu lui faire abandonner. Le faucon avait une fascination sans bornes pour les plumes de la crête du griffon.

— Désolé, dit Ventnoir. Je ne sais pas pourquoi il fait ça...

Hydona ricana. Treyvan leva les yeux et vit le faucon planer innocemment sur un courant d'air chaud.

— Ventnoir, dit Hydona, malgré mon amour pour toi, un de ces jours, je flanquerai une bonne raclée à cet oiseau !

— Désolé, répéta le jeune homme. Que disais-tu, Hydona ?

— Que la Modifiée n'avait aucune raison de sauver les dyhelis, excepté par altruisme. Je suppose que tu n'as pas pu juger de la force de sa magie ?

— Pas sur la base d'un seul enchantement.

— Elle est d'origine *Autre*, dit soudain Treyvan. Les griffes rétractiles ne peuvent pas avoir évolué à partir d'une main humaine. Elle est donc Autre, car les griffes viennent des non-humains, et seuls les Autres se reproduisent avec eux.

— Exact. Je l'avais oublié, acquiesça Hydona.

Ventnoir étouffa un juron. Il serait encore plus difficile de la dissimuler à son père. Il aurait pu accepter une Modifiée, mais pas quelqu'un qui appartenait aux Autres, les mages de sang des Terres Extérieures.

— Dans ce cas, que faisait-elle si près de k'Sheyna ?

Treyvan ébouriffa ses plumes.

— Il peut y avoir des raisons diverses.

Ventnoir pensa à plusieurs possibilités : une espionne ; une esclave fuyant un maître cruel ; une Adepte s'étant infligée des blessures pour endormir leurs soupçons.

— Nous pourrions l'interroger, dit Hydona. Nous sommes aussi doués que les *vrondis* pour détecter le mensonge.

Ventnoir l'ignorait jusqu'à cet instant.

— Ce serait très utile, reconnut-il. Je n'ai pas envie d'utiliser l'enchantement de vérité. Cela pourrait attirer des créatures indésirables...

— Nous nous chargerons de ça, dit Treyvan. Pourtant, il vaudrait peut-être mieux que tu sois présent. Elle risque d'avoir très peur de nous.

— Un peu de crainte ira dans notre sens. Si vous jouez le rôle des grands méchants monstres, je tiendrai celui du protecteur. Même si elle n'est pas dangereuse, que faire d'elle ? Je ne peux pas l'emmener dans la Vallée !

— Tu y penseras le moment venu. Si c'est une ennemie, nous pourrons te débarrasser d'elle.

— Non, dit l'éclaireur. C'est mon travail.

Il était malade à l'idée de tuer de sang-froid, mais c'était effectivement son travail. Il ne laisserait pas ce fardeau à quelqu'un d'autre.

Surtout pas à eux. Il y a tellement d'innocence dans leur cœur...

Treyvan haussa les épaules.

— Comme tu veux. Retrouve-nous là-bas.

— D'accord. Ça signifie que je dois retraverser ce maudit marais ! Que ne ferais-je pour accomplir mon devoir !

Treyvan éclata de rire.

— Essaie de tenir ton oiseau loin de ma crête. Il commence à me paraître comestible !

Tête de linotte, dit Ventnoir, *tu ne sais pas à quel point tu es passé près...*

Près ? De quoi ?

Peu importe. Laisse les griffons tranquilles. Tu m'as entendu ?

Oui, dit Vree, sarcastique. *J'ai entendu.*

Ce qui ne signifiait pas qu'il tiendrait compte du conseil...

Ventnoir gémit.

Pas étonnant que mon père ne m'écoute pas. Je ne parviens pas à me faire respecter par un volatile !

Nera l'attendait au bord du marais.

Les êtres ailés sont là, dit-il mentalement. *La créature que tu as amenée est réveillée.*

Puis il disparut prestement dans les hautes herbes.

Ventnoir reprit son chemin. Il lui était impossible de se déplacer dans le marécage avec l'aisance de Nera, quoi qu'en dise celui-ci.

Il alla tout de même aussi vite que possible. Le vieil hertasi ne serait pas venu à sa rencontre s'il n'avait pas été inquiet. Avec raison : il était possible que la jeune fille soit une Adepte.

Elle était peut-être plus vieille qu'il y paraissait. La plupart des mages de sang commençaient par se rajeunir afin de paraître avoir une vingtaine d'années. Certains prenaient même l'apparence d'un enfant.

Comme les Tayledras étaient très sensibles aux enfants, jouer sur leurs émotions ne posait pas problème. Plusieurs centaines d'années plus tôt, sur les bords du lac Evendim, k'Vala avait été dévasté par un Adepte noir utilisant cette ruse. Aucun Tayledras ne pouvait se permettre d'oublier cette leçon.

Que pourrait-il entreprendre si sa protégée était une Adepte ? Comment la forcerait-il à se trahir ?

Pour se guérir, il lui faudra aspirer du pouvoir dans le node le plus proche. Treyvan devrait s'en apercevoir : il a ancré sa magie dans ce node. Si elle est seulement un Maître, elle puisera dans les lignes de pouvoir. Ce sera plus difficile à détecter. J'aurais besoin d'un Sensitif. Un moment : il me semble que Treyvan m'a dit que les jeunes griffons sont sensibles aux courants d'énergie de leur lieu de naissance. Ça pourrait marcher, en supposant qu'il puisse les convaincre de se concentrer...

Arrivé sur le chemin qui bordait la rizière, il se sécha les pieds et remit ses bottes.

Tout semblait calme. Il supposa que Nera avait seulement voulu lui jouer un de ses petits tours.

Sachant qu'il l'observait, Ventnoir prit tout son temps.

Au-dessus du tunnel de Nera, il vit deux paires d'ailes immenses qui lui apprirent que les griffons l'attendaient.

Un travailleur hertasi l'approcha pour prendre des nouvelles d'un parent de la Vallée. Ventnoir sentit Nera s'impatienter, mais il lui rendit la monnaie de sa pièce en prenant le temps de répondre poliment et en détail aux questions de l'hertasi. Il était le seul Tayledras que les minuscules lézards voyaient régulièrement et se tenait informé des faits et gestes des hertasis de la Vallée pourvus d'une famille dans le village du marais.

Mon fils sans plumes, la créature que tu as amenée est capable de se mouvoir. Elle n'a pas eu l'air particulièrement impressionnée par notre apparition.

Elle devait connaître votre existence. Ou elle a déjà rencontré des griffons. Tant pis... J'arrive.

Ventnoir gravit le terre-plein ensoleillé. La jeune fille était allongée sur un matelas empli d'herbe, un griffon de chaque côté.

Il eut du mal à détacher son regard de son corps. Consciente, elle était encore plus attirante.

— Nyara est réveillée, dit Treyvan. Nous avons eu une conversation très intéressante. Nyara, je te présente Ventnoir.

— Je me souviens de vous. Vous m'avez sauvée de la brume.

— Vous veniez de faire sortir les dyhelis de ce piège. Cela semblait équitable. Je ne comprends pas pourquoi vous les avez aidés. Mais vous aviez une raison ?

— Je fuyais mes propres problèmes quand je les ai vus. Je suis une Modifiée, et je sais que les Hommes aux Oiseaux ne veulent pas de nous. Quand j'ai vu les dyhelis, je me suis souvenu qu'ils sont vos amis. J'ai pensé que les libérer me ferait accueillir par votre peuple. De plus, je déteste celui qui a construit le piège.

— De qui s'agit-il ? demanda Ventnoir de sa voix la plus menaçante.

Il lui serait difficile de jouer les « monstres » alors qu'elle incarnait les rêves de tout jeune mâle, mais cela sembla marcher.

— De mon maître, Mornelithe Fléaufaucon.

— Un nom pas très convivial, dit Hydona.

— L'homme ne l'est pas non plus, répondit Nyara en secouant la tête. D'ailleurs, il n'est plus un *homme*, même si c'est indéniablement un mâle. Il a fait plus de modifications sur lui-même que sur moi !

— Un Adepte, dit Treyvan. D'après vos cicatrices, il n'a jamais été très gentil avec vous, je suppose ?

Nyara serra les lèvres.

— Non ! Il s'est servi de moi pour tester les modifications. Si elles lui plaisaient, il les adoptait aussi. Si c'était une erreur, il se souciait rarement de la corriger. Il me battait et... autre chose...

Ses yeux s'emplirent de larmes. Elle détourna la tête.

— Il m'a fait mal une fois de trop. Je n'en dirai pas davantage.

— Donc, vous avez pris la fuite. Comment avez-vous pu échapper à un mage aussi puissant ? Et qu'avez-vous fait quand vous avez vu les dyhelis ?

Elle se frotta les joues pour essuyer ses larmes.

— J'ai pu apprendre un peu de magie. J'ai un certain pouvoir. Quand Mornelithe ne faisait pas attention, je le regardais et j'assimilais ce que je pouvais. Un jour j'en ai su assez pour annuler les enchantements de fermeture des portes, et je me suis enfuie. Puis j'ai pris la direction du nord, où je savais que demeuraient les Hommes aux Oiseaux, qu'il déteste. (Elle regarda Ventnoir du coin de l'œil.) Allez-vous m'en vouloir si j'avoue avoir eu l'intention de vous utiliser contre lui ? Vous êtes nombreux et je suis seule. J'ai pensé qu'avec vous entre lui et moi, il m'oublierait. Puis j'ai vu les créatures à cornes qu'il avait emprisonnées par magie. J'ai pensé acheter mon droit d'asile, ou au moins celui de traverser la frontière en sécurité, en leur rendant leur liberté.

Elle leva la tête et jeta à Ventnoir un regard de défi.

— Vous me devez le droit de traverser ! Même si j'ai pensé à vous utiliser contre Mornelithe. Vous l'avez vaincu plusieurs fois, et je ne suis qu'un petit être incapable de le défier. J'ai réussi à fuir par chance plus qu'autre chose...

Ventnoir jeta un coup d'œil à Treyvan, qui lui fit un signe discret de la tête. Tout ce qu'elle disait était vrai.

— Nous vous devons un endroit sûr où vous reposer et récupérer vos forces, dit-il, son expression s'adoucissant.

Avisant un scintillement d'écailles non loin de là, il parla mentalement à Nera et surveilla la jeune fille pour savoir si elle captait les pensées.

Nera, cette Modifiée semble amicale. Elle aura besoin de votre aide. Un abri pour deux semaines, peut-être plus. Y a-t-il un tunnel inutilisé en ce moment ?

Oui. Celui qui appartenait à Rellan et à Lorn. Il a encore été inondé au printemps, et ils se sont rendus à la raison : ils ont déménagé. En cette saison, il est sec.

De plus, il était situé sur le flanc du terre-plein, bordé d'un côté par le marécage, d'un autre par une falaise à pic.

Le tunnel était parfait.

Nous allons le préparer, dit Nera, satisfait de jouer un rôle important dans l'affaire. *La créature peut marcher, mais lentement. Mon Guérisseur dit qu'elle a des os endommagés et des muscles déchirés. Envoie-la-nous dans un moment, nous aurons déposé un lit et de la nourriture dans le tunnel.*

Nyara ne semblait pas avoir entendu ce dialogue mental.

— Nous allons vous fournir un endroit sûr où vous pourrez rester le temps nécessaire. Puis je m'assurerai que vous traversiez sans encombre quand vous serez de nouveau en mesure de voyager. N'espérez pas que nous pourrons vous donner l'asile. Les Aînés de ce clan détestent les Modifiés.

— Mais pas vous, dit la femme d'une voix semblable à une caresse.

— Je ne hais personne, se défendit Ventnoir en rougissant, au grand amusement de Treyvan. Mais je ne peux pas décider à la place du Conseil.

— Je vous suis infiniment reconnaissante, Ventnoir, dit-elle en le regardant langoureusement.

Il sentit son sang bouillir et se demanda si elle avait conscience de la signification de son œillade. Sans doute : sa capacité d'attirer les mâles était une arme parmi d'autres, au même titre que ses griffes de félin.

— Ne vous inquiétez pas de ça, dit-il d'une voix bourrue. Essayez de guérir le plus vite possible, pour que nous vous soustrayons à l'emprise de Mornelithe, et que nous soyons tous à l'abri de sa colère.

Ils allèrent assez loin du village hertasi pour être hors de portée d'oreilles.

Les griffons s'installèrent confortablement, les ailes étendues, les yeux à demi fermés et les becs entrouverts.

Ils avaient l'air extrêmement stupides, pensa Ventnoir en étouffant un rire.

Vree, qui venait de prendre un bain, avait l'air encore plus idiot avec ses plumes mouillées. Il se retenait, mais Ventnoir s'aperçut qu'il regardait la crête du griffon d'un œil avide.

— Les petits seront-ils en sûreté si vous les laissez seuls aussi longtemps ? demanda Ventnoir, inquiet.

Hydona hocha la tête.

— Ils ne risquent rien pour le moment. Nous avons attrapé le *wyrsa.*

— Et ce serpent que vous avez aperçu ?

— Il était délicieux, dit Treyvan d'une voix satisfaite.

— Ne t'inquiète pas pour les petits, renchérit Hydona. Ils peuvent nous appeler mentalement en cas de danger, et nous serons sur place très rapidement.

Pour avoir vu les griffons voler à pleine vitesse, Ventnoir n'en doutait pas.

— Nyara a-t-elle menti ? demanda Ventnoir.

— Pas pour l'essentiel, répondit Hydona.

— Elle a donc menti *un peu*, fit Ventnoir. Sur quoi ?

— Celui qu'elle disait être son maître, répondit Treyvan.

— Il me semble qu'il déteste réellement les Tayledras, pour avoir choisi un tel nom.

La plupart des Adeptes se rebaptisaient, afin de mieux décrire leur personnalité. Les mages de sang changeaient souvent leurs noms à cause des peurs innées qu'ils n'avaient jamais affrontées, ce qui donnait une indication sur leur tempérament.

— Je n'aime pas ce nom, Ventnoir, fit Treyvan.

— Moi non plus. « Fléaufaucon » signifie qu'il déteste les êtres volants. « Mornelithe » est du tayledras ancien, du kaled'a'in, le langage commun aux Shin'a'in et à nous quand nous étions un seul et même peuple...

— Oui, coupa Treyvan. Nous le parlons couramment.

— Vraiment ? fit Ventnoir, surpris.

Où ont-il appris le kaled'a'in ? Je pensais qu'il s'agissait d'une langue morte.

— J'ai reconnu le langage, reprit Ventnoir, mais je ne saurais dire la signification de ce mot-là.

— *Haine-qui-revient.* Un nom qui parle d'éternel retour dans un but de vengeance. Ce mot est aussi maléfique que Fléaufaucon.

— Caractéristique des mages de sang, dit Ventnoir après un moment de silence. Ils tentent d'effrayer les gens avec un nom impressionnant et un costume de pacotille... Mais revenons à la question : à quel sujet Nyara a-t-elle menti ? N'était-il pas son maître ?

— Oui, répondit Treyvan. Mais il était plus que cela. Quelque chose de plus intime.

— Pas comme des amants, ajouta Hydona. Nous n'avons pas perçu d'amour entre eux.

Ventnoir essaya de comprendre ce qu'ils voulaient dire. En vain.

— J'y réfléchirai. Pour l'instant je ne vois pas de quoi il s'agit, mais peut-être trouverai-je. Est-il exact qu'elle lui a échappé ?

— Oui, confirma Hydona. Et elle a été poursuivie. Toute son histoire est vraie. La partie qu'elle nous a racontée, au moins...

— Elle est réellement ce qu'elle semble être, ajouta Treyvan.

— Une Modifiée que son maître utilisait pour tester les modifications qu'il souhaitait apporter à son propre corps, et dont il faisait à l'occasion son jouet sexuel.

— Oui, dit Hydona. Il l'utilisait aussi pour invoquer et contenir le pouvoir à sa place. Tu ne l'as pas vu dans son aura ?

Ventnoir leva les yeux au ciel, contrarié par son aveuglement.

— Dire que je suis passé à côté de ça ! Je n'aurais pas cru que Fléaufaucon lui aurait permis de garder intact son don de mage ! Si elle en avait juste assez pour ne pas être une menace pour lui, mais pour canaliser le pouvoir...

— ... Elle était un outil idéal.

— Exactement, dit Hydona. Il s'en servait pour « stocker » le pouvoir fourni par les sacrifices. Il la forçait aussi à produire du pouvoir en la blessant.

— Et surtout, termina Ventnoir, il lui était possible d'épuiser le pouvoir de Nyara sans toucher au sien ! Ainsi, il a pu lancer des sorts qui ne perturbaient pas les flots d'énergie aux alentours, puisqu'il puisait son pouvoir à une source *interne*. Voilà comment il a agi sans que je le détecte !

— Le détecter ? demanda Treyvan. Je croyais que tu avais renoncé à tes pouvoirs magiques.

— J'y ai renoncé, répondit Ventnoir. Mais je peux toujours sentir les courants d'énergie et leurs perturbations. A condition que je ne sois pas dans la Vallée.

— Votre pierre-cœur est un problème, Ventnoir, dit soudain Treyvan. Elle distord tout dans le secteur de la Vallée, et elle attire certaines *choses*, comme le serpent que j'ai mangé. Je suis étonné que personne ne s'en soit aperçu.

— Si je vous disais... Mais c'est l'affaire des Aînés, et vous...

— ... Nous sommes des étrangers, termina Treyvan, roulant des yeux exaspérés. Mais cela vaudrait la peine de nous en parler, Ventnoir. La pierre-cœur brisée commence à affecter la région voisine de k'Sheyna.

Ventnoir secoua la tête.

— Non. J'ai un devoir envers mon clan. J'ai souvent envisagé d'aller demander l'aide des k'Vala ou des k'Treyva, si je trouve un jour leur nouvelle Vallée...

— Le plus tôt serait le mieux, soupira Hydona.

— C'est vrai. (Ventnoir hésita un instant.) Vous savez pour quelle raison j'ai renoncé à la magie. Je n'avouerais pas ça à tout le monde, mais je me demande si je n'ai pas pris cette décision à la légère.

Treyvan inclina la tête.

— Je ne te rappellerai pas que je t'avais prévenu.

— Je m'en souviens. Mais si la pierre-cœur attire des choses maléfiques, mieux vaudrait que je maintienne ma position. Souviens-toi de ce qui est arrivé à l'unique mage qui a tenté de lancer un sort hors des limites de la Vallée.

— Tu as raison, reconnut Treyvan. Mais tu as toujours le potentiel d'un Adepte, n'est-ce pas ? Cela ne pourrait-il pas attirer des créatures hostiles ? C'est un grand risque pour un éclaireur.

— Treyvan, je ne suis pas idiot ! J'ai juré que je ne jetterai plus de sort, mais j'ai conservé mes boucliers !

— Parfait, dit Treyvan en riant. Tu es rusé, mon fils sans ailes !

Ventnoir ne put s'empêcher de rire aussi.

— Pour le moment, Nera a les choses en mains. Vous devez retourner auprès de vos enfants. Moi, j'ai ma patrouille. J'aimerais annoncer la bonne nouvelle à Aubefeu, si elle ne l'a pas encore apprise. Puis j'essaierai de trouver un moyen de présenter la requête de Nyara au Conseil.

Treyvan gloussa.

— Elle ne pourra pas aller bien loin pendant quelques jours. Tu as le temps de réfléchir.

Ventnoir soupira.

— Ce ne sera pas facile. Etoilelame n'appréciera pas du tout ça !

CHAPITRE XI

ELSPETH

Skif scrutait l'obscurité brumeuse d'avant l'aube tandis qu'Elspeth, debout sur sa selle, tentait de lire le panneau indicateur planté à la croisée des chemins.

Avant de quitter Bolthaven, elle avait écouté les conseils de Quenten au sujet des déguisements. Skif et elle portaient désormais des tenues de mercenaires.

— Si quelqu'un vous pose la question, dites-lui que vous avez été gardes du corps de la fille d'un riche marchand, et qu'elle vous a offert des chevaux blancs. Ainsi vous n'aurez pas besoin de cacher vos armes, seulement de dissimuler les blasons. Il faut que vous ayez l'air de mercenaires riches, pour expliquer les chevaux. De plus, cela tiendra les bandits éloignés.

— Mais pourquoi avoir acheté tous ces bijoux pour nous ? avait protesté Skif.

— Un mercenaire porte ses économies sous cette forme. C'est plus simple que la monnaie, qui change d'un lieu à l'autre. L'or et l'argent sont universels. La plupart des auberges ont des balances pour peser les métaux précieux. Les taverniers vous en donneront un prix équitable.

Après y avoir réfléchi, Skif envoya Quenten échanger le reste de leur argent rethwellien et valdemarien contre des bijoux. Il serait moins facile de repérer la provenance de ces objets que celle des pièces de Valdemar. Ses instincts d'ancien voleur se révoltaient à l'idée d'exhiber une telle fortune, mais il savait qu'un malandrin éviterait de s'attaquer à deux combattants de valeur. Surtout si ceux-ci avaient la main posée sur la garde de leur épée et ne buvaient jamais plus d'un verre de vin lors des haltes.

Skif avait suggéré un déguisement avant leur départ de Valdemar. Elspeth avait refusé. Lorsque Quenten lui avait proposé la même chose, elle avait accepté aussitôt, rendant Skif un peu jaloux.

Il était vrai que sa suggestion semblait plus « terne » : se vêtir comme des paysans des collines... L'accoutrement procuré par Quenten était bien plus attrayant : parée de nombreux bijoux, des perles dans ses cheveux et des banderoles de soie accrochées à son épée, Elspeth avait l'air d'une jeune barbare. Skif aurait juré qu'elle se prenait au jeu. Ses yeux étincelèrent de plaisir quand ils rencontrèrent une bande de mercenaires dans une taverne. Une nuit, Elspeth fit la tournée des bouges en compagnie de Selina Gorge-d'acier, une guerrière indépendante.

J'aime mieux ne pas savoir ce qu'elles ont fait ! Au moins, elle est revenue sobre. Mais si ce que les autres m'ont dit au sujet de Selina est vrai, la mère d'Elspeth ne me pardonnera jamais de l'avoir laissée partir avec elle !

A la surprise du jeune homme, Elspeth prit avec bonne humeur les tentatives de séduction de certains mercenaires.

Skif redouta une rixe la première fois qu'un homme lui proposa de quitter la taverne en sa compagnie.

Mais Elspeth éclata d'un rire bon enfant.

— C'est une proposition intéressante, mais nous n'aimerions pas que mon partenaire pense que je l'ai négligé, n'est-ce pas ? Il déteste rester seul, sans personne pour surveiller ses arrières.

Elle fit un signe de tête à Skif, qui regarda l'autre homme d'un air hargneux et possessif.

Le mercenaire comprit le message. Il se hâta de dire que lui non plus n'aimait pas être isolé.

— Laissez-moi vous payer à boire, mon ami ! s'exclama Elspeth, lui flanquant une claque amicale dans le dos. Quand les temps sont prospères, j'aime partager avec mes camarades. Dites-moi, vers où vous dirigez-vous ?

Elspeth s'était admirablement glissée dans son rôle, alors qu'elle n'avait jamais mis les pieds dans une taverne de sa vie.

La jeune femme se laissa retomber sur sa selle de toute sa hauteur. Un petit tour que lui avait appris Kero, et qui faisait toujours sursauter les hommes...

— Tout droit, dit-elle. L'autre route mène aux confins des plaines Dorisha, en traversant les Pelagirs. Il n'y a ni auberge ni village sur ce trajet. Ce chemin passe aussi par les Pelagirs, mais il débouche sur la route des Eperons, qui conduit à Lythecare.

Skif avait froid au nez. La brume matinale exhalait une bizarre odeur métallique. Pour couronner le tout, il détestait se lever avant l'aube.

— Depuis quand es-tu si experte en cartes routières ? marmonna-t-il.

Elle se retourna et le regarda à travers l'épais brouillard.

— Que se passe-t-il ? demanda-t-elle, étonnée et un peu inquiète.

— Rien. Enfin, presque... Je déteste le matin, le brouillard... Et quelque chose me tracasse. Tu es différente. On dirait que tu te transformes en Kero !

— Et alors ? Qui préfères-tu avoir à tes côtés en cas de problème, Kero ou une petite princesse effacée qui te laisserait toutes les responsabilités ? En supposant que je devienne vraiment comme Kero, ce qui n'est pas le cas, pourquoi serait-ce un mal ?

Ce fut au tour de Skif d'être étonné. Il n'avait jamais entendu Elspeth parler ainsi d'elle-même. Et elle ne s'était jamais dressée contre lui.

— Euh... fit-il, à cours de mots.

— Le problème est-il que je ne te laisse pas prendre soin de moi ? Tu boudes depuis que nous avons quitté Bolthaven, et je commence à en avoir assez ! Je te rappelle que c'est *ma* mission, et que je détiens l'autorité.

— Ce n'est pas ça, se défendit Skif. Ce sont ces... changements. Tu es si... *voyante*. Tout le monde nous remarque. Je pensais que le but était plutôt de passer inaperçus.

— Habillés comme ça ? ricana Elspeth. Je me comporte comme le ferait une *vraie* mercenaire. J'ai passé la soirée avec Selina Gorge-d'acier pour étudier son comportement, si tu veux le savoir. Et on m'a proposé du travail à plusieurs reprises. J'ai dit que nous étions en route pour retrouver une caravane.

— Oh, lâcha Skif d'une voix encore plus geignarde.

Il n'avait pas pensé aux rôles qu'ils jouaient, pas comme elle en tout cas.

— Inutile de me traiter comme si j'étais en verre, Skif. Kero ne l'a jamais voulu, et tu le sais. Si elle était là, elle ferait la même chose que moi. Et, si nécessaire, je parie qu'elle se retrouverait au lit avec plus d'un type !

— *Elspeth* ! glapit Skif avant de pouvoir se retenir.

— Voilà ! Penses-tu que je ne suis pas informée des réalités, au sujet des hommes et des femmes ? De quoi essaies-tu de me protéger ? De l'idée que des étrangers avinés me sautent dessus dans un lit et forni...

Skif ne put s'en empêcher. Il lâcha un gémissement inarticulé.

— ... toute la nuit, termina Elspeth. Et j'aurais pu dire ça plus grossièrement ! J'ai passé pas mal de temps avec les Eclairs de Kero. Il ne me reste plus grand-chose à apprendre sur ce sujet. Je ne suis plus la petite sœur à qui tu apportais des bonbons. Cesse de me traiter comme une enfant. Je n'en suis plus une depuis longtemps.

C'est bien le problème, pensa Skif, déconfit.

Il ne savait plus comment se comporter avec elle. Voir Elspeth afficher une telle assurance le perturbait, parce qu'il craignait qu'elle ne se basât sur rien, à part le parfum enivrant de la liberté.

Les avertissements de Quenten l'avaient rendu paranoïaque. Chaque fois que quelqu'un approchait d'elle, il craignait que ce soit un mage de sang attendant le moment de capturer sa proie.

Elle ne comprend pas, dit-il à son Compagnon. *Elle ne pense pas aux sorciers dont Quenten nous a parlé.*

Tu lui as dit tout ce que Quenten t'a raconté, répliqua Cymry. *Elle a peut-être raison de se cacher comme elle le fait : en pleine vue ! Quel sorcier la soupçonnerait d'avoir un don ? Tout le monde sait que les mages ne sont jamais des combattants. De plus, elle peut aussi bien que toi sentir si quelqu'un la suit.*

Oui, mais...

En fait, continua Cymry, *elle le saurait sans doute avant toi. Elle surveille les pensées de tous ceux que vous rencontrez. Crois-tu qu'elle ne reconnaîtrait pas un mage ?*

Oui, mais..., répéta Skif.

Il se tut. Ce n'était pas tout ce qui le tracassait...

Elspeth était adulte, cela ne faisait aucun doute. Etait-ce dû aux nouveaux vêtements ou à l'attitude différente, il n'aurait pas su le dire, mais il ne pouvait s'empêcher de réagir à sa féminité. Peut-être parce que nul ne les surveillait. Personne ne lui rappellerait qu'un ancien voleur n'était pas le partenaire idéal pour l'héritière du trône de Valdemar.

Elle avait le même charme vibrant que Kero, dont Skif avait toujours été à demi amoureux. Intelligente, vive, toujours prête à rire, ce qui compensait son caractère de cochon...

Il n'aurait pas été opposé à l'avoir toujours à ses côtés...

Par les dieux ! Skif rougit de confusion.

Ce n'était pas la pruderie qui l'avait fait frémir à l'idée d'Elspeth couchant avec un mercenaire, mais la jalousie !

La jeune femme avait probablement compris avant lui. A moins qu'elle n'ait remarqué son instinct de protection de plus en plus fort, et identifié un effet secondaire de l'attirance qu'il éprouvait.

Elle doit être folle de rage contre moi, pensa-t-il, penaud.

Il essaya de ramener la conversation sur un terrain plus amical.

— Quenten t'a-t-il dit pourquoi l'Adepte Jendar vit à Lythecare alors que l'école qu'il a fondée se trouve de l'autre côté de Rethwellan, près de Petras ? demanda-t-il de sa voix la plus douce.

— N'essaie pas d'avoir l'air humble, Skif, ça ne te va pas ! (Puis elle sembla se radoucir.) Désolée. Je n'aurais pas dû te dire ça. Oui, Quenten m'en a parlé. Jendar est allé habiter près de Jkatha afin de se rapprocher de sa famille shin'a'in, mais il n'aime pas Kata'shin'a'in, parce que c'est un centre de commerce sans grand intérêt.

— Que veut-il dire ? Une cité commerçante doit avoir tout ce qu'il désire.

— D'après Quenten, il veut « des nourritures de rêve, des tapis de soie, des bains chauds, une armée de femmes à ses pieds et des marchands obséquieux dès qu'il lui prend l'envie d'acheter quelque chose ! » cita Elspeth en une excellente imitation de Quenten rapportant les propos de Jendar.

Skif éclata de rire.

Je crois que je vais apprécier l'oncle de Kero.

— J'aimerai ce vieux bonhomme, à mon avis, déclara Elspeth. Quenten m'a dit qu'il y avait d'autres raisons à son refus de prendre sa retraite à Harsey. *Primo*, c'est un village de province, trop loin pour qu'un homme de son âge voyage jusqu'à Petras, même si ça ne représente qu'une journée de cheval. *Secundo*, le nouveau chef de l'école ne deviendrait jamais un *véritable* chef si Jendar restait dans le secteur. Il aurait trop tendance à le consulter. Jendar semble penser qu'il faut laisser les gens faire leurs propres erreurs et apprendre par tâtonnements.

— Je vois ce que tu veux dire, marmonna Skif.

Elspeth se demanda si elle arriverait à la croisée des chemins, pourtant toute proche, sans avoir assassiné son Compagnon.

Tu es bien sûre de toi, aujourd'hui, dit Elspeth à Gwena quand, pour la quatrième fois, elle eut la sensation que quelqu'un fredonnait dans son esprit.

Qu'y a-t-il ? demanda Gwena d'une voix innocente.

Tu es encore en train de fredonner. Si tu étais un être humain, tu sifflerais. Faux, qui plus est. Ça n'a rien de drôle.

Je me sens bien, c'est tout, se défendit Gwena. *Où est le problème ? La journée est splendide...*

Vraiment ? Je t'ai entendue te plaindre de la chaleur il y a peu de temps !

J'ai dû m'y habituer. Peut-être est-ce toi ? Serait-ce le mauvais moment du mois, ma chère ?

Non, et tu le sais parfaitement ! Ça n'a rien à voir. Skif se comporte comme un idiot.

Il est en train de tomber amoureux de toi, lança Gwena. *Tu pourrais être plus mal lotie !*

Je le sais. Et je ne pourrais pas être plus mal *lotie ! Je ne parle pas des différences de rang ou d'origine. C'est un garçon très gentil, mais je ne m'intéresse pas le moins du monde à lui. N'essaie pas de jouer les marieuses !*

D'accord, d'accord. Je n'ai rien dit.

Gwena ferma son esprit à son élue. Elspeth soupira. Ce n'était pas seulement Skif qui la tracassait, mais un sentiment bizarre qui grandissait à mesure qu'elle approchait de Lythecare.

Il lui semblait qu'on la *guidait* vers quelque chose, un peu comme on amènerait une vache à l'abattoir.

Et ça ne lui plaisait pas du tout !

Tout avait été trop facile : l'arrivée de Kero et de son épée magique, l'idée si soudaine que Valdemar avait besoin de mages...

Le soutien de Kero l'avait étonnée.

Tout cela n'était peut-être que des coïncidences.

Mais pas le reste.

Elle avait failli périr entre les mains d'un ennemi introduit dans le palais par des moyens magiques. L'attaque à la frontière, qui n'était pas la première du genre, semblait avoir convaincu, ou forcé, le Conseil à la laisser partir.

De plus, Kero avait gardé des contacts avec son ancien mage, qui lui-même savait où trouver Jendar, l'oncle de Kero. Rien ne les avait arrêtés durant leur voyage, personne ne l'avait reconnue... C'était trop beau pour être vrai !

Ils approchaient de Lythecare. Et les Compagnons étaient si contents de quelque chose qu'elle en sentait presque le goût.

Gwena fredonnait de nouveau.

Elspeth tira si fort sur les rênes que sa monture trébucha.

Cymry faillit la percuter.

Elspeth se tourna vers Skif, qui la regardait comme s'il ne l'avait jamais vue.

— Ça suffit, dit-elle. Je refuse de jouer plus longtemps à ce petit jeu !

— Quoi ? fit Skif, sidéré. Que veux-tu dire ?

— On me pousse quelque part, et je n'aime pas ça. Valdemar a besoin de mages, et je me suis portée volontaire pour cette mission. Mais je refuse d'être contrôlée par une main invisible, comme le personnage d'un récit à quatre sous. Pas question de continuer comme ça !

Elle mit pied à terre et marcha à grandes enjambées vers une clairière, au bord de la route. Il y avait un petit carré d'herbe, quelques buissons et un puits. Elle s'assit à côté et croisa les bras.

Skif la suivit, une expression étrange sur le visage.

Les Compagnons approchèrent aussi.

— Alors ? fit-elle en le regardant.

Il haussa les épaules, mais son air bizarre lui fit comprendre qu'il savait quelque chose qu'elle ignorait.

— Je ne bougerai pas d'ici tant que tu ne m'auras pas dit de quoi il retourne.

Le Compagnon de Skif hennit comme pour dire : « Tu ferais bien de tout lui raconter. »

C'est ce que je pensais, On m'a caché quelque chose, dit Elspeth à Gwena. *Tu aurais dû m'en parler !*

— C'étaient les Compagnons, dit Skif d'une voix faible. Ils se sont... ligués contre leurs Hérauts quand tu as voulu partir à la recherche d'un mage. Ceux qui ne voulaient pas te laisser faire, comme ta mère, ont été, en quelque sorte, *forcés* d'accepter.

— Les Compagnons ont fait ça ? s'écria Elspeth.

Elle se tourna vers Gwena, balayée par une tornade d'émotions qu'elle ne reconnaissait pas.

C'était nécessaire, répondit Gwena. *Il était important que tu partes.*

— Ce n'est pas tout, dit Skif. Ils ont aussi interdit qu'on te parle de quoi que ce soit. Ce sont eux qui ont suggéré de t'envoyer à Quenten. Ils ont dit qu'il était le seul moyen pour te conduire à un mage très puissant en qui ils aient toute confiance.

— Je le savais ! s'exclama la jeune femme. Je savais qu'ils avaient trempé dans ce qui se passait ! Je me doutais qu'on me poussait en avant comme un mouton stupide !

Ignorant les Compagnons, elle s'adressa à Skif.

— Ont-ils parlé des Shin'a'in ? Si je dois faire ça, je le ferai *à ma manière !*

— Ils n'en ont rien dit, répondit Skif.

Nous ne savons rien de la Déesse des Shin'a'in, intervint Gwena d'une voix alarmée. *Nous ignorons si nous pouvons lui faire confiance.*

— Vous voulez dire que vous ne pouvez pas la manipuler, fit sèchement Elspeth.

Non. Si elle ressemble au dieu d'Iftel, elle se soucie uniquement du bien-être de son peuple. Nous n'en savons pas plus, et nous ne sommes pas prêts à jouer l'avenir de Valdemar sur une variable inconnue.

— Et toi, qu'as-tu à dire ? demanda Elspeth à Skif.

— Euh... (Rougissant, il eut soudain l'air mal à l'aise.) Je ne sais pas ce que les Compagnons en pensent...

Vraiment ? Je parierais que ton Compagnon te tient un vrai discours en ce moment !

— ... mais d'après ce que dit Kero, les Shin'a'in pourraient sans doute te prodiguer l'enseignement nécessaire, ou te diriger vers quelqu'un qui en a les capacités. Kero a confiance en eux, et son Compagnon aussi.

Gwena hennit.

Bien sûr ! Sayvil prétend ça juste pour ne pas être du même avis que tout le monde !

Elspeth ignora la remarque.

— Parfait, dit-elle, regardant Gwena dans les yeux. Je prendrai la direction de Kata'shin'a'in pour demander aux Shin'a'in s'ils peuvent me former, ou me conseiller quelqu'un. Et personne ne m'arrêtera ! Je n'irai pas à Lythecare, même si je dois acheter un cheval de trait au prochain village. Vous me suivez, ou je pars seule ?

Un peu plus tard, ils dépassèrent l'embranchement menant à Lythecare et se dirigèrent vers le sud, et Kata'shin'a'in.

Histoire de se venger, Gwena s'arrangea pour que la chevauchée soit aussi inconfortable que possible.

Kero affirmait que les courbatures et les bleus étaient des signes de victoire sur soi.

J'espère que je penserai de même demain matin, quand je ne pourrai plus bouger...

CHAPITRE XII

VENTNOIR

La patrouille avait été presque trop tranquille.

Voilà une semaine que Nyara se cache parmi nous, et rien ne s'est passé. Personne ne la recherche, à part les deux wyrsas *que j'ai aperçus.*

Cette absence de réaction l'inquiétait.

Il est vrai qu'elle a des boucliers très puissants. Fléaufaucon ignore peut-être qu'elle est là.

Treyvan pensait comme lui. Selon Hydona, le sorcier noir savait où elle avait fui, mais il la croyait dans la Vallée. Tout indiquait que Fléaufaucon, qui s'était installé sur la frontière depuis longtemps, ne cherchait pas une confrontation directe avec k'Sheyna. Il était seul contre cinq Adeptes dans la Vallée, et dix fois plus de Maîtres.

Et l'enjeu était relativement mineur : une seule Modifiée...

— Il peut toujours en fabriquer une autre, dit Hydona. Il est rare que les mages de sa sorte gardent un jouet plus de quelques années.

Nyara était d'accord avec cette analyse.

— En tant qu'individu, je n'ai pas de valeur pour lui. S'il est en colère, c'est d'avoir perdu une esclave. Pas de m'avoir perdue, *moi*.

Il semblait que cela fût vrai, car il ne s'était rien passé à part l'incursion des deux *wyrsas*, et celle du basilic qui avait décidé de faire son nid dans la zone patrouillée par Brumelune. Les éclaireurs s'étaient mis à cinq pour expulser l'animal et cela leur avait pris trois jours. Ils ne voulaient pas tuer inutilement. Les basilics, des bêtes stupides mais terriblement dangereuses, dévoraient tout ce qui ne courait pas plus vite qu'eux. Mais ils n'étaient pas maléfiques. Ils avaient leur rôle à jouer dans l'ordre des choses, par exemple débarrasser les bois des carcasses de *wyrsas* ou de dragons des neiges, qu'aucun autre charognard ne touchait.

Ça ne signifiait pas que les Tayledras aient envie d'en avoir un si près de leur Vallée. La seule solution, à part le tuer, était de lui rendre la vie si difficile qu'il parte ailleurs. Il était impossible de toucher son esprit. Certains pensaient que ces animaux n'en avaient pratiquement pas, car ils étaient le résultat d'une expérience ratée.

Heureusement qu'ils ne pondent que deux ou trois œufs fertiles dans leur vie, pensa Ventnoir. *Sinon, nous aurions des basilics partout !*

La zone entourant k'Sheyna était comme elle était supposée être : débarrassée des créatures magiques, peuplée seulement d'animaux normaux et de plantes ordinaires.

Peut-être mon père a-t-il raison de ne rien faire en attendant que la pierre se stabilise...

Levant les yeux, Ventnoir aperçut Vree à travers les branches. Il n'avait rien vu d'alarmant non plus.

Etoilelame répétait avec insistance qu'il fallait attendre. La pierre-cœur finirait par se vider lentement, comme si elle guérissait de sa fracture. A ce moment, ils pourraient lui soutirer le peu de pouvoir qu'elle abriterait. Puis ils construiraient un Portail et quitteraient la Vallée.

Ventnoir n'était pas d'accord avec son père sur ce point, comme sur presque tout le reste. Jusqu'à la semaine précédente, il ne semblait pas que la pierre-cœur se comportât comme Etoilelame l'avait prévu. Le nombre de créatures bizarres ou déformées était en augmentation. De plus, les mages de k'Sheyna étaient désormais incapables de percevoir les modifications des courants d'énergie à l'extérieur de la Vallée ; la plupart des oiseaux liges des éclaireurs refusaient d'y pénétrer ; Treyvan avait parlé de perturbations des énergies magiques...

Le calme actuel était-il le signe que les choses s'étaient tassées, comme l'avait dit Etoilelame ? Ventnoir ne le pensait pas.

Et pas seulement parce que j'ai forcément tort s'il a raison...

Quelque chose lui disait qu'une pierre-cœur endommagée à ce point ne guérissait jamais. Il réalisa que cette sensation était connectée à ses pouvoirs magiques, toujours présents même s'il les utilisait rarement.

Il demanda mentalement à Vree s'il y avait du nouveau, mais le faucon n'avait rien à signaler.

Ventnoir eut un instant la tentation d'abandonner sa patrouille et d'aller voir Nyara. Mais il avait eu de la chance que tout se passe bien quand il était parti à la rescousse des dyhelis...

Je peux au moins apaiser ma conscience en me disant ça : grâce à elle, j'apprends des choses sur notre ennemi.

Mais elle était aussi une créature extraordinairement attirante, il ne pouvait le nier. Chez un homme moins honorable, ce qui lui restait de vertu aurait été en grand danger.

Elle ne semblait pas avoir conscience de cette attraction. En parlant avec elle, Ventnoir avait changé d'avis : il pensait qu'elle ne contrôlait pas son pouvoir sexuel. Son maître n'était pas du genre à laisser une des ses créatures utiliser une telle ressource.

Ventnoir avait une autre raison de résister à son charme : elle était peut-être programmée pour se retourner contre quiconque succomberait.

Les griffes acérées et les dents pointues de Nyara pouvaient devenir des armes redoutables...

Perdu dans ses pensées, Ventnoir faillit ne pas voir la borne signalant la fin de son territoire et le début de celui d'Aubefeu. Levant les yeux, il constata que le soleil était sur le point de disparaître à l'horizon. Neigetonnerre devait déjà avoir pris sa relève. S'il se dépêchait, il pourrait peut-être bavarder un peu avec Nyara avant de se rendre à la réunion du Conseil.

Il prit la route du village hertasi presque sans s'en apercevoir.

— Tout a été si calme que le Conseil ne peut pas vous accuser d'avoir provoqué des troubles. Je vais donc lui parler de vous et lui communiquer votre requête, dit Ventnoir, assis près de la jeune femme sur la petite butte des hertasis.

Elle s'étira, innocente comme un chaton, les yeux rivés sur un papillon volant de fleur en fleur à quelque distance d'eux.

Ventnoir eut une poussée de désir. Il essaya de le contrôler.

Il est impossible qu'elle le fasse exprès. Comment garderait-elle une telle nonchalance si c'était le cas ?

— Quand ? demanda-t-elle en bâillant gracieusement. Ce soir ?

Il hocha la tête. Il préférait attendre une réunion normale pour parler d'elle, afin d'amener les choses de façon moins dramatique.

Mais il voulait surtout éviter d'affronter Etoilelame en privé. Son père était plus calme en public.

— C'est très bien, fit Nyara, langoureuse. Mais n'oubliez pas de leur dire que je ne suis pas encore capable de voyager.

— Ne vous inquiétez pas, je serai très clair à ce sujet

Cela lui permettrait d'expliquer pourquoi il avait confié la garde de Nyara aux hertasis.

— Vous avez l'air encore bien faible, ajouta-t-il. Le Guérisseur pense qu'il serait bon de laisser vos os se ressouder complètement. Au fait, avez-vous eu des problèmes avec les hertasis ?

— Se sont-ils plaints de moi ? cracha Nyara, le regard soupçonneux.

— Non, fit Ventnoir, surpris par sa réaction. Je voulais seulement m'assurer que tout allait bien. En cas de besoin, je peux vous conduire jusqu'aux ruines où vivent les griffons...

— Non ! dit la jeune femme, soudain inquiète. (Elle se reprit et lui sourit.) Désolée, je ne voulais pas dire que je n'aimais pas Treyvan et Hydona. Ils sont merveilleux. Je les ai appréciés autant que je m'y attendais, sachant que Mornelithe les déteste.

— Il est au courant de l'existence de Treyvan et d'Hydona ?

— Non ! Je m'exprime décidément mal aujourd'hui ! Il déteste les griffons en général. Et les Hommes aux Oiseaux, les Tayledras. Il ne m'a jamais dit pourquoi.

Si elle les apprécie, pourquoi ne veut-elle pas habiter avec eux ?

— A cause des jeunes, soupira Nyara comme si elle répondait à sa question muette. Je ne supporte pas les petits, quelle que soit leur espèce. Ils font trop de bruit et courent sans arrêt. Je n'ai aucun instinct maternel, et nulle envie de côtoyer des enfants !

Il éclata de rire.

— Je vous comprends. Parfois, ils ne sont pas faciles... Mais tout va bien avec les hertasis, n'est-ce pas ?

— Comme avec ma propre ombre. Ils sont très tranquilles et très polis ; la plupart du temps, ils se font oublier. Je sais qu'ils me surveillent, mais de loin. Comme nous faisons tous semblant de ne pas nous en apercevoir, la civilité est préservée.

— Tant que tout va bien..., dit Ventnoir. Je dois me rendre à cette réunion. Je ne m'attends pas à ce que tout se passe bien.

— Je voudrais pouvoir vous contredire, mais je doute qu'il en aille autrement. J'espère que vous ne regretterez pas d'avoir pris fait et cause pour moi.

— Je l'espère aussi...

La fenêtre de l'*ekele* trembla quand Etoilelame flanqua un coup de poing sur la table

— Par tous les dieux, je n'aurais jamais cru que mon fils se comporterait comme un imbécile ! Je vais finir par croire qu'il est impossible que tu sois de mon sang !

— C'en est assez, Etoilelame, dit Lancepluie d'une voix fatiguée.

Etoilelame et son fils regardèrent le plus âgé des quatre Aînés. Il était rare qu'il interrompe quelqu'un ou le morigène.

— Nous savons tous ce que vous pensez de votre fils. Cela affecte parfois votre jugement, comme en ce moment. Je n'ai jamais partagé votre méfiance envers les Modifiés. Pas question d'entrer dans les détails, mais j'ai de bonnes raisons. Je ne partage pas non plus votre avis sur l'incompétence de Ventnoir. Il fait un excellent travail et ses pairs le respectent. Je ne vois pas pourquoi il ne devrait pas continuer à aider cette Modifiée. Ni pourquoi *nous* ne pourrions pas l'aider.

Lancepluie regarda Ombreglace, le quatrième Aîné.

Celui-ci haussa les épaules.

— Elle n'a causé aucun problème..., commença-t-il.

— A notre connaissance, cracha Etoilelame.

— Admettons, dit Ombreglace. Mais je ne vois toujours aucun mal à la laisser rester jusqu'à ce qu'elle soit remise, ni à étudier sa demande de traverser notre territoire.

— Sous une stricte surveillance ! cria Etoilelame. Peut-être joue-t-elle de ses charmes pour ensorceler Ventnoir !

— Les hertasis sont d'excellents gardiens, fit remarquer Ombreglace. Et ils ne risquent pas d'être affectés par elle.

— Je pense que les hertasis feront l'affaire pour la surveiller, trancha Lancepluie d'une voix égale. Toutefois, il vaudrait mieux qu'elle reste à l'écart de la Vallée.

— Et, si elle provoque des problèmes, elle en subira les conséquences ! brailla Etoilelame.

Il se renfonça dans son siège, l'air hargneux.

— Avez-vous terminé ? cracha Lancepluie. Je voudrais que nous réglions ce sujet une fois pour toutes ! (Il se tourna vers Ventnoir.) Vous devez comprendre notre point de vue et celui du clan. Nous ne pouvons pas la laisser entrer dans la Vallée, et courir le risque, même minime, qu'elle soit un agent de l'ennemi.

— Je ne demande pas ça, souligna Ventnoir. Seulement qu'on l'autorise à s'approcher. Elle est en danger. Blessée et affaiblie, elle ne pourra pas s'enfuir ou se protéger, malgré ses dons de mage, si un Adepte l'attaque.

Ombreglace secoua la tête, l'air contrit.

— Désolé, mais c'est impossible. Je suis sûr qu'elle le sait. Après tout, nous sommes ennemis. Enfin, elle était *du côté* de l'ennemi... Cette femme a admis avoir voulu nous utiliser pour détourner la colère de son maître. Elle restera où elle est.

— Comme tu l'as amenée chez nous et que tu te fais tant de souci pour elle, il paraît normal que tu assures sa protection, coupa Etoilelame. Même si ça implique que tu utilises ton don de mage. Cela ne sera que justice.

— Je ne suis pas sûr..., commença Lancepluie.

— Je pense aussi que c'est équitable, dit Ombreglace. Je n'ai jamais été content que la magie de Ventlumière nous quitte en même temps que lui. Je comprends vos sentiments, Ventnoir. Mais je pense quand même que vous pourriez être un mage de grand talent si vous vous donniez une autre chance...

Lancepluie haussa les épaules.

— Il semble que nous sommes d'accord, dit Etoilelame, suffisant.

Ventnoir contint sa colère. S'il s'y prenait correctement, il pouvait utiliser à ses propres fins la réflexion de son père.

— Très bien, Aînés, dit-il. Nous sommes d'accord. Nyara peut rester, sous la surveillance des hertasis. Je m'occuperai de sa protection, avec toutes les ressources dont je dispose, suivant vos souhaits.

Chacun hocha la tête.

— D'accord, dit enfin Lancepluie. Vous avez l'autorisation du Conseil, selon les termes indiqués.

— Dans ce cas, dit Ventnoir, je demanderai aux autres éclaireurs de garder un œil sur elle. J'enrôlerai aussi les dyhelis, et Aubefeu m'aidera à obtenir l'aide des tervardis. Les griffons ne verront sans doute pas d'inconvénient à lancer un enchantement de protection ou deux.

Il parvint à ne pas sourire de l'air déconfit de son père. Pour une fois, il l'avait manipulé. Mais il n'en retira aucun plaisir : la lutte avait été émotionnellement épuisante.

Ventnoir descendit de l'*ekele* sans attendre que les plus âgés le fassent, ce qui eût été courtois. Mais il ne tenait pas à laisser à son géniteur une occasion supplémentaire de le harceler.

S'enfonçant dans les sous-bois, il prit la direction de la cascade, située au bout de la vallée, au lieu d'aller directement vers la sortie comme il l'aurait fait normalement. Le chemin passait devant la pierre-cœur.

Il sentait les émanations de la pierre endommagée. Non, elle n'était pas en voie de « guérison ». Plutôt l'inverse.

Il leva son bouclier mental pour se protéger de la pierre, ce qu'il n'aurait jamais cru devoir faire un jour. Son malaise le quitta.

Cherchant un raccourci pour rejoindre le chemin qu'il voulait prendre, il se souvint qu'il y avait une source chaude au pied de la cascade. Elle était petite, mais extraordinairement apaisante. Ombreglace l'avait sculptée quand le clan s'était installé dans la Vallée. Il avait *harmonisé* le bruit de l'eau coulant de chaque bassin. Ventnoir ignorait de quelle façon il s'y était pris.

Mais c'est ce dont j'ai besoin pour me détendre...

La lune baignait le site, faisant ressembler les gouttes d'eau à autant de petits diamants éphémères.

Il n'y avait personne à la cascade, qui servait autrefois de lieu de rendez-vous galants. Depuis la catastrophe, la romance n'était plus à l'ordre du jour dans la Vallée... Et les mages, selon Ventnoir, souffraient du malaise que la pierre éveillait en lui.

Combien avaient eu l'idée de s'isoler mentalement ? Peu, sans doute, car cela impliquait de ne plus utiliser l'énergie magique qu'elle produisait.

Ils préfèrent se sentir mal mais ne pas perdre leur lien avec la pierre. Les idiots...

Ses vêtements ôtés, il plongea dans le bassin d'eau chaude.

— Tu essaies de devenir un poisson ? demanda une voix taquine.

— Pas que je sache, répondit-il, se hissant sur la berge.

Aubefeu s'agenouilla près de lui. Lui prenant la tête entre les mains, elle lui donna le baiser le plus enthousiaste et le plus érotique qu'il ait jamais reçu d'elle.

Je ne l'ai jamais vue faire ainsi le premier pas..., pensa-t-il.

Elle le lâcha.

— Pour te remercier d'avoir sauvé mes dyhelis...

— Ce n'était pas vraiment moi...

Aubefeu haussa les épaules.

— Je sais. Le Modifié a jeté un sort, mais tu es resté avec eux, et tu les as appelés mentalement. Ils n'auraient jamais trouvé la sortie sans ça.

« Le » Modifié... Aubefeu ignorait que Nyara était une femme.

Dans ce cas, je ne vois pas pourquoi je le lui dirais..., pensa Ventnoir tandis que la jeune femme se dévêtait lentement devant lui.

Il la trouva aussi désirable que Nyara.

Elle disparut dans les ombres, vêtue seulement d'une courte tunique et reparut avant qu'il soit revenu de sa surprise.

— J'ai signalé avec des cailloux que la mare est utilisée, dit-elle, même s'il est peu probable que quelqu'un d'autre vienne ce soir. Je savais que tu étais au conseil, mais j'ai été obligée de te pister. Tu n'as pas pris le chemin que j'escomptais.

— Je voulais éviter mon père.

— Je m'en doutais. Te connaissant, je savais que tu ne résisterais pas à un bain. J'ai vérifié toutes les mares entre l'*ekele* de Lancepluie et ici.

— Je suis content que tu m'aies trouvé.

— Moi aussi...

Elle lui donna un baiser plus enflammé que le premier.

Contrairement à ce qui se passait habituellement entre eux, Aubefeu prit l'initiative de leur union. Leurs esprits fusionnèrent en même temps que leurs corps, décuplant leur plaisir.

— Par tous les dieux..., murmura Ventnoir quand ils revinrent à la réalité.

— La récompense de la vertu, gloussa Aubefeu.

— Je m'appliquerai à être de plus en plus vertueux, marmonna l'éclaireur, épuisé, en s'abandonnant au sommeil.

Quand il s'éveilla, Aubefeu était couchée non loin de lui, comme il s'y attendait. Il avait appris au fil des mois qu'elle dormait d'un sommeil agité.

Ventnoir se glissa de nouveau dans la mare, pour se laver et pour traverser sans réveiller Aubefeu.

Sur l'autre rive, il se sécha avec sa chemise et remit ses autres vêtements. Il n'était pas très fier d'abandonner ainsi Aubefeu.

Mais elle est curieuse comme un chaton. Elle me posera des questions sur la façon dont les dyhelis ont été sauvés. Et elle me demandera des détails sur « le » Modifié... Et, quand elle découvrira que Nyara est une femme...

Il ne se sentait pas prêt à affronter une crise de jalousie.

Les accusations de mon père me suffisent ! De la part d'Aubefeu, ce serait encore pire, même si elle n'a aucune raison d'être jalouse.

Il dut pourtant s'avouer qu'il avait eu un fantasme ou deux...

Mais je n'ai pas l'intention de passer à l'action. Pourtant, mieux vaut ne pas dire certaines choses à Aubefeu. Elle est trop jeune pour comprendre...

Ventnoir avança rapidement sur les sentiers de la Vallée, en direction de la sortie et de son *ekele*. Un bruit le fit sursauter. Il s'aperçut vite qu'il s'agissait de K'Tathi et de Corwith, les chouettes blanches qui étaient les oiseaux liges de son demi-frère aîné, Lunehiver.

Accroupi sur le sentier, il dépeçait un jeune daim.

Lunehiver était un des deux enfants nés de l'union contractuelle d'Etoilelame et d'une magicienne de k'Treva. Il n'avait aucun pouvoir de mage. L'autre enfant, une fille, avait hérité du potentiel de ses deux parents. Mais elle était à k'Treva avec sa mère. Etoilelame n'avait jamais pardonné à son aîné de n'avoir pas le don. Le jeune homme avait réagi en mettant autant de distance que possible entre son père et lui. Pourtant, il n'avait nulle envie de quitter k'Sheyna : pour quelqu'un d'aussi taciturne, il y comptait un nombre étonnant d'amis et d'amantes.

— Belle prise, dit Ventnoir, admiratif. J'aimerais pouvoir en faire autant en plein jour !

Lunehiver éclata de rire. Pour se tenir hors de portée de son père, il avait choisi de se lier à deux chouettes, dont il avait adopté les habitudes nocturnes.

— Ça devient plus facile avec le temps. Et K'Tathi me prête ses yeux. Il se perche sur ma tête, et il me suffit d'ajuster mon tir selon ses indications.

Dis-moi, petit frère, veux-tu une partie de mon festin ?

— Non, j'ai ce qu'il faut. Mais tu pourrais en donner un peu à Aubefeu, elle m'a dit que son garde-manger était vide.

— Je m'en occuperai. Rien à signaler sur le chemin de ton *ekele*. Que le ciel te soit propice.

— Que le vent gonfle tes ailes, répondit Ventnoir, comprenant que Lunehiver voulait retourner à ses affaires.

Il prit le chemin de son *ekele*, un peu plus détendu.

Si son frère disait que tout allait bien, il pouvait lui faire confiance.

Devant son *ekele*, il réveilla Vree pour qu'il fasse descendre l'échelle de corde. Le faucon obéit en protestant violemment. Puis il se rendormit sans attendre que Ventnoir arrive.

Plein d'une agréable fatigue, l'éclaireur pensa à Nyara avant de s'endormir, mais d'une façon *soupçonneuse*, comme aurait pu le faire son père.

Ou Lunehiver, qui lui ressemble plus qu'il ne veut le reconnaître.

Il aurait préféré que les Aînés la laissent s'installer plus près. Pas seulement pour la protéger, mais parce qu'il aurait été plus facile de la surveiller.

Pourtant, elle n'était pas si loin que ça. Les hertasis étaient intelligents et consciencieux. Avec les griffons, les tervardis, plusieurs hardes de dyhelis et Aubefeu entre elle et la Vallée, elle ne pouvait pas aller très loin.

Il lui reste la possibilité de repartir vers les Terres Extérieures. Il serait étonnant qu'elle le fasse alors qu'elle s'est enfuie...

CHAPITRE XIII

INTERLUDE

Nyara était agenouillée aux pieds de son père ; en elle, une terreur abjecte luttait contre un autre sentiment, bien différent.

Le désir.

Elle haïssait ce besoin qui la dévorait et la poussait vers lui. Elle haïssait cet homme, et se détestait elle-même à cause de cette envie.

Pourtant, elle savait qu'elle ne pouvait pas la contrôler. Sculptant sa chair selon ses besoins, le mage avait aussi modelé son esprit et ses instincts.

Souvent, elle se demandait s'il n'avait pas aussi instillé en elle le dégoût qu'elle éprouvait. Juste pour s'amuser.

Quand il l'avait appelée, Nyara avait obéi aveuglément. Elle avait essayé de croire qu'elle pouvait lui échapper ou lui résister, mais c'était impossible. Il avait implanté en elle l'obéissance et le désir.

Lovée à ses pieds, elle aspirait à son contact.

Et le craignait mortellement.

Tromper la vigilance des hertasis n'était pas un problème. Elle avait utilisé sa magie pour susciter une illusion très simple, l'image de sa forme endormie dans les ténèbres de la petite caverne qu'ils lui avaient attribuée.

Elle n'avait pas menti. Elle avait réellement cru pouvoir échapper à l'emprise de Fléaufaucon. Sa douleur et sa faiblesse n'étaient pas feintes, ses blessures non plus. Mais le Guérisseur hertasi ignorait à quel point elle était capable de dépasser ses limites physiques si nécessaire.

Grâce à cela, elle avait neutralisé la magie de son père et libéré les dyhelis. C'était à cause de ça, entre autres, qu'il l'avait forcée à répondre à son appel.

Nyara ressemblait à un félin, mais Mornelithe Fléaufaucon, lui, en était un, n'était qu'il marchait debout et parlait.

Là s'arrêtaient ses liens avec le genre humain.

Une abondante chevelure lui tombait dans le dos. Elle était d'une chaude couleur brun doré. Il aurait dû avoir les cheveux aussi blancs que les mages de la Vallée, mais il se servait de son pouvoir pour préserver cette teinte. Ses pupilles, fendues verticalement, étaient vert-jaune, ses canines plus acérées et plus félines que celles de Nyara. Il avait des oreilles pointues terminées par une touffe de poils. Son visage était couvert d'une fourrure soyeuse entretenue par un serviteur qu'il avait créé spécialement pour cette tâche. Son corps était celui d'un humain, si parfait qu'un sculpteur en aurait pleuré.

Contrairement à ce que pensait Ventnoir, le sorcier portait rarement des costumes extravagants. Pour rejoindre Nyara à la frontière entre k'Sheyna et son propre domaine, il avait choisi un vêtement de cuir souple d'une couleur assortie à sa chevelure. La plupart du temps, dans ses quartiers, il restait nu.

Nyara était bien placée pour le savoir.

Allongé sur une couverture de fourrure étendue sur une souche comme sur un trône, il savoura le spectacle de la jeune femme agenouillée sur les cailloux qu'il lui avait interdit d'écarter. A ses côtés veillaient ses gardiens, deux bêtes immenses à demi-loup et à demi-gargouille.

Nyara devait certaines de ses cicatrices aux dents de ces monstres. Elle avait ainsi appris à ne pas parler ou bouger jusqu'à ce que son maître lui en donne l'autorisation.

— Bien, dit-il avec un sourire suffisant. Tu as répondu à mon *invitation* d'aller rejoindre les idiots aux oiseaux comme si tu avais pensé par toi-même, ma chère fille. Je suis fier de toi.

Les joues de Nyara brûlèrent d'humiliation. Ainsi, il avait tout manigancé... Elle aurait dû s'en douter.

— Ont-ils invoqué un enchantement de vérité ? demanda le mage.

— Je crois, oui... Ils ne me font pas encore confiance. Je vis dans un village hertasi, à la frontière. Un éclaireur me surveille.

— Un seul ? (Mornelithe éclata de rire.) Cela signifie qu'ils se méfient fort peu de toi ! N'as-tu aucun autre gardien ?

Quand il posait une question directe, elle était contrainte de dire la vérité. Mais pas avant.

— Deux, fit-elle à voix basse.

— Des hertasis ?

Elle secoua la tête.

— Des tervardis ?

Elle fit un signe de dénégation, espérant qu'il se lasserait du jeu avant de lui avoir arraché la vérité.

— Pas des dyhelis, je suppose ? Allons, parle ! Qui sont tes gardiens ?

Une onde de pouvoir enveloppa la jeune fille, qui se tordit dans ces filets magiques.

— Des griffons, gémit-elle à travers sa colère et ses larmes de douleur.

— Des griffons. Ici ! Cela mérite réflexion. Je t'en demanderai plus à leur sujet, mon enfant. Plus tard.

Il regarda vers la forêt, perdu dans ses pensées. Puis, se reprenant, il baissa la tête vers son esclave, souriant quand il vit ses larmes. Il en essuya une du bout de ses doigts aux longues griffes et la lécha langoureusement.

Nyara trembla, envahie d'un désir incontrôlable.

— Cet idiot à l'oiseau, dit-il en se penchant vers elle. Quel est son nom ?

— Ventnoir.

— Ventnoir ! Le fils de mon très cher ami Etoilelame ! Quelle délicieuse ironie ! Etoilelame t'a-t-il vue ?

Elle secoua la tête.

— Dommage. Il t'aurait sûrement reconnue. Et toi aussi, tu l'aurais reconnu.

— Je connais Etoilelame ?

— Bien sûr. Il a été mon *invité* pendant un certain temps. Tu as fait un excellent repas avec son oiseau lige, t'en souviens-tu ? Puis je lui ai donné le corbeau en échange, quand il a compris qu'il devait rester sous mes ordres !

Les yeux de Nyara s'écarquillèrent. Elle se souvint du captif dont elle avait été si jalouse, parce qu'il avait pris sa place auprès de Mornelithe. Cette jalousie avait tant amusé le mage qu'il avait enchaîné Nyara dans sa chambre, la forçant à regarder pendant qu'il brisait la volonté du Tayledras.

— Ma petite chérie, je serais ravi qu'Etoilelame te voie. Il serait délicieux qu'il sache que j'ai un agent sur son territoire, et qu'il ne puisse rien dire ni faire, même si son esprit brûle du désir d'agir.

— Je ne crois pas que ce soit possible. Il ne quitte jamais la Vallée, et on m'a interdit d'y pénétrer.

— Ce n'est pas grave. Si tu y arrives, tant mieux. Sinon, je ne t'y forcerai pas. Pour le moment.

Fléaufaucon eut soudain l'air pensif.

— Y a-t-il autre chose, mon seigneur ?

— Non. J'ai d'autres sujets de préoccupations, plus importants que celui-ci. Ma vengeance peut attendre encore un peu.

Elle soupira de soulagement, espérant qu'il avait oublié Treyvan et Hydona, qu'elle appréciait sincèrement.

Un faux espoir.

— Les griffons, dit-il, la transperçant du regard. Je veux tout savoir à leur sujet.

Comme d'habitude, elle ne put résister à la compulsion de lui dire ce qu'elle savait. Après avoir donné les noms des adultes et ceux des petits, elle les décrivit en détail, expliquant pourquoi ils avaient choisi de s'installer dans les ruines.

Elle ajouta qu'ils allaient bientôt s'accoupler de nouveau.

Fléaufaucon sursauta.

— Je veux en savoir plus !

Elle lui avait tout dit. De colère, il la punit d'un assaut mental qui ne laisserait pas de traces physiques, mais dont l'effet durerait plusieurs jours.

Puis il la libéra du réseau immatériel.

Elle resta immobile sur le sol, haletante, brûlant toujours de désir pour lui.

— Cela suffit, fit-il d'une voix douce. Retourne là-bas et apprends tout ce que tu peux. Quand je t'appellerai, tu reviendras vers moi. Essaie de faire succomber Ventnoir à tes charmes. Mais surtout, renseigne-toi sur les griffons.

— Oui...

— Souviens-toi que je peux t'atteindre, même dans la Vallée de k'Sheyna, si besoin est. Etoilelame a apposé ma marque sur la pierre-cœur, me fournissant ainsi un moyen d'accès. Tu ne pourras jamais m'échapper. Je t'ai créée, ma chère fille, et je peux te détruire aussi facilement.

Il passa une griffe le long du menton de la jeune femme, qui ne put s'empêcher de ressentir plus de désir encore.

— Si tu essaies de fuir ou de te cacher, je te forcerai à revenir vers moi. Et tu t'apercevras que ce que tu as vécu jusque-là était le paradis à côté de ce que je te ferai. As-tu compris, ma chère enfant ?

— Oui, père, souffla Nyara, des larmes silencieuses inondant ses joues.

— Qu'as-tu d'autre à dire à ton père vénéré, petite ?

Elle répondit, comme d'habitude :

— Je vous aime, père. Je vous aime et je vous sers selon votre volonté.

Elle continua de pleurer et de répéter ces mots jusqu'à ce qu'il soit satisfait.

CHAPITRE XIV

ELSPETH

Kata'shin'a'in était une cité faite de milliers de pavillons brillamment colorés. Mais il y avait sans doute une *véritable* ville quelque part, avec entre autres des auberges.

Elspeth jeta un coup d'œil à Skif. Il regardait la ville, les sourcils froncés.

— Qu'y a-t-il ?

— Comment trouverons-nous les Tale'sedrin dans ce chaos ? Regarde ça : aucune organisation !

— *Apparemment*, corrigea Elspeth. Ne t'inquiète pas, il y en a sûrement une. Sinon, comment les marchands feraient-ils pour vendre leurs produits ? Tout le monde passerait son temps à chercher les autres. Dès que nous trouverons une auberge, nous demanderons comment nous orienter.

— Tu as sans doute raison, reconnut Skif.

Je n'aime pas ça, intervint Gwena.

J'en ai parfaitement conscience, répondit Elspeth sèchement.

Je pense que tu fais une grosse erreur. Il n'est pas encore trop tard pour rebrousser chemin. Nous pourrions être à Lythecare en...

La patience d'Elspeth était à bout.

Par l'enfer, je t'ai déjà dit que je n'accepterai pas qu'on me pousse en avant comme un mouton ! Si toi et les Compagnons n'êtes pas contents, trouvez-vous un autre héros pour entreprendre votre maudite mission ! C'est compris ?

La seule réponse fut un éclat de rire mental.

Et cesse de te moquer de moi ! cracha Elspeth.

Gwena resta muette un moment, puis répondit d'une voix timide :

Mais je n'ai pas ri.

La colère d'Elspeth retomba. Le rire mental était féminin, mais ce n'était pas vraiment la voix de Gwena. Et elle n'avait jamais entendu dire qu'un Compagnon ait menti à son élu.

Qui était-ce ? demanda-t-elle.

Je l'ignore, avoua Gwena, hésitante.

Un frisson courut le long de l'échine d'Elspeth. Imitée par son Compagnon, elle leva ses boucliers mentaux. Puis elle chercha qui s'était ainsi immiscé dans ses pensées. Ce n'était ni Skif ni son Compagnon, car Gwena aurait reconnu leur voix.

Tout était calme autour d'eux, personne aux alentours immédiats. Une caravane ou deux devant eux et derrière, c'était tout.

Elspeth porta la main à la garde de son épée.

Petite... fit une voix mentale aussi rauque qu'une voix physique qui n'aurait pas été utilisée depuis longtemps, *Tu ressembles tant à ma petite étudiante... Ylllyana... Il y a des lustres...*

C'était l'épée qui venait de parler, comprit Elspeth, pleine d'étonnement et d'angoisse.

— Eh ! appela Skif. Vas-tu rester figée sur place ? C'est toi qui voulais venir ici, tu te souviens ?

L'air ébahi de la jeune femme et de son Compagnon lui fit comprendre qu'il y avait un problème.

— Qu'y a-t-il ? Allons, Elspeth, réponds ! Que se passe-t-il ?

Elle secoua la tête.

— Par les dieux, fit-elle d'une voix oppressée. L'épée... Elle...

— L'épée de Kero ?

— Oui... Elle m'a parlé ! Elle *nous* a parlé. Gwena l'a entendue aussi.

— Impossible ! s'écria Skif. Les épées ne parlent pas, sauf dans les légendes !

Je suis une épée légendaire, petit ! Et je te rappelle que les chevaux non plus ne parlent pas, à part dans les légendes !

Skif avait l'air d'avoir reçu un coup sur la tête. Elspeth aurait été amusée si elle n'avait pas été dans le même cas.

— Elle parle ! glapit-il soudain.

Bien entendu, je parle ! Je suis aussi humaine que vous. En tout cas, je l'ai été, autrefois.

— Tu étais humaine ? répéta Elspeth, allant de surprise en surprise. Comment t'es-tu retrouvée sous cette forme ? Et pourquoi...

C'est une longue histoire, répondit l'épée. *Commence par trouver une auberge, petite. Puis nous parlerons de tout ça.*

Il leur fut impossible de tirer un autre mot de l'arme, en dépit des encouragements des deux Compagnons. Se demandant s'ils avaient tous perdu l'esprit, ils firent leur entrée dans la cité commerciale de Kata'shin'a'in.

L'auberge était ancienne avec des murs blanchis à la chaux tant de fois qu'on ne pouvait dire ce qui se cachait en dessous. L'aubergiste était un petit homme fatigué et indifférent. Il avait l'air aussi vieux que son auberge, fréquentée surtout par des mercenaires et des marchands mineurs.

Leur chambre ressemblait au reste du bâtiment : un parquet usé, des rideaux défraîchis, un matelas miteux posé sur une planche et une table bancale. Rien d'autre.

Au moins, la pièce était propre. C'était toujours ça...

Elspeth sortit Besoin du fourreau et la posa sur le lit. Puis elle s'assit à côté. Skif l'imita. Les Compagnons étaient présents dans leur esprit.

— Parfait, dit Elspeth, trouvant un peu bizarre de parler à un objet apparemment inanimé. Nous avons une chambre, la porte est fermée. Tu es toujours là-dedans ?

Bien entendu, fit l'épée d'un ton aigre. *Où pourrais-je aller ?*

Les deux jeunes gens sursautèrent. Elspeth se reprit la première.

— C'est une bonne question, reconnut-elle. Vas-tu nous parler, maintenant ?

Que fais-je d'autre, à votre avis ? Que voulez-vous savoir ?

Ignorant que répondre, Elspeth jeta un regard implorant à Skif.

— Votre nom, pour commencer, dit le jeune homme. Nous ne pouvons pas continuer à vous appeler « l'épée », ça ne semble pas très courtois.

Par les dieux, un jeune homme qui a le sens des convenances ! ricana l'épée. *Est-ce la fin du monde, ou quoi ?*

— Non, assura Skif. Vous ne nous avez toujours pas dit votre nom...

C'est bien d'un homme de demander ça ! Mon nom est...

Il y eut un long silence. Les deux jeunes gens se regardèrent, essayant de deviner si quelque chose n'allait pas.

C'est idiot, reprit l'épée. *Je l'ai oublié ! Que c'est bizarre... Pensez-vous que ce soit un signe de sénilité ? Peu importe. Appelez-moi Besoin, je porte ce nom-là depuis plus longtemps que celui qu'on m'a donné à ma naissance.*

— Euh, d'accord, Besoin, dit Elspeth. Si cela ne t'ennuie pas.

Quand on atteint l'âge que j'ai, peu de choses ont encore le pouvoir de vous ennuyer. D'autant plus que je suis pratiquement indestructible. Il y a certains avantages à se réincarner dans une épée.

Elspeth sauta sur l'occasion.

— Comment es-tu arrivée là ? Tu as dit que tu étais autrefois humaine ?

Il est plus facile de vous montrer que de vous expliquer. Voilà pourquoi je voulais que vous trouviez une chambre d'abord.

Soudain, les murs de l'auberge minable disparurent. Tous se retrouvèrent dans un lieu fort différent.

Une forge. Elspeth eut l'impression de regarder par les yeux de quelqu'un d'autre, devenue une passagère qui ne pouvait rien faire de plus qu'observer ce qui se passait.

Elle frotta l'épée avec un morceau de peau de chèvre huilée et la glissa dans le fourreau qu'elle avait fabriqué. Puis elle la posa à côté des onze autres lames. Trois par saison. Les enchantements nécessaires avaient été introduits dans le métal quand elle l'avait forgé.

Une bonne année de travail, qui bénéficierait à la Confrérie.

Le lendemain, elle vendrait les épées à la foire d'automne et reviendrait avec des montures et des provisions pour l'hiver.

Ses épées se négociaient toujours à un prix élevé. Elles ne rouillaient pas, ne se cassaient pas, et leur fil ne s'émoussait jamais. De plus, elle intégrait aux armes un enchantement différent à chaque saison : Le Calme pour le printemps, la Protection pour l'été, la Guérison pour l'automne et la Chance pour l'hiver. Fille d'un guerrier, combattante elle-même avant de devenir mage-forgeron, elle savait à quel point ces enchantements étaient utiles. Les épées du printemps étaient généralement offertes à de jeunes combattants par leurs parents ; celles de l'été étaient achetées par des gardes ; celles d'automne par de riches mercenaires ou des nobles n'ayant pas une confiance illimitée en leurs Guérisseurs ; les lames hivernales se retrouvaient toujours entre les mains des fils cadets de familles nobles, qui comptaient sur la Chance pour les sortir de leurs ennuis et les aider à faire leur chemin dans le monde.

Une fois tous les quatre ans, elle fabriquait onze épées pour la vente au lieu de douze, puis elle introduisait les quatre enchantements dans l'épée restante, qu'elle ne vendait jamais. Elle attendait qu'un membre de la Confrérie prouve sa valeur guerrière et morale. Puis elle lui donnait l'épée en secret, sans jamais révéler sa nature. Les jeunes femmes pensaient qu'il s'agissait simplement d'une épée à l'épreuve de la rouille et de la rupture, agrémentée d'un simple enchantement de guérison.

Il valait mieux ne pas les rendre dépendantes de leur lame. Si une d'elles avait deviné de quoi il retournait, elle n'en avait pas entendu parler.

Une de ces armes spéciales attendait sa propriétaire, cachée sous le sol de la forge. Elle n'en ferait pas d'autre tant que celle-ci n'aurait pas trouvé son « foyer ».

Voilà qui j'étais, murmura l'épée dans l'esprit d'Elspeth.

La scène changea. Elspeth vit une bâtisse immense ressemblant un peu à l'école de Quenten, sans barricade autour et sans ville à proximité. Les bâtiments étaient nichés au sein d'une forêt. Ils avaient l'air très anciens.

Elle se sentait fatiguée. Cela lui arrivait souvent depuis qu'elle était vieille. Le travail de forgeron n'avait pas empêché ses articulations d'enfler ni ses os de lui faire mal. Les Guérisseurs ne pouvaient rien pour elle, du moins tant qu'elle continuait à faire son métier. Elle sortait de temps en temps se reposer et travaillait moins.

Elle en profitait pour observer les jeunes à l'entraînement. Et elle n'en avait pas trouvé une à qui donner l'épée spéciale.

L'unique jeune fille qui semblait digne de l'arme n'était pas une combattante, mais une apprentie magicienne.

Les magiciennes de la Confrérie s'entraînaient avec les futures guerrières, pour éviter de se laisser aller ou de se dessécher sur pied à force de puiser dans leurs énergies psychiques.

Elle regarda d'un œil critique Vena, son apprentie. Après tout, elle avait commencé elle-même par être une combattante avant de devenir magicienne. Le chemin inverse n'était pas invraisemblable...

La Confrérie était à la fois un temple, une école militaire et une école de magie. Toute femme était la bienvenue, à condition qu'elle ait envie de travailler dur. La Confrérie révérait les Jumeaux, quatre dieux et déesses : Kerenal et Dina, Karanel et Dara. Guérisseur, artisan, combattant et chasseur. Les tire-au-flanc étaient mises dehors sans autre forme de procès. Quand une femme était en mesure de vivre indépendamment, elle avait le choix : soit affronter le monde extérieur, soit rester dans la Confrérie et contribuer à l'entretien de l'enclave.

Toutes ces informations s'imposèrent en un clin d'œil à Elspeth, comme si elle les avait toujours connues.

Les jeunes filles dotées d'un talent de magicienne apprenaient à l'utiliser. Celles qui aimaient les armes étaient formées pour devenir des mercenaires d'élite. Aux autres, on enseignait un métier artisanal ou l'art de l'herboristerie. Quelques-unes devenaient des prêtresses des Jumeaux dans le temple intégré au complexe.

Il y avait une seule règle absolue : tant qu'elles résidaient dans la Confrérie, ses membres devaient rester célibataires.

Cela n'avait jamais posé de problème à la femme dont l'esprit se trouvait désormais captif de Besoin.

Au cours de ses lectures, Elspeth n'avait pas trouvé mention de cette Confrérie. C'était étrange...

Elle n'avait jamais trouvé un homme assez intéressant pour abandonner la magie ou sa forge. De plus, avec son visage de jument et ses biceps impressionnants, peu de mâles se risquaient à la courtiser.

Elle soupira et se remit au travail.

La scène changea de nouveau. Elspeth se retrouva sur une route, traversant à cheval une sombre forêt.

La foire ne l'amusait plus : elle la fatiguait. Elle était contente de rentrer chez elle.

Soudain, au milieu de l'odeur des pins, une bouffée de fumée âcre monta à ses narines. Elle se redressa, alarmée. Les feux de camp étaient interdits. Et elle n'avait jamais senti de si loin la fumée venant de la Confrérie.

Glacée d'angoisse, elle poussa sa vieille rosse au trot. L'animal renâcla en approchant de la clairière.

Elle découvrit une scène épouvantable.

Elspeth avait vu des massacres durant la guerre contre Hardorn. Celui-ci semblait encore pire. Les bâtiments étaient devenus des ruines fumantes ; des corps gisaient partout. Il n'y avait plus personne en vie.

Elle se figea sous le choc. Qui avait pu faire ça, et pourquoi ? La Confrérie n'était pas riche, chacun le savait.

Puis Vena sortit des bois en pleurant.

Le décor changea encore. Elspeth revit la forge qu'elle connaissait déjà. Le toit et la plus grande partie des murs avaient disparu dans l'incendie.

Vena était dans la forêt lors de l'attaque. Elle avait réussi à grimper dans un arbre et à échapper aux agresseurs.

Le responsable du massacre était le sorcier Heshain, un seigneur mage qui n'avait jamais prêté la moindre attention à la Confrérie.

Ses hommes avaient tué tout le monde, à part les apprenties magiciennes, qui avaient été capturées. Cela avait été accompli avec une froideur et une discipline à glacer les sangs. Il n'y avait eu ni pillage ni viol.

Vena ne voyait pas pourquoi le mage avait agi, mais celle qui deviendrait Besoin comprit tout. Il avait l'intention d'utiliser les jeunes magiciennes, les pliant à sa volonté, afin d'augmenter son pouvoir personnel.

Elle devait voler à la rescousse des apprenties. De plus, il n'était pas possible de laisser un tel homme prospérer.

Il fallait à tout prix l'arrêter.

Et il ne restait qu'une vieille femme arthritique et une gamine en cours d'entraînement.

Si elle parvenait à donner à Vena, qui était jeune et vigoureuse, les capacités qui étaient siennes, il lui serait possible de réussir. Parfois, une seule personne réussissait mieux qu'une armée. Surtout si elle disposait d'un potentiel magique important et de l'habileté d'une combattante aguerrie.

C'était la seule chance.

Elle envoya Vena dans la forêt, sous le prétexte de cueillir des plantes, puis elle entreprit quelque chose qu'elle avait vu faire une seule fois. Et pas avec une de ses épées enchantées.

Elle sortit l'arme spéciale de sa cachette. Mettant la lame sur la forge, elle la chauffa au rouge, et lança un enchantement complémentaire qu'elle plaça dans l'épée.

Puis elle ficha la garde de l'arme brûlante dans un étau placé sur le côté de la forge et se jeta sur la pointe.

Une douleur atroce la déchira... puis cessa soudain.

Elspeth ressentit quelque chose de si intense et bizarre qu'elle aurait cédé à la panique si elle n'avait pas su qu'il s'agissait d'un souvenir. C'était l'expérience la plus horrifiante qu'elle ait jamais connue.

Il y eut un effleurement, puis une... connexion. Les sensations réapparurent, plus claires que jamais. Quelqu'un pleurait.

Vena !

Elle percevait les choses avec les sens de Vena ! L'enchantement avait fonctionné. Elle formait désormais une seule entité avec l'épée, tous ses pouvoirs magiques et ses autres talents intacts et prêts à être utilisés.

Elle s'entraîna à contrôler le corps de Vena, faisant bouger la main de la jeune fille comme si c'était la sienne. Si elle lui laissait le contrôle temporaire de son corps, elle ferait d'une combattante inexpérimentée une guerrière d'élite.

Vena sanglotait toujours.

Elle décida de dire à la gamine qu'elle n'était pas morte.

Enfin, pas exactement...

L'épée relâcha l'emprise qu'elle avait sur les deux jeunes gens.

Elspeth resta assise et trembla un long moment.

Elle récupéra avant Skif, ce qui ne la réconforta pas beaucoup. Jamais elle n'avait partagé aussi intimement les pensées de quelqu'un.

Surtout quelqu'un dont l'esprit et les souvenirs étaient si étrangement *non-humains.* C'était sans doute inévitable. Il n'y avait aucun moyen de savoir l'âge de Besoin, et il semblait que l'épée elle-même l'ignorât. Elle était emprisonnée dans cette lame depuis si longtemps, même si c'était par sa propre volonté, que cela avait laissé sa marque sur elle.

La transformant sans doute, au fil du temps, en quelque chose qui n'avait plus grand rapport avec la femme qu'elle avait été.

Il fallut un long moment à Elspeth pour baisser ses boucliers et rouvrir ses pensées à l'épée.

Si tu pouvais ne pas me faire ça, dit l'épée, offusquée, *j'en serais ravie !*

— De quoi parles-tu ? fit Elspeth, surprise.

Te couper ainsi de moi. Il me semble que je t'ai dit clairement que je percevais les choses à travers toi. Si tu t'isoles, je deviens sourde et aveugle.

— Oh !

Elspeth frissonna. Que pouvait éprouver Besoin quand elle n'était pas en contact avec sa propriétaire ?

Mieux valait ne pas y penser.

— Tu es toujours capable de faire ça ? demanda-t-elle.

Quand je me suis liée à quelqu'un, comme je l'ai fait avec Vena et la plupart des autres, oui. Sauf si tu m'isoles délibérément de ton esprit. J'avais oublié qu'il y a quelques inconvénients à s'unir à une femme capable de parole par la pensée, ajouta

Besoin d'une voix irritée. *Vous savez comment me tenir à l'écart !*

Se souvenant des problèmes de Kero avec son arme, Elspeth éprouva une compassion assez limitée. Besoin avait essayé à plusieurs reprises de contrôler les gestes et les décisions de la capitaine Kerowyn. Elle avait réussi en ce qui concernait la grand-mère de Kero. Plus d'une fois, elle l'avait mise en danger. Toujours pour une noble cause, certes...

Kero, comme Kethry, avait souvent affronté des femmes, ou des créatures ayant pris une forme féminine. Dans ce cas, l'épée n'aidait pas sa propriétaire, et elle venait parfois à la rescousse de l'ennemie !

Ce qui n'était pas fait pour adoucir le jugement d'Elspeth.

Une idée lui vint.

— Kero possède le don de parole par l'esprit ! Comment se fait-il que tu ne lui ai jamais parlé ?

Je m'étais endormie, répondit l'épée d'une voix embarrassée. *J'ignore ce qui est arrivé. Peut-être une de mes propriétaires m'a-t-elle vendue, ou rangée quelque part, ou perdue. Le lien s'est affaibli et a fini par disparaître. Je me suis assoupie. Je percevais mes propriétaires comme de simples rêves...*

— Qu'est-ce qui vous a réveillée ? demanda Skif.

Remis de ses émotions, il manifestait sa curiosité habituelle.

Je pense qu'il s'agissait de ma propriétaire précédente, Kerowyn. Elle s'est mise à me parler, pas très poliment, je dois le dire. Je dormais depuis si longtemps que je me suis réveillée peu à peu. Quand j'ai vraiment eu conscience de ce qui se passait, elle m'a amenée chez toi.

Besoin se tut.

Tout le monde attendit qu'Elspeth dise quelque chose.

Finalement, Gwena en eut assez et intervint.

Et alors ? cracha-t-elle. *Que s'est-il passé ?*

Je me suis tenue tranquille, répondit l'épée, surprise. *Il y a des protections formidables dans ce pays, cheval ! Quelqu'un a modifié la nature des* vrondis...

— Les quoi ? demanda Elspeth, étonnée.

Les vrondis, *petite ! Vous les utilisez constamment, afin de détecter la vérité !*

Elspeth revit soudain sa première séance d'apprentissage de l'enchantement de vérité.

— Imagine un nuage doté d'yeux, avait dit le Héraut Teren.

Un nuage avec des yeux, c'est ça ! s'écria Besoin, exaspérée. *Que croyais-tu ? Qu'il s'agissait d'êtres imaginaires ?*

Elspeth ne répondit pas. C'était ce qu'on l'avait amenée à croire.

Quelqu'un a modifié la nature des vrondis, répéta l'épée. *Ils surveillent tout ce qui est magique. Quand ils aperçoivent un mage qui n'a pas avec lui un de vos chevaux parlants, ils le* regardent *jusqu'à ce que celui-ci s'enfuie. J'ai essayé de ne pas me faire remarquer. Et je suis retombée dans le sommeil...*

Mais pas aussi profondément, je parie, dit Gwena.

Non. J'ai attendu de quitter votre pays, et d'être donnée à ma propriétaire suivante : toi, Elspeth. Une combattante, dotée de talents de mage et capable de parole par l'esprit...

— Je t'ai sortie du fourreau...

Et je me suis réveillée. Ça vaut mieux, petite. Pardonne-moi le jeu de mots, mais tu as besoin de moi.

Elspeth gémit intérieurement.

Voilà tout ce qui lui manquait ! Une épée bavarde décidée à l'aider contre son gré si nécessaire !

Ce ne fut pas la fin des problèmes, comme elle et Skif s'en aperçurent bientôt.

Ils étaient tous deux fatigués, mais Skif davantage que sa compagne. L'épée n'adorait pas les hommes. Elspeth était convaincue qu'elle n'avait pas facilité le contact mental à son ami.

Elspeth devait mettre ses plans à exécution avant que Besoin lui complique les choses.

L'épée était peut-être le professeur qu'elle recherchait ? Mais elle envisagerait cette possibilité en dernier ressort, après avoir épuisé les autres.

Elle n'était pas sûre de l'étendue des pouvoirs de Besoin. De plus, l'épée ne lui inspirait pas vraiment confiance, surtout dans ses rapports avec les hommes.

Dans ces conditions, elle préférait ne pas courir de risques inutiles.

Elspeth remit Besoin dans son fourreau et sortit explorer la ville. Le centre proposait quelques rares échoppes et des tavernes allant du bouge sordide au palais de marbre de trois étages.

L'important était de trouver les Shin'a'in. La ville s'appelait, après tout, la « cité des Shin'a'in ». Puis il lui faudrait les convaincre d'accepter de la mettre en rapport avec les Tale'sedrin, le clan de Kero.

Le meilleur endroit était sans doute le marché aux animaux.

Elle avait espéré échapper à la vigilance de Skif, endormi sur le lit.

Dès qu'elle eût passé la porte, le jeune homme arriva sur ses talons, haletant.

Elle soupira. Il était évident qu'il n'était pas là seulement pour remplir son devoir. Son air de chien battu lui en disait long.

Il s'était amouraché d'elle.

Merveilleux ! se dit-elle. *Mon partenaire a réussi à se convaincre qu'il est amoureux de moi, mon Compagnon souhaite devenir une héroïne de légende, mon épée n'en fait qu'à sa tête et je dois trouver des gens dans un pays dont je ne parle pas la langue.*

Décidément, en dépit de ce que prétend Besoin, je ne crois pas que l'enchantement de Chance fasse toujours partie d'elle...

CHAPITRE XV

VENTNOIR

Treyvan ébouriffa ses plumes et secoua la tête, impatient. Ventnoir lui jeta un coup d'œil et sourit.

Vree l'attendait dans la forêt, loin de la tentation : les plumes de la crête du griffon.

— Depuis combien de temps Hydona et toi êtes-vous ensemble ?

— Douze ans, pourquoi ? demanda le griffon, sans réaliser que Ventnoir le taquinait.

— Tu devrais pouvoir supporter d'attendre un peu, dans ce cas !

— Toi, un humain, tu me dis ça ! Alors que vous êtes toujours en saison ! Vous n'arrêtez jamais de...

Hydona émit un gargouillement étouffé, l'équivalent griffon d'un éclat de rire.

— De plus, reprit Treyvan, tu sais très bien que j'ai lancé le premier enchantement — celui de fertilité —, ce matin ! Jusqu'à ce que je puisse prononcer le second, je serai nerveux comme si j'avais des puces de sable. Je te l'ai pourtant expliqué plus d'une fois.

— Dans ce cas, dit Ventnoir, je vais vous laisser seuls.

— Ne t'inquiète pas pour lui, intervint Hydona. Il survivra. Tu es prêt pour ce que nous allons faire, n'est-ce pas ? Ce ne sera pas comme la dernière fois ?

Ventnoir rougit à ce souvenir. Il avait été pris dans l'enchantement puissant qui faisait partie intégrante de leur vol d'accouplement...

— Ça ira, dit-il. Je n'ai plus quatorze ans.

Hydona s'esclaffa.

— J'avais remarqué ! dit-elle. Surtout quand tu es avec Aubefeu... Quand choisiras-tu une compagne ?

La question le surprit.

Il s'en sortit par une pirouette.

— Quand j'aurai trouvé une dame aussi magique que toi, fit-il, galant.

— Flatteur ! Lorsque tu seras prêt, peut-être pourrons-nous nous installer tous au même endroit, pour surveiller mutuellement nos petits. C'est notre but ultime, sais-tu. Nous sommes des pionniers, en quelque sorte. S'il s'avère que nous pouvons élever nos jeunes ici, d'autres suivront. Nous sommes originaires de cette région.

— Oui, tu me l'as déjà dit.

Treyvan soupira et s'allongea dans l'herbe.

— Nos deux peuples étaient autrefois partenaires, et ce, depuis le temps des Kaled'a'in. Les hertasis aussi, et d'autres que tu n'as peut-être jamais vus. Il serait bien de le redevenir !

Décidément, les griffons étaient pleins de surprise.

Celle-là était de taille. Ventnoir avait déjà été étonné de découvrir que les griffons parlaient couramment le kaled'a'in ancien, que peu de Tayledras ou de Shin'a'in connaissaient encore, bien que leurs langues en dérivent. Cette nouvelle révélation était d'autant plus étonnante que rien n'était mentionné à ce sujet dans l'histoire des Tayledras.

Hydona s'approcha de son compagnon et lui mordit gentiment le cou. De toute évidence, son attention était revenue au présent...

— Hydona ? demanda Ventnoir. Qui surveille les petits ? Je ne peux pas m'en charger, je dois reprendre ma patrouille.

— Tout ira bien, répondit Hydona. Nous leur avons dit de ne pas quitter le nid. S'ils nous appellent, nous serons là avant que quiconque ait pu les atteindre.

— Tu es sûre ?

Hydona se détourna un bref instant et marmonna :

— Ne t'inquiète pas...

En dépit du bouclier mental qu'il avait levé, Ventnoir sentit l'euphorie sensuelle des griffons. Il éprouva un vague vertige.

Se retournant, il vit qu'ils avaient pris l'air et se livraient au ballet aérien lié à leur rituel d'accouplement.

Ventnoir aperçut aussi une minuscule tache dans le ciel, très haut. Il reconnut un faucon saure, une espèce que les Tayledras utilisaient souvent comme oiseaux liges.

Celui d'Aubefeu en étant un, il songea à la jeune femme...

Aubefeu suivait les pensées de son oiselle aussi aisément que celle-ci se déplaçait sur les courants d'air chaud. Elles étaient partenaires depuis sept ans, Aubefeu s'étant liée à Kyrr à l'âge de dix ans.

Vree était avec Ventnoir depuis quatre ou cinq ans. L'oiseau auquel il était lié auparavant était un chat-huant, un animal minuscule à la vie relativement courte. Peu recherché par les éclaireurs à cause de sa petite taille et de sa lenteur, c'était un oiseau parfait pour un mage, ce que Ventnoir était alors. A l'époque, il n'avait pas besoin d'un partenaire capable de l'aider lors des patrouilles, comme Vree, dont la durée de vie dépasserait trente ans. Etant un mage, il lui fallait simplement utiliser de temps en temps les sens de son oiseau ou lui faire porter un message.

Les éclaireurs étaient obligés de développer une relation beaucoup plus intime avec leurs oiseaux. Cela exigeait une espèce à la durée de vie plus longue. Il leur fallait une année entière pour entraîner leurs oiseaux. Ceux-ci, comme leurs maîtres, étaient constamment en danger. Leurs ennemis connaissaient l'importance des oiseaux liges et s'attaquaient souvent à eux. Ils étaient souvent tués, car la mort violente d'un oiseau lige avait un effet dévastateur sur son partenaire.

Ventnoir avait prévenu son équipe de s'attendre à d'autres pertes. Aubefeu se demandait ce qu'elle ressentirait si Kyrr mourait. C'était malheureusement une possibilité.

Le père de Ventnoir avait perdu son oiseau de façon si dramatique qu'il avait oublié ce qui s'était passé. Il était allé sur les lieux d'un incendie de forêt allumé par des oiseaux de feu. Comme ceux-ci étaient rarement assez idiots pour brûler leur habitat, il fallait supposer que l'être qui les avait effrayés à ce point avait capturé et tué le faucon pèlerin d'Etoilelame.

Le père de Ventnoir avait disparu plusieurs jours. Puis on l'avait retrouvé, errant dans la zone brûlée, en état de choc. Il ne se souvenait de rien. Mais quand il choisit de se lier à un corbeau né hors de la Vallée, les gens se posèrent des questions...

Ventnoir lui avait dit un jour, après un de ses accrochages avec son père, qu'Etoilelame avait changé depuis la catastrophe.

Il supposait que c'était dû à la mort de son épouse.

Aubefeu pensait que le changement était survenu après la mort de l'oiseau lige. Etoilelame était devenu silencieux et bizarre, et il avait choisi ce corbeau antipathique...

Elle se concentra de nouveau sur le présent. Etant de repos, elle avait décidé de céder à la curiosité que lui inspiraient les griffons dont Ventnoir était l'ami.

Elle était allée les voir une ou deux fois, mais ils lui avaient fait comprendre clairement que Ventnoir était le seul visiteur qu'ils accueillaient de bon cœur.

Cela l'avait profondément blessée. Ventnoir ne se doutait pas à quel point.

Toutes les autres espèces non-humaines trouvent facile de devenir mes amies. Aucune ne m'a jamais rejetée ainsi. Pourquoi les griffons ne veulent-ils pas de moi ?

Elle l'avait demandé à Ventnoir. Selon lui, les griffons étaient jaloux de leur vie privée.

Aubefeu n'en était que plus curieuse. Pourquoi Ventnoir était-il le seul qu'ils considéraient comme digne de leur attention ?

Elle s'était souvent glissée près des ruines pour observer les deux griffons et leurs petits. A bonne distance, bien sûr. Ventnoir ne le lui avait jamais interdit, disant même qu'il était content qu'elle surveille le nid. Les griffons passaient beaucoup de temps à la chasse, car ils avaient besoin d'une grande quantité de viande fraîche.

Aubefeu avait déduit qu'elle pouvait les regarder quand elle n'avait rien d'autre à faire, à condition de rester assez loin.

Mais Ventnoir lui avait formellement interdit de s'approcher des ruines aujourd'hui. Il ne lui avait pas donné d'explications, mais fait *promettre* de ne pas venir.

Cela avait attisé la curiosité d'Aubefeu, vexée qu'il lui ait ordonné de rester à l'écart.

Comme s'il en avait le droit !

Il aurait mieux fait de ne rien dire. Je ne serais sans doute pas là en ce moment...

Les soupçons avaient vite succédé à la colère. Elle avait le sentiment qu'il lui cachait quelque chose.

Et que cela avait un rapport avec le Modifié.

Ventnoir passait le plus clair de son temps avec les griffons ou le Modifié. Il refusait de parler de lui.

Il ne lui avait jamais rien caché auparavant.

Pourquoi commencerait-il maintenant ?

C'était ce qu'elle pensait jusqu'à ce matin. Puis elle avait entendu par hasard une remarque d'Ombreglace.

— Ventnoir sait-il quand la Modifiée sera prête à repartir ?

La Modifiée ? Voilà qui en disait long. Ventnoir avait sans doute des raisons de lui cacher que l'être était du sexe féminin.

Surtout si la femme était attirante.

Comme la plupart des Modifiés... Et certains hommes étaient fascinés par leur côté exotique...

Peu m'importe s'il s'est amouraché de cette fille. Ce n'est pas comme si nous étions liés pour la vie. Je ne dirais pas non s'il me le proposait, mais je n'ai aucun droit sur lui pour l'instant...

Pourtant, elle était sur le point de rompre la promesse qu'elle lui avait faite. Elle avait longuement réfléchi avant de trouver une solution. Elle avait promis de ne pas s'approcher, mais elle n'avait rien dit de Kyrr. Or, elle pouvait voir ce que voyait l'oiseau. Mais elle serait forcée de se terrer dans son *ekele* et de se plonger en transe, car elle ne pouvait pas utiliser les sens de son oiseau lige sans cela.

Elle en avait secrètement honte. Ventnoir pensait qu'elle jugeait le partage de son conscient trop traumatique pour être acceptable. En transe, ce problème n'existait pas, car son « moi » était investi tout entier dans la fusion.

Elle communiquait très bien avec son oiseau. Kyrr était très intelligente et pouvait lui décrire ce qu'elle voyait avec des phrases structurées.

Hélas, elle ne savait pas interpréter les expressions des humains, ni les subtilités de comportement qu'Aubefeu avait besoin de connaître. Elle devait à tout prix savoir ce que Ventnoir ressentait pour la Modifiée ! Après tout, il était possible qu'il ait pour la garder à l'écart des raisons légitimes n'ayant rien à voir avec l'attirance.

Oui. Comme il est possible que les poules aient des dents...

Il n'y avait que les petits dans le nid des griffons. Aubefeu envoya Kyrr à la recherche des adultes. Très vite, elle les repéra à la limite des ruines. Ventnoir était difficile à voir, car ses vêtements se confondaient avec les couleurs environnantes, mais les griffons se détachaient clairement. Aubefeu eut le sentiment que leur plumage était plus brillant que d'habitude, comme s'ils avaient reflété la lumière du soleil. Ils étaient extraordinairement beaux...

La Modifiée n'était pas à proximité. Aubefeu ne vit aucun signe indiquant qu'elle se cachait dans ce secteur.

La jeune fille se sentit honteuse.

Me suis-je trompée ?Ai-je agi comme une femelle jalouse, sans aucune raison ?

Il semblait bien. Ventnoir dit au revoir à ses amis et s'enfonça dans la forêt. Aubefeu faillit renvoyer Kyrr vers son *ekele*, mais la curiosité l'en empêcha. L'intensité soudaine de la couleur des deux griffons lui rappelait vaguement quelque chose...

Puis le mâle mordit doucement la nuque de la femelle.

Un geste indubitablement sexuel.

Ils vont s'accoupler ! Voilà pourquoi Ventnoir ne voulait pas que je vienne.

Elle rougit d'embarras.

Mais il ne s'agissait pas de leur premier accouplement, loin de là. Ventnoir ne lui avait jamais interdit d'approcher les autres fois.

Pourquoi était-ce différent ?

La curiosité prit le dessus. Quelle que soit la réponse, elle était décidée à la trouver.

Les griffons s'envolèrent.

Kyrr tourna autour d'eux pour ne pas les perdre de vue.

Ce n'était pas un simple vol, mais un véritable ballet aérien. Les griffons prirent de l'altitude, puis dépassèrent Kyrr. Il ne resta qu'une minuscule tache sur le bleu du ciel.

La tache grandit.

Ils s'accouplent en vol plané, comme les aigles !

Ils tombèrent comme des pierres, les yeux fermés, perdus dans leur extase sensuelle...

Au dernier moment, ils se séparèrent et freinèrent leur chute.

Ils étaient d'une beauté surhumaine...

Le claquement d'une arbalète retentit, dissipant la transe admirative d'Aubefeu.

Un carreau fila dans le ciel, atteignant Hydona à l'aile.

Elle poussa un cri. Avec son aile intacte, elle parvint à contrôler un peu la vitesse de sa descente.

Le mâle répondit au cri de sa femelle par un hurlement de rage. Il se retourna prestement et piqua vers le sol, les griffes tendues.

La femelle s'écrasa dans les arbres et disparut.

Le mâle la suivit.

Une seconde plus tard, une langue de flamme d'un blanc aveuglant l'enveloppa et le tint un instant suspendu dans les airs. Puis la flamme le lâcha, et il tomba lui aussi à travers le feuillage, inconscient.

Aubefeu sentit la colère monter dans l'esprit de son oiseau lige.

Elle eut du mal à le garder sous son contrôle, mais elle savait que si elle n'y parvenait pas, son lien avec Kyrr serait fortement compromis.

Tuer ! cria Kyrr mentalement. *Les tuer tous !*

Deux hommes se tenaient à côté des griffons. Celui qui avait tiré surveillait le mâle, qui n'avait pas repris conscience.

L'autre était penché sur la femelle, qui s'agitait faiblement. Il faisait quelque chose qu'Aubefeu ne vit pas vraiment.

C'était un sorcier, un des Autres.

Ceux qui avaient tant modifié leur apparence qu'ils n'étaient plus qu'à demi-humains.

Hydona poussa un cri de douleur épouvantable. Kyrr s'arracha au contrôle d'Aubefeu et vola vers les intrus.

Au même instant, Aubefeu, envahie par une colère meurtrière, renonça à tenter de contrôler son oiseau lige et le laissa se ruer à l'attaque.

Le mage leva les yeux.

Aubefeu ne vit plus rien d'autre. Puis quelque chose s'écrasa sur Kyrr. Les ténèbres l'engloutirent.

Elle vit seulement des yeux à la pupille fendue verticalement.

Et des dents pointues, découvertes par un rictus de haine...

CHAPITRE XVI

ELSPETH

Elspeth étouffa un juron quand elle aperçut du coin de l'œil une silhouette familière.

Skif traînait de nouveau sur ses talons.

Ce garçon était doué, elle devait le reconnaître. Il savait utiliser les mouvements de la foule pour dissimuler qu'il la suivait. Mais Skif lui-même lui avait appris ce qu'elle savait à ce sujet. Elle connaissait ses tactiques mieux que personne.

Une odeur de cuir neuf montait de la bourse qu'elle marchandait. Le vendeur jurait qu'elle allait le mettre sur la paille.

A plusieurs reprises, elle avait demandé aux marchands s'ils connaissaient les Shin'a'in.

— Ils ne viennent qu'au printemps, répondit un négociant en tissus. Mais j'ai quelques tapis de leur fabrication qui vous intéresseront peut-être...

Un autre homme assura qu'ils ne se montraient qu'en automne, puis un berger rapporta qu'il les avaient vus, mais qu'ils venaient de repartir. Son information était sans doute la plus fiable, car il savait que les Tale'sedrin avaient souvent les cheveux blonds, un legs de Kethry, la grand-mère de Kero.

Ayant payé la bourse, Elspeth l'attacha à sa ceinture. L'objet semblait très bien conçu. La fermeture était prévue pour décourager les voleurs à la tire, et la ceinture était doublée de fils métalliques pour empêcher qu'on la coupe.

Les échoppes des marchands de cuir étaient sa dernière étape de la journée. N'ayant rien obtenu, elle décida de retourner à l'auberge et d'imaginer une nouvelle stratégie.

D'abord, il fallait qu'elle s'occupe de Skif.

La foule était toujours aussi dense. Les gardes qui surveillaient discrètement le marché incitaient les acheteurs à porter leurs plus beaux vêtements et à ne se priver de rien.

Elspeth démarra à vive allure, surprenant Skif, qu'elle sema rapidement.

Au contraire de Skif, trop absorbé par sa filature, elle avait prêté attention à la façon dont le bazar était configuré.

Cela lui permit de prendre un raccourci en traversant les échoppes de sellerie. Elle déboucha au milieu des marchands de tapis. De là, elle entra dans la partie consacrée à la nourriture.

Elle s'arrêta brièvement, le temps d'acheter des beignets sucrés, car elle était incapable de résister à leur odeur. Puis elle plongea dans l'aile réservée aux vendeurs de parfums, et de là fila vers l'auberge.

Comme elle s'y était attendue, elle arriva avant Skif.

J'aimerais que tu m'emportes avec toi, grogna Besoin depuis sa cachette, sous le lit. *Ce n'était peut-être qu'un marché, mais tu sais qu'il y a des gens à tes trousses, prêts à te capturer...*

Splendide, pensa Elspeth. *Une mère-poule de plus !*

— Impossible, dit-elle, essayant de ne pas perdre patience. Les armes sont interdites sur le marché. Sauf si on vient de les acheter et qu'elles sont enveloppées.

Il te suffirait de m'envelopper pour m'emmener avec toi.

— Et tu serais aussi utile qu'un bâton. Moins, même, parce que tu n'es pas assez longue !

Avant que l'épée ait le temps de répondre, il y eut un bruit de clé dans la porte, qui s'ouvrit aussitôt.

— Rebonjour, dit sèchement Elspeth.

— Bonjour, dit Skif d'une voix un peu honteuse.

— Tu ne pouvais pas dormir, c'est ça ?

Posant ses achats sur la table branlante, elle continua :

— Je voudrais te raconter une histoire. Je me demande si tu la connais. Elle concerne le Héraut Rana et son soupirant éconduit.

Tu es cruelle, petite, dit Gwena.

Je commence à en avoir assez de son attitude.

— Quand le Héraut Rana retourna chez elle voir sa famille, un jeune homme qui ne lui avait jamais prêté la moindre attention décida tout à coup qu'elle était la femme de sa vie. Lorsqu'elle repartit, il la suivit à Haven, puis sur son « circuit ». Rana craqua quand il se glissa derrière elle, sur un marché, pour l'entourer de ses bras. Elle lui flanqua un bon coup de poing, mais cela ne suffit pas à cet idiot. Il continua de la suivre. Elle attendit jusqu'à ce qu'il entre derrière elle dans une forêt où elle était allée chasser.

— Et alors ? demanda Skif.

— Elle lui a tendu un piège et lui a décoché une flèche entre les jambes. Il paraît qu'elle est passée si près de ses bijoux de famille qu'ils ont été proprement *rasés* !

Skif déglutit de plus belle.

— Je suppose que tu as compris où je veux en venir ?

Skif déglutit.

Tu n'es pas très gentille, petite ! répéta Gwena, plutôt amusée.

Mais efficace ! souligna Besoin avec un gloussement.

J'en ai surtout assez de son attitude ! Gwena, vois si tu ne peux pas en toucher un mot à Cymry... Héraut ou pas, il commence à me porter sur les nerfs !

Les prêtres des différentes religions avaient un emplacement à part, à l'écart du marché, sur une colline. Le chamane Kra'heera shena Tale'sedrin regarda en direction du bazar. Quelque part dans la ville, une jeune femme accompagnée d'un grand jeune homme cherchait les Tale'sedrin. Depuis qu'il était arrivé avec Tre'valen, son apprenti, quatre marchands étaient venus le voir pour l'en informer.

Kra'heera n'avait rien dit. Les marchands étaient retournés à leurs affaires, déçus de n'avoir pas pu monnayer leurs informations, comme il était courant à Kata'shin'a'in.

Le chamane n'avait pas acheté de renseignements, car il avait ses propres sources. Au crépuscule, une visiteuse arriva. Elle ne souhaitait rien vendre, car son fils avait été adopté dans le clan des Tale'sedrin en épousant une des leurs.

Dira Ecarlate, marchande de tapis de son état, attendit que les civilités d'usage soient finies, puis elle parla de ce qui l'amenait.

— Une jeune fille vous recherche. Elle a un accent étranger : celui de Valdemar, que je connais car je m'y suis rendue avec le clan. J'y ai fait d'excellents profits, d'ailleurs ! La fille est accompagnée d'un jeune homme qui ne la quitte pas des yeux, comme un chien qui a trouvé sa première chienne.

Kra'heera éclata de rire. La vieille femme avait son franc-parler.

— Ainsi sont les jeunes gens. Que savez-vous de plus sur cette Valdemarienne ?

— On dit qu'elle vient de la part de Kerowyn, et qu'elle porte son épée magique. Celle qui appartenait à Kethryveris, la mère de notre clan. L'épée nommée Besoin !

— Avez-vous entendu l'information de vos propres oreilles ? demanda Kra'heera.

— Non. On me l'a rapportée. Mais je me suis brièvement entretenue avec la jeune fille. Elle semble honnête. Je ne peux rien dire de plus.

Kra'heera hocha la tête. Dira sourit d'un air entendu. Les Shin'a'in agissaient rarement sur des ouï-dire. Mais ainsi, le chamane saurait à quoi s'attendre.

La nuit tombée, Tre'valen alluma les lampes écarlates signalant que les prêtres qui résidaient dans cette tente ne devaient pas être dérangés. Après quelques minutes de bavardages amicaux, Dira retourna au bazar.

— Qu'en pensez-vous ? demanda Tre'valen à son maître. Allez-vous contacter cette jeune étrangère ?

— C'est possible. Elle pourrait nous être utile... Mais nous avons d'abord un autre rendez-vous.

— Vraiment ? demanda Tre'valen, ses sourcils noirs froncés.

Tre'valen était un Shin'a'in pur sang, en minorité dans le clan des Tale'sedrin au sang mêlé. Ses yeux bleu-gris faisaient un contraste étonnant avec sa chevelure d'ébène et son teint brun doré.

— Tu ne pensais pas que nous étions venus ici pour nous amuser, alors qu'il fait une chaleur d'enfer ? demanda Kra'heera.

Tre'valen rougit mais ne répondit rien. Savoir se taire faisait partie de sa formation

— Nous partons, dit le mage, se levant avec une souplesse que bien des gens plus jeunes lui auraient enviée.

Amusé, Kra'heera vit son apprenti se tourner vers le bazar, puis faire volte-face quand il réalisa que son maître prenait la direction de la vieille ville. Celle-ci était toujours animée et bruyante, car les affaires se traitaient en continu durant la saison commerciale.

Après le crépuscule, on vendait et achetait de la nourriture et des boissons, ainsi que des services plus personnels.

Kra'heera se demanda si son apprenti trouvait aussi étrange que lui de se déplacer entre des murs de pierre au lieu des vastes étendues des plaines Dorisha. Pourtant, longtemps auparavant, les Shin'a'in avaient vécu dans une ville située au beau milieu des plaines : la cité natale des Kaled'a'in.

Kra'heera ouvrait le chemin sans crainte, car il portait une épée. Les règles ne s'appliquaient pas aux Shin'a'in. Après tout, la cité leur appartenait, même s'ils y faisaient seulement des brefs séjours.

Au cœur de la ville se dressaient les temples. On trouvait d'abord ceux où les étrangers venaient adorer leurs divinités respectives. Puis, à mesure qu'on s'enfonçait dans les entrailles de la cité, les mouvements et les sons se raréfiaient.

Arrivés devant un mur de pierre où se découpait une seule porte, Kra'heera frappa une série de coups. Son apprenti reconnut le début d'une incantation accompagnée de roulements de tambours.

La femme qui leur ouvrit était une Kal'enedral qui avait prêté le serment à l'épée. Ses vêtements étaient bleu foncé, une couleur que les siens n'avaient pas coutume de porter.

— Elle est spéciale, dit Kra'heera, anticipant la question de son apprenti. Elle a prêté le serment à l'épée et à la commère. Elles sont une douzaine dans ce cas. On ne les trouve qu'ici.

La Kal'enedral les conduisit dans une pièce carrée dont le plafond était fait de petits panneaux de verre incrustés dans un cadre de plomb. Tre'valen regarda, fasciné, les rayons de lune jouer à travers les vitraux. Il faillit trébucher sur une tapisserie posée à même le sol. Son maître le retint avant que son pied touche la trame fragile.

— Cette tapisserie est trop ancienne, elle ne supporterait pas d'être pendue à un mur. De plus, la lune est indispensable pour que certaines choses s'éveillent... Tu connais l'histoire de notre peuple, n'est-ce pas ? Laisse-moi te rafraîchir la mémoire, afin que ton esprit soit sur le bon chemin.

Tre'valen hocha la tête et s'imprégna de l'atmosphère de la pièce, où les rayons de lune approchaient de l'antique tapisserie.

— Il y a très longtemps, notre peuple et celui des Frères du Faucon n'en formaient qu'un, les Kaled'a'in. Nous servions un seigneur, un des Grands Mages. Quand il se laissa entraîner dans une guerre, nous le suivîmes. L'issue de ce conflit fut la destruction de notre pays. Le mage parvint à prévenir son peuple, dont il avait toujours pris grand soin. Nos ancêtres s'échappèrent avant le cataclysme final. Nous sommes revenus après de longues années d'exil. Quand nous arrivâmes, à cet endroit précis...

A cet instant, les rayons de la lune atteignirent le bord du canevas. Grâce au pouvoir que la lune conférait à ses adeptes, Kra'heera invoqua la magie de la tapisserie.

— ... voici ce que nous vîmes.

La chamane Ailecorbeau ferma les yeux en soupirant. Pourquoi ne pouvait-elle changer la réalité aussi aisément qu'elle échappait, en baissant les paupières, à cette vision d'horreur ?

Leur terre natale n'existait plus. Il ne restait qu'un immense cratère dont les parois et le fond avaient été transformés en une étendue vitreuse à l'aspect tourmenté.

Ailecorbeau rouvrit les yeux. Elle dut s'accrocher au membre du clan debout à ses côtés pour ne pas tomber. Des larmes amères coulèrent sur ses joues tandis qu'elle contemplait la fin de tout ce qu'elle avait connu.

Assise sous la tente du Conseil des clans, Ailecorbeau regarda les autres chamanes, les Aînés et les chefs des clans kaled'a'in. Le Conseil avait une décision à prendre, afin d'éviter, peut-être, la scission de leur peuple.

Le problème était l'utilisation de la magie. Cinq clans s'en servaient, mais pas les quatre autres qui se contentaient de l'élevage des chevaux et évitaient la magie : c'étaient les clans de l'Epervier, du Loup, du Chat et du Cerf. Les autres modifiaient les caractéristiques de leurs chevaux et de certains animaux à l'aide de la magie. Ils avaient fourni plus d'un mage à leur seigneur, le magicien Urtho. Les clans du Faucon, du Hibou et du Corbeau refusaient catégoriquement de renoncer à l'avantage que leur donnait la magie. Le clan de l'Aigle et celui du Renard étaient plus modérés, mais peu enclins à abandonner un pouvoir qui faisait partie intégrante de leur vie.

Le clan d'Ailecorbeau, les Taylesedrin, était le plus opposé à la magie.

— Nos chevaux de guerre sont parfaits, dit Chevalargent, le chef du clan. Les oiseaux liges ne le sont pas, mais doit-on courir de tels risques pour les améliorer un peu ?

— Penses-tu que ce soit le seul usage de la magie ? demanda Marefeu Valavyska, une des Aînés du clan du Hibou. Qui vous protégera des sorciers ennemis, si tu bannis la magie de nos clans ?

— Qui nous a protégés cette fois-ci ?cria Chevalargent.

— La magie ! Elle nous a donné les moyens de fuir, répliqua Tigre Trevavyska, du clan du Faucon. Et comment penses-tu nettoyer ce territoire, sinon par la magie ?Elle seule peut guérir le mal dont souffre cette terre.

Ce fut le début d'une dispute qui allait durer plusieurs jours.

Ailecorbeau essuya ses larmes en regardant les derniers membres des Cinq Clans disparaître au loin. La faille n'avait été comblée ni par les arguments raisonnables ni par les appels à la fraternité.

Les Cinq Clans, devenus les Taylesederas, les Frères du Faucon, ainsi nommés à cause des corbeaux et des rapaces qu'ils élevaient pour en faire leurs oiseaux liges, s'étaient séparés des Quatre Clans qui souhaitaient bannir la magie. Pour le moment, ces clans n'avaient ni nom, ni plans définitifs. Ils étaient sûrs d'une seule chose : leur désir d'abandonner la magie.

Ailecorbeau avait été choisie pour présenter l'opinion des chamanes à l'Aîné du Clan de l'Epervier.

Chevalargent regardait aussi partir les autres clans, le visage inexpressif comme s'il ne croyait pas vraiment à ce qui s'était passé.

— Tu as réussi, dit Ailecorbeau. Nous n'utiliserons plus la magie, à part celle qu'Elle et Lui accordent aux chamanes. Que devons-nous faire maintenant ? Chercherons-nous un autre pays ?

— Je l'ignore. Nous ne pouvons pas rester ici, car la terre est empoisonnée. Et où trouver un pays qui ne soit pas déjà celui d'un autre peuple ? Pourtant, nous ne pouvons pas rester ici...

— Tu te trompes...

L'homme éclata d'un rire tendu.

— Et nous mangerions des pierres ? Est-ce la seule solution que tu me proposes, chamane du clan de l'Epervier ?

Secoué d'un rire hystérique, il s'arrêta quand elle lui flanqua une gifle bien sentie.

Elle était pourtant connue comme la plus douce des femmes !

La situation l'avait endurcie. Elle savait, sans avoir le don de prémonition, que les jours à venir seraient difficiles.

— Quand tu nous a pressés de renoncer à la magie, tu as dit que nous devions faire confiance aux Puissances. As-tu perdu la foi ?

— Non. Je crois... Mais...

— Mais tu ne penses pas qu'elles nous répondraient si nous les invoquions ? Ou refuses-tu de payer le prix qu'elles pourraient exiger pour leur aide ?

— Nous répondraient-elles ? demanda Chevalargent, l'espoir renaissant dans ses yeux.

— Oui. J'ai lancé l'Appel, et l'on m'a répondu. Mais le prix de leur assistance est le sang.

— Lequel ?

— Le tien et celui des Aînés des trois autres clans.

Le visage de l'homme se décomposa. La décision n'était pas facile. Chevalargent était encore jeune, fort comme un roc et sans descendance. Mais il avait juré de faire passer le bien du clan avant sa propre vie. Ce faisant, il pensait mourir au combat, pas s'immoler de sang-froid.

— Je comprends que la décision soit difficile. On demande la même chose aux autres Aînés en ce moment. Nous n'attendons pas une réponse immédiate, mais notre peuple ne peut pas rester ici bien longtemps.

— Que se passera-t-il si je décline cet honneur ?

— Je répandrai mon sang à ta place. Le prix est la vie de l'Aîné ou celle du chamane. Si un des clans perd son chamane, il devra s'en passer jusqu'à ce qu'un des apprentis soit prêt. Viens me voir au lever de la lune pour me faire part de ta décision.

Chevalargent eut un sourire triste.

— Inutile. Mon choix est déjà fait. Quand auras-tu besoin de moi ?

Une lune passa avant que les clans soient prêts à la cérémonie. Chacun prit position à un point cardinal de l'immense cratère qui avait été un pays.

Au coucher du soleil, chaque Aîné donna sa vie pour son peuple. Chevalargent choisit de se jeter dans les profondeurs insondables du cratère.

Ailecorbeau, debout à l'endroit d'où il s'était précipité vers sa mort, appela les Puissances. Le reste du clan était massé derrière elle, ajoutant ses pouvoirs au sien.

Quand la lune se leva, Elle apparut.

Son aspect changeait d'instant en instant : jeune fille, vieille femme, guerrière ou mère, mais son regard restait le même. Elle emplissait le ciel.

Elle parla et Ailecorbeau n'eut plus d'oreille que pour elle.

— J'ai entendu vos prières, dit-elle. Je les exaucerai, comme j'ai exaucé celles de vos frères qui sont partis. Mais il y aura un prix à payer.

— Du sang ? demanda Etoileazur, le chamane du Clan du Chat.

— Non, répondit-Elle. Vous devrez me consacrer votre vie. Je vous rendrai votre terre natale, à condition que vous promettiez de monter la garde.

« Trois choses ont ravagé votre pays : l'enchantement lancé par un ennemi, l'autodestruction du Portail que vous avez construit pour fuir le cataclysme, et l'Attaque Finale, au moment de la mort de votre mage, Urtho, destinée à éliminer son ennemi en même temps. Nombre d'armes créées par Urtho existent toujours, enterrées sous les éboulis. Elles sont trop dangereuses pour que quiconque s'en serve, même avec de bonnes intentions. Comme vous avez renoncé à la magie, elles ne seront pas une tentation pour vous.

« Voilà le prix que je demande : vous devrez monter la garde sur votre nouveau pays, que vous appellerez les Dorisha Shin'a, les plaines du sacrifice. Vous deviendrez les Shin'a'in, le peuple des plaines. Il vous appartiendra d'écarter les étrangers, sauf ceux qui seraient adoptés par le clan ou appelés à l'aide par les chamanes avec mon accord. Vous consacrerez vos vies aux Puissances et vous vous défendrez les uns les autres. Si un de vos enfants naît avec un don de mage, vous devrez l'envoyer dans un autre clan, en faire un chamane ou bloquer définitivement son don.

Le sacrifice n'était pas mince ; il liait toutes les générations à venir.

Mais ils y gagneraient un pays.

Sentant l'accord de son peuple, Ailecorbeau y ajouta le sien.

La Déesse sourit.

— Tout est bien.

Ecartant les bras, Elle descendit dans le cratère.

Partout où Ses pieds effleuraient le sol, l'herbe, les fleurs et les arbres poussaient, se déversant sur le sol craquelé comme une avalanche de verdure...

Kra'heera cligna des yeux. Il avait oublié la force des souvenirs intégrés dans la tapisserie. Ailecorbeau était une femme hors du commun. Elle y avait aussi fondu ses émotions.

Le secret des tapisseries chamaniques était simple. Elles contenaient les souvenirs de tous les chamanes qui y avaient travaillé. Celle-là abritait les souvenirs d'Ailecorbeau et de la demi-douzaine d'hommes qui lui avait succédé.

Les tapisseries les plus significatives étaient conservées en ce lieu, afin que tous les clans y aient accès. Il y en avait désormais plus de quatre.

La formation des apprentis chamanes comprenait obligatoirement cette expérience : savoir comment le peuple shin'a'in était né.

Ailecorbeau s'était assurée que tous les Shin'a'in reçoivent une formation chamanique afin de pouvoir invoquer la Déesse en cas de besoin. Si un clan perdait son chamane, la formation de son successeur poserait moins de problèmes.

Dans le même ordre d'idée, elle avait aussi insisté pour que chaque clan ait en même temps plusieurs chamanes *et* apprentis.

Enfin, elle avait créé les Kal'enedral, des guerriers qui servaient tous les clans, pas seulement le leur.

Une femme remarquable, en effet.

Kra'heera se tourna vers son disciple.

— Il te reste seulement à apprendre comment susciter les souvenirs, puis à fondre les tiens dans la tapisserie. Mais je ne t'ai pas amené ici pour cette raison. La devines-tu maintenant ?

— A cause des rumeurs. On dit que les Plaines ont été *perturbées*. Vous vouliez que je comprenne pourquoi les Shin'a'in les surveillent.

— Les rumeurs sont vraies. Des intrus se sont infiltrés dans les Plaines. Seuls les chamanes les ont détectés. Les gardes-frontière ne peuvent pas les voir, encore moins les arrêter. Ce sont des créatures magiques venues de territoires situés au-delà des terres tale'edras. Elles arrivent par le nord, là où les Plaines touchent le territoire du clan tale'edras de k'Sheyna.

— Les Faucons ? Je ne sais presque rien sur eux.

— Et moi, pas grand-chose, reconnut Kra'heera. Je suis sûr d'une chose : les intrus n'ont jamais été clairement vus. Ils cherchent les sources de magie. Quand ils les auront trouvées, ils appelleront celui qui les a créés et chargés de cette mission.

— Ils dénicheront sans doute pas mal de choses, souffla Tre'valen.

— Dans le pire des cas, ils pourraient découvrir la place forte du mage Urtho. Je ne sais pas s'il est possible de monter une attaque contre la partie centrale des Plaines. Mais ça ne prouve pas que ce soit *impossible*.

— Et k'Sheyna ? Ces gens n'ont-ils pas juré de nous aider si des dangers viennent de leur territoire ?

— Oui. Mais, pour le peu que j'en sais, le clan a de gros ennuis. Je ne crois pas qu'il soit capable de repousser un Adepte en ce moment. Et si les créatures sont l'œuvre d'une *alliance* d'Adeptes...

— Que faire ? demanda Tre'valen.

— Nous devons réunir les chamanes de plusieurs clans, deux au minimum. Puis nous appellerons les Kal'enedral. Les *leshya'e* comme ceux qui sont encore en vie.

— Il est possible d'invoquer les esprits des guerriers ?

— En cas de besoin. L'invocation passe par les Kal'enedral vivants. Elle ne se fait pas à la légère, mais nous n'avons pas le choix. Les esprits apportent avec eux une partie du pouvoir de la Déesse. Avec leur aide, nous repousserons les intrus. Mais pour y arriver, nous avons besoin de plus de temps. En attendant, il nous faut détourner l'attention de ces créatures.

— Oui... fit Tre'valen, pensif. La jeune femme dont a parlé Dira... Qui est-elle ? Pourquoi est-elle à notre recherche ?

Kra'heera se demanda pourquoi son apprenti pensait soudain aux étrangers. Mais il savait que le jeune homme avait un don qui lui permettait d'analyser les informations pour en tirer des conclusions parfois inattendues mais utiles.

Kra'heera se concentra et invoqua l'image des étrangers.

Un instant plus tard, il sut : vêtus de blanc et accompagnés de chevaux-*leshya*, c'étaient des Hérauts de Valdemar.

Le seul Héraut qui fût entré dans les Plaines était Roald, l'ami de Tarma shena Tale'sedrin. Depuis, il était devenu une sorte de légende dans les clans.

— Ce sont des Hérauts de la reine Selenay, dit-il à son apprenti. J'ignore ce qui les amène, mais comme ma cousine Kero est un Héraut, il semble que Dira ait dit vrai.

— Oui, fit Tre'valen. Bien entendu, cette théorie doit être mise à l'épreuve. Les jeunes gens aussi ?

— Exact, mais pas par nous. La Déesse doit le faire et apposer sa marque sur eux. Mais qu'avais-tu à l'esprit ?

— Ils pourraient faire des alliés de valeur contre les intrus...

— Oui. Je crois qu'ils pourraient occuper les créatures le temps que nous soyons prêts.

Tre'valen fronça les sourcils, ce qui surprit son maître.

— Est-ce loyal ? Ils ignorent à quoi s'attendre. Je sais que la jeune fille porte une épée enchantée, mais si ces intrus recherchent la magie, cela risque de les pousser à l'attaque...

— Dans ce cas, ils devront se défendre, fit Kra'heera avec un haussement d'épaules. Ils doivent prouver leur valeur. Si Elle les en juge digne, la Déesse les aidera peut-être. Nous n'avons aucune raison de le faire. Les Plaines sont sous notre responsabilité. S'ils survivent et nous gagnent le temps nécessaire, tant mieux. Les laisser pénétrer dans les Plaines est bien plus que ce que nous accordons d'habitude aux étrangers !

— Je comprends que c'est dans l'intérêt des clans, mais je n'aime pas ça.

— Tout ce qui ne nous tue pas nous rend plus forts, dit Kra'heera. L'expérience leur apprendra des choses. Quant à nous, voici ce que nous allons faire...

Elspeth comprit au premier coup d'œil que quelqu'un était entré dans la chambre où elle dormait seule, ayant laissé Skif dans l'autre. Elle avait tenu bon en dépit des protestations du jeune homme.

Elle commençait à regretter qu'il n'ait pas insisté...

Elle tenta de sonder mentalement l'esprit de l'inconnu et rencontra un bouclier aussi impénétrable qu'un mur de pierre.

Malédiction, il ne s'agit pas d'un voleur !

Elle tendit la main vers le couteau caché sous son oreiller, prête à appeler Gwena.

Soudain, une chandelle s'alluma toute seule. Au pied du lit se tenait une forme vêtue de noir. Elle reconnut le costume des Kal'enedrals, décrit par Kero.

La guerrière (ou était-ce un guerrier ?) jeta quelque chose sur le lit. Un étui métallique allongé dont le couvercle émaillé portait l'emblème des Tale'sedrin, le clan de l'Epervier.

Elle avait le même dans sa bourse, confié par Kero comme signe de reconnaissance.

Quand elle leva de nouveau les yeux, la Kal'enedral avait disparu.

Qu'est-il arrivé ? demanda Gwena. *Tout va bien ?*

Oui, ne t'inquiète pas.

Elle ramassa l'étui, en sortit le parchemin et le déroula.

Il s'agissait d'une carte des Plaines Dorisha.

La première qu'elle ait jamais vue.

Souligné à l'encre rouge, un emplacement, à la frontière nord des Plaines, se détachait du reste des inscriptions et des dessins.

Les clans migraient au rythme des saisons. S'agissait-il de leur campement actuel ?

Sans doute. Ils savent que je cherche à les joindre. Et voilà leur réponse. Ils veulent que j'aille à eux, car ils ne viendront pas à moi.

Je n'aime pas ça, dit Gwena. *Tu n'as pas l'intention d'y aller, j'espère ?*

Elspeth refusa de polémiquer avec son Compagnon. Son silence servirait de réponse.

A ta place, je le ferais, petite ! dit Besoin. *A mon avis, c'est une épreuve pour voir si tu as le courage d'aller jusqu'à leur forteresse !*

Ne l'écoute pas, Elspeth ! dit Gwena. *Besoin ne risque pas de se faire tuer, tout au plus de changer de propriétaire !*

Taisez-vous, toutes les deux ! ordonna Elspeth.

Bien entendu qu'elle irait !

Rien ne l'arrêterait.

Enfin, elle décidait de son propre destin.

Ni Besoin ni Gwena ne la détournerait de son but.

CHAPITRE XVII

VENTNOIR

Quand il fut sous le couvert des arbres, Ventnoir renforça ses boucliers. Il voulait éviter d'être pris de nouveau dans l'enchantement d'accouplement de ses amis.

Mais il n'eut pas le choix.

Appelant Vree, il décida de se livrer à une dernière vérification du secteur. Les griffons l'avaient déjà faite, mais deux précautions valant mieux qu'une...

Un cri de douleur déchira le silence.

Un deuxième le suivit de près.

Ventnoir eut l'impression que le monde explosait.

Il identifia une attaque magique. Le premier cri avait été poussé par Treyvan.

Vree fila à toute allure vers l'endroit d'où venait le hurlement de rage et de douleur.

Ventnoir le suivit, courant à perdre haleine.

Sans se soucier de sa propre sécurité, il ouvrit son esprit et chercha à contacter ceux des griffons.

Rien.

La signification probable de ce silence lui déchira le cœur.

Ici ! appela Vree. *Devant !*

L'oiseau était trop furieux pour émettre des pensées plus cohérentes. Peu importait. Ventnoir continua à courir sans se soucier du point de côté qui lui coupait la respiration.

Un amas de branches cassées lui coupa la route. Il trébucha et tomba contre une patte couverte de fourrure.

Celle d'Hydona, inconsciente, son aile déchirée saignant abondamment.

— Allons, Treyvan, réveille-toi, insista Ventnoir. Hydona a besoin de toi. Je ne peux pas la transporter sans ton aide.

Treyvan était tombé sur un fourré épais qui avait amorti sa chute. Le griffon étant trop massif, Ventnoir ne pouvait pas l'extraire seul des branches emmêlées.

Les yeux du griffon cillèrent et son bec s'entrouvrit.

— Ventnoir..., souffla-t-il d'une voix épuisée.

— Oui, c'est moi. Allons, lève-toi !

— Hydona, croassa le griffon.

— Elle est blessée, mais elle s'en tirera. Je ne peux pas la porter. Il faut que tu m'aides. Et que tu sortes de ce fourré, pour commencer.

— Impossible... bouger..., haleta Treyvan.

Ventnoir répéta mentalement son message. Puis il jeta un coup d'œil à Hydona, toujours inconsciente. Vree montait la garde auprès d'elle. Ventnoir sentit qu'il était aussi en contact mental avec son ami, l'aidant de son mieux à garder son calme et à ne pas bouger. Il avait déjà rempli ce rôle auprès d'oiseaux liges blessés, et il s'en sortait remarquablement bien.

Le contact mental sembla réconforter Treyvan. Il cessa de s'agiter.

Très bien, mon ami, dit Ventnoir. *Nous allons te tirer de là, en commençant par ton aile gauche. Soulève-la un peu...*

Il fallut du temps pour dégager le griffon du piège végétal. Hydona avait sombré plus profondément dans l'inconscience. Ils eurent du mal à la ranimer.

— Que s'est-il passé ? demanda Ventnoir.

— J'ai oublié, avoua Treyvan. Nous venions juste de finir notre vol...

Hydona gémit.

— J'ai vu un homme dans la forêt, dit-elle. Armé d'une arbalète.

— Oui, acquiesça Treyvan, ses souvenirs remontant à la surface. Il a tiré sur Hydona. Je ne me souviens de rien d'autre...

Le griffon sursauta comme si sa tête le faisait souffrir. Cela indiqua à Ventnoir que la décharge d'énergie magique avait été dirigée contre lui.

Utiliser la magie pour assommer quelqu'un semblait un gaspillage de puissance, un peu comme écraser une mouche avec un gros rocher. Il était bien plus aisé d'utiliser une arbalète.

Ventnoir laissa Hydona aux soins de Treyvan et alla examiner le cadavre de l'agresseur des griffons.

Dans les restes calcinés, il trouva une amulette. Hydona semblant aller mieux, il fouilla l'amas de cendres peu ragoûtant avec la pointe de sa dague.

Puis il retourna près des griffons.

— Je pense pouvoir reconstituer ce qui s'est passé.

— J'aimerais me rappeler, dit Treyvan. Je n'aime pas ça, avoir tout oublié...

— Treyvan, il se peut que ce souvenir ne te revienne jamais. Voilà ce qui est arrivé. Cet homme vous surveillait, Hydona et toi. Il a tiré dès qu'elle a été à sa portée. Quand tu lui as fondu dessus, il n'avait pas eu le temps d'encocher un nouveau carreau dans son arbalète. Je pense que ta vitesse l'a pris par surprise. Il portait une amulette autour du cou, le genre qui permet de « stocker » une certaine quantité de magie élémentaire. Quand il t'a vu arriver, il a envoyé par réflexe une décharge d'énergie.

— Nous avons des défenses magiques, rappela Treyvan.

— Exact, mais diminuées par votre vol d'accouplement. Je l'ai remarqué quand vous avez pris l'air.

— C'est vrai, reconnut le griffon. Je l'avais oublié. C'est nécessaire pour l'accouplement.

— Je crois que l'énergie que tu lui as renvoyée était pourtant suffisante pour le calciner.

— Je vais avoir mal à la tête un bout de temps, dans ce cas, dit Treyvan. Et je n'ai même pas sauvé ma compagne...

— Si, *indirectement*, dit Ventnoir. Ne t'inquiète pas pour ta tête : je demanderai à un Guérisseur hertasi de s'occuper de toi dès que vous serez revenus chez vous.

Ventnoir minimisait volontairement l'incident afin de ne pas affoler ses amis. Mais il craignait que l'attaque cache quelque chose d'encore plus sinistre qu'un chasseur de trophées.

Comment l'homme avait-il découvert leur existence ? Qui lui avait donné l'amulette magique ? Et quelle était la *raison* de l'agression ?

De plus, Ventnoir avait vu *deux* séries d'empreintes sur les lieux en aidant les griffons à se lever. Il semblait que le propriétaire de la deuxième série fût allé à plusieurs reprises d'un griffon à l'autre.

Ventnoir avait brouillé les traces en aidant les griffons. Il n'y avait pas de piste ailleurs. Comment le deuxième homme était-il arrivé ?

Si je m'étais décidé plus tôt à vérifier, j'aurais pu capturer celui qui les a attaqués...

Il se sentit coupable de sa négligence. Ces remords le suivraient jusqu'à ce que Treyvan et Hydona soient assez remis pour voler de nouveau.

Les jeunes griffons jaillirent du nid et se ruèrent vers leurs parents, terrorisés. Il fut impossible de leur arracher un mot. Tremblants, ils se blottirent sous les ailes des adultes.

Ventnoir ignorait si quelque chose les avait effrayés directement, ou s'ils avaient vécu l'attaque à travers un lien mental avec leurs parents.

Les adultes n'étaient pas en mesure de s'occuper d'eux. Ventnoir lança un appel mental à Vree, qui atterrit sur une pierre plate et lança un trille aigu et perçant.

Les petits se turent et levèrent la tête.

Puis les gémissements reprirent. Mais les deux jeunes griffons se précipitèrent vers Vree, qui les abrita sous ses ailes. Peu à peu, ils se calmèrent. Vree pépia d'un ton rassurant, « protégeant » des êtres beaucoup plus grands que lui.

Si les petits n'avaient pas été aussi malheureux, cela eût été amusant.

Mais le plus important était d'installer Treyvan et Hydona dans leur nid et de faire venir le Guérisseur hertasi.

L'aile d'Hydona avait été traversée de part en part. Un trou sanglant marquait le passage du carreau.

Ventnoir aida ses amis à s'installer de leur mieux. Il pansa l'aile d'Hydona, qui gémit doucement.

Ventnoir se confondit en excuses.

— Je vais chercher le Guérisseur. Voulez-vous que je laisse Vree avec vous ?

— Oui, soupira Treyvan, si cela ne te met pas en danger. (Le faucon entra, poussant les enfants devant lui comme une nourrice expérimentée.) Après ce qu'il fait pour nos petits, j'envisagerai même de lui *offrir* une de mes pennes !

Une chose après l'autre, songea Ventnoir. *D'abord, le Guérisseur. Puis je m'occuperai des petits, et enfin de découvrir qui a attaqué les adultes et pourquoi.*

Une chose est sûre : la période de calme est terminée !

Depuis quelque temps, Ventnoir sentait les problèmes arriver.

L'éclaireur résuma la situation à l'attention de Nera et des autres hertasis. Gesta, la Guérisseuse, partit vers le nid des griffons sans attendre la fin du récit. Un peu plus tard, Vree apparut au moment où Ventnoir finissait de répondre aux questions des hertasis, inquiets pour leur sécurité.

Vree étant avec lui, il n'avait aucune raison de retarder davantage sa patrouille. Il pourrait peut-être trouver les traces des agresseurs...

Pour le moment, il ignorait si ceux-ci étaient une menace pour les Tayledras ou s'il s'agissait seulement de chasseurs de trophée. Dans le doute, il valait mieux supposer le pire.

Il trouva une vague piste, des endroits où *quelque chose* avait traversé, sans qu'il puisse identifier la nature des intrus. Il découvrit un fil de vêtement accroché à une épine, la preuve qu'il ne s'agissait pas d'un animal, malgré la petite touffe de poils de lynx qu'il avisa juste dessous.

Au lever du soleil, il acheva la patrouille et passa la relève à Etoilechant, l'amante de Lunehiver. Elle lui jeta un regard apitoyé en le croisant, ce qui intrigua Ventnoir. Il se mit en route pour son *ekele* afin de se changer et de se restaurer. Puis il retournerait auprès des griffons.

Devant l'*ekele*, il aperçut K'Tathi, un des oiseaux de son frère. Lunehiver sortit des fourrés et avança lentement.

— Quelle raison t'amène ici à cette heure ? Je te croyais à la chasse.

— Alors... tu n'es pas au courant ?

— De quoi ? demanda Ventnoir, angoissé par l'expression de son frère.

Lunehiver le serra dans ses bras.

— Petit frère... Je n'aurais pas voulu être celui qui t'apprend cette nouvelle. Je partage ton chagrin... Aubefeu... est morte.

— Aubefeu ? souffla Ventnoir, la gorge nouée. C'était son jour de repos ! Elle m'a dit qu'elle ne quitterait pas son *ekele.* Tu dois faire erreur !

— Hélas non. On l'a trouvée dans son *ekele*...

— Non ! hurla Ventnoir. Non ! C'est impossible ! Je ne peux pas y croire !

Trop discipliné pour se laisser submerger par le chagrin, il sentit tout de même ses genoux se dérober. Lunehiver le prit par les épaules et le fit asseoir sur une souche.

— Que s'est-il passé ? demanda Ventnoir.

— Nous l'ignorons. Sais-tu si elle utilisait souvent une transe pour se lier à son oiseau ?

— De temps en temps, mais Kyrr est si intelligente qu'elle avait rarement besoin de le faire.

— Elle était plongée dans une transe totale. On n'a trouvé aucun signe de violence ou de maladie. Je pense qu'elle devait être en union mentale avec son oiseau, et qu'un malheur leur est arrivé. Elle n'était pas connue pour sa prudence, hélas. Il se peut qu'elle ait envoyé Kyrr dans les Terres Extérieures, et qu'elle y ait rencontré un adversaire trop puissant... Petit frère, je suis vraiment désolé. Les mots ne sont pas mon fort, mais si je peux t'aider...

Ventnoir se jeta dans les bras de son aîné et laissa libre cours à ses sanglots.

Lunehiver lui offrit le réconfort de son affection.

Nyara se retourna une fois encore sur sa couche, incapable de dormir. Depuis que Ventnoir avait raconté aux hertasis l'attaque perpétrée contre les griffons, elle ne pouvait se défaire du sentiment que Mornelithe Fléaufaucon avait monté l'embuscade.

Pourtant, une attaque directe ne lui ressemblait pas. Il agissait toujours par des moyens détournés. Pourquoi aurait-il lancé contre les griffons un homme muni d'une amulette rudimentaire qui ne pourrait pas le protéger ? Elle ne comprenait pas.

— Nyara ? Etes-vous éveillée ? demanda la voix de la Guérisseuse à l'entrée de la caverne.

— Oui. Je ne peux pas dormir. Avez-vous besoin de quelque chose ?

— Un service, si possible. Les griffons vont mieux, et il leur faut une bonne nuit de sommeil. Mais ils craignent une autre attaque. Vous voyez bien la nuit, je suppose ?

— Oui, répondit Nyara.

Ainsi, ils lui faisaient confiance...

— Je vois ce que vous voulez, reprit-elle. Que je veille sur eux, n'est-ce pas ?

— Oui, dit Gesta, soulagée. Vous n'aurez pas à les défendre en cas de problème, simplement à donner l'alarme si un danger se présente. Ils ont dit que vous étiez leur amie. Ils souhaitent que vous vous chargiez de ce travail.

Nyara sortit et rejoignit l'hertasi.

— Passerez-vous par le marais ? demanda la Guérisseuse.

— Non, répondit Nyara avec une grimace de dégoût à l'idée de traverser cette étendue d'eau boueuse dans l'obscurité. Je ferai le tour. Je mettrai moins de temps qu'à tenter de traverser un marais piégé ! J'y vais.

Elle partit avant que l'hertasi ait eu le temps de répondre. Dès qu'elle fut hors de vue de ses hôtes, elle courut avec la légèreté et l'endurance d'une Modifiée.

Elle réfléchit intensément, car courir lui éclaircissait toujours les idées. Si son père était à l'origine de l'agression, qu'allait-elle faire ?

Treyvan et Hydona sont mes amis, peut-être les seuls que j'aie jamais eu, avec Ventnoir. Si mon père ne m'avait pas ordonnée de le séduire... Je n'ai jamais autant désiré quelqu'un, pas même Fléaufaucon. Lui, je le déteste. Mais Ventnoir...

Mornelithe veut que je le fasse tomber dans mes filets. Donc, je m'abstiendrai.

Elle ne savait toujours pas comment réagir si elle trouvait des preuves de l'intervention du sorcier.

Si je ne découvre rien, je me tairai. Sinon — en supposant que j'y parvienne —, je leur parlerai.

Une fois sa décision prise, elle s'en étonna elle-même.

Que sont les griffons pour moi, sinon des créatures qui m'ont montré un peu de compassion ?

C'était beaucoup plus qu'elle avait eu depuis que Mornelithe avait éventré ses nourrices et donné ses frères et ses sœurs en pâture à ses serviteurs, car ils étaient des échecs à ses yeux.

Il n'hésiterait pas à faire de même pour moi, s'il apprend ma rébellion...

Elle devait la lui cacher.

Aux abords du nid, elle modifia sa vision pour distinguer la lueur émise par des êtres vivants. Elle tendit les oreilles, vérifiant tous les bruits. Puis elle se figea en entendant la voix de Ventnoir, mais bizarrement altérée.

— J'ai vu un faucon saure quand je suis parti. Comme Kyrr, l'oiseau d'Aubefeu. Je lui avais fait promettre de ne pas venir ici aujourd'hui...

— C'était peut-être une erreur, dit Treyvan. Il est possible qu'elle ait été en fusion mentale complète avec son oiseau. Si quelqu'un le tue à ce moment-là, l'être humain meurt aussi, je crois ?

— Oui, dit Ventnoir. Mais je n'ai trouvé aucun oiseau mort dans le secteur...

— L'oiselle est peut-être dans un arbre, dit Hydona, sortant du nid avec les petits.

Nyara n'entendit pas la suite, car son attention fut retenue par l'aura qui entourait la femelle et ses petits.

Tous trois portaient la marque de son père. Légère et déjà en train de s'estomper pour Hydona... Mais les petits ! Nyara gémit intérieurement. Maintenant, elle était sûre que Fléaufaucon avait organisé l'attaque. Et elle savait comment.

Et pourquoi.

L'attaque physique n'était pas supposée réussir. Elle devait mettre les adultes hors de combat pour un temps. Nyara comprit que Fléaufaucon avait essayé de s'emparer de l'esprit de la femelle, mais son vrai but était ailleurs.

Il voulait être seul avec les petits pour les soumettre à sa volonté. Nyara savait qu'il fallait peu de temps pour pervertir l'esprit d'êtres aussi jeunes. Pour le moment, ils ne lui seraient pas aussi utiles que les adultes, mais ils étaient bien plus malléables.

Et ils avaient une chose dont ne disposaient pas les adultes : un lien direct avec le node de puissance situé sous le nid.

Mornelithe pouvait voler de la magie en détournant certains courants, mais il n'avait pas accès directement aux nodes. Celui de k'Treva, comme celui des griffons, étaient en territoire k'Treva. Grâce aux jeunes griffons, il aurait accès au node du nid et aux courants de puissance.

Peut-être même au node de la Vallée de k'Treva.

Il pourrait alors les vider ou les transférer dans sa forteresse.

Elle ignorait si les nodes des Plaines Dorisha étaient connectés à ces deux-là. Si c'était le cas, il y aurait accès également.

De plus, les ruines contenaient peut-être des caches d'armes utilisées lors des Guerres Magiques. Mornelithe s'évertuait à les récupérer. Jusque-là, ses trouvailles n'avaient pas été très utiles : des artefacts cassés, défectueux ou d'un usage limité. Son ambition était de s'emparer d'une arme puissante. Un des Portails permanents, par exemple, qui lui donnerait accès aux citadelles des seigneurs Adeptes qui, il n'en doutait pas, contenaient des choses très utiles — pour lui.

Nyara frissonna d'angoisse à l'idée qu'une telle puissance soit entre les mains de Mornelithe.

Le node caché sous les ruines habitées par les griffons était beaucoup plus puissant que les Tayledras le supposaient.

S'ils l'avaient su, ils l'auraient vidé, ou ils auraient installé leur Vallée à cet endroit.

Si son père s'appropriait ce pouvoir, elle resterait à tout jamais son esclave.

Elle entra dans le cercle de pierres marquant l'entrée du nid.

— Gesta a dit qu'elle enverrait Nyara surveiller les alentours. Elle y voit parfaitement la nuit, et nous lui faisons confiance...

— Vous n'auriez pas dû, souffla Nyara en étouffant un sanglot.

Ventnoir la prit par le bras et grogna :

— Que veux-tu dire ?

Nyara avoua toute la vérité.

CHAPITRE XVIII

ELSPETH

Cette terre était de loin la plus bizarre qu'Elspeth ait jamais traversée. Il n'y avait ni routes ni repères. Seulement de vastes étendues d'herbes clairsemées de quelques fourrés et de rares arbres le long des cours d'eau.

Le milieu de l'été n'était pas le moment idéal pour traverser les Plaines. Les nuits étaient courtes et les jours terriblement chauds. A part les insectes, il n'y avait pas d'animaux en vue. Cela ne signifiait pas qu'il n'y en avait aucun, mais qu'ils se cachaient dans les herbes hautes.

Un vent chaud et sec soufflait du sud la journée et la nuit, mais moins violemment à l'aube et au crépuscule. La jeune femme et son compagnon avaient soif en permanence.

Elspeth était très contente d'avoir la carte. Elle leur permettait de repérer les points d'eau, dont beaucoup étaient des puits difficiles à voir de loin.

Des dessins minuscules mais détaillés lui fournissaient des points de repère : des rochers disposés de façon particulière ou une marque sur la paroi d'une falaise.

L'habileté des artistes qui avaient dessiné la carte émerveillait Elspeth.

A tout prendre, mieux valait traverser les Plaines en été qu'en hiver. Elspeth supposait que le vent devait être glacial sur ces vastes étendues offrant peu d'abris naturels.

Leur destination étant la frontière nord des Plaines, ils avaient décidé d'en suivre la bordure, sur leur droite. Elspeth se demanda comment les Shin'a'in savaient où ils se trouvaient, quand ils étaient loin des falaises. Il n'y avait aucune autre façon de s'orienter.

Elle posa la question à Skif, qui haussa les épaules.

— Par instinct, comme les oiseaux ? Ou grâce à des bornes invisibles pour nous ?

L'épée ricana.

Ils utilisent la position des étoiles, bien entendu ! Comme les marins. Certains dessins de votre carte sont des relevés de triangulation, effectués avec un compas comme celui que vous avez acheté sur le marché.

Si Elspeth avait entendu parler de la mer, elle ne l'avait jamais vue, car Valdemar en était fort loin.

En plus du compas, qui leur permettrait toujours de se diriger vers le nord, Elspeth avait acheté une longue-vue. Skif s'était étouffé quand elle lui avait dit le prix. Les lentilles, importées du sud, étaient montées dans les tubes par des joailliers de Kata'shin'a'in d'une habileté égale ou supérieure à ceux de Valdemar.

Elspeth savait qu'ils pouvaient se l'offrir car elle avait économisé une jolie petite somme en complétant leur ordinaire par du gibier. De plus, elle avait réalisé des bénéfices en vendant certaines pierres précieuses. Quenten savait sans doute que l'ambre, la turquoise et les améthystes étaient rares dans ces régions, car il avait dépensé une bonne partie de leur or valdemarien pour les acquérir.

Elspeth savait que ses achats étaient justifiés. Skif n'avait aucune raison de protester. Elle avait le sentiment qu'il était surtout fâché qu'elle ne l'ait pas consulté. Et cela lui déplaisait fort.

Elle avait également acheté des médicaments inconnus d'elle, mais que les Guérisseurs de Kata'shin'a'in appréciaient beaucoup. Si elle les ramenait à Valdemar, le Collegium des Guérisseurs pourrait les étudier.

Elle s'était aussi procuré deux jeux de couteaux de lancer, et deux grands manteaux pour cacher leurs uniformes blancs jusqu'à leur entrée dans les Plaines. Elle estimait préférable de les traverser avec leurs uniformes, puisque les Shin'a'in savaient qui étaient les Hérauts.

L'uniforme blanc les protégerait seulement dans une certaine mesure : le peuple des plaines était connu pour tirer d'abord et poser les questions après.

Skif n'aimait pas cette idée et affirmait qu'ils auraient mieux fait de s'en tenir au plan initial. Elspeth comprenait qu'il exprimait ainsi, à sa façon, à quel point il lui était dévoué. Mais elle avait tout de même des envies de meurtre.

Ce soir-là, ils firent halte près d'un ruisseau. Elspeth avait décidé de dépasser le puits qu'ils avaient atteint au milieu de l'après-midi, puisque le ruisseau suivant serait facile à repérer à cause de la végétation qui l'entourait.

Ils chevauchèrent jusqu'à la nuit.

Skif déclara qu'ils ne devraient pas surestimer ainsi leurs forces dans un territoire inconnu. Pourtant, ils étaient convenus d'aller aussi vite que possible. Une fois de plus, cela prouvait que Skif n'appréciait pas qu'elle prenne les décisions.

Le camp dressé, ils se partagèrent les tâches comme de coutume. Quand Elspeth revint, ayant puisé de l'eau et ramassé de quoi faire un feu, elle s'aperçut que Skif avait creusé un trou trop petit.

Elspeth avait entendu Kero parler d'un feu de plaine, et elle s'en souvenait.

— *Un mur de flammes aussi haut qu'un homme poussait les animaux sauvages devant lui. Nous avons été obligés de laisser fuir nos chevaux, trop affolés. Une fumée noire montait de l'incendie. J'ai couru aussi vite que je pouvais. Les plus jeunes d'entre nous essayèrent de traverser les flammes. Ils brûlèrent vifs. Ceux qui eurent le bon réflexe survécurent, souvent avec les poumons abîmés par la chaleur. Nous nous sommes terrés sous nos boucliers et nos manteaux après les avoir mouillés avec l'eau de nos gourdes. Ne laisse jamais personne te dire qu'un feu de plaine n'est pas grave. C'est l'enfer sur terre ! Mes cousins craignent plus les flammes que n'importe quel ennemi.*

Sans dire un mot, Elspeth agrandit le trou et alluma un petit feu.

Skif la regardait, silencieux et morose.

Même quand elle ne lui faisait pas un sermon — qui n'aurait pas servi à grand-chose vu son humeur —, il prenait tout ce qu'elle faisait pour une critique.

Quand le thé eut infusé et que leurs rations furent chaudes, Elspeth remit en place les mottes de terre qu'elle avait enlevées.

Skif la regarda bizarrement.

Il pense que tu fais ça pour l'éviter, dit l'épée.

Je me fiche de ce qu'il pense. Mais je m'assure que ceux qui nous surveillent voient que nous traitons leur pays avec respect.

On nous surveille ? demanda l'épée.

Ils sont là, répondit Elspeth.

Et ils sont au moins quatre, ajouta Besoin après un bref instant de silence. *J'ignorais que tu avais le don de voir à travers les boucliers mentaux...*

Je ne l'ai pas ! Etant donné la réputation des Shin'a'in, je m'en suis doutée, c'est tout. Ils ne sont pas là pour nous arrêter, puisque on nous a donné une carte, donc l'autorisation tacite de pénétrer sur leurs terres. Mais si nous faisons quelque chose de travers, on nous éjectera sans autre forme de procès.

Quand Elspeth eut remis les mottes en place, elle se tourna vers Skif. La lumière des étoiles illuminait son uniforme blanc, le faisant ressembler à une figure légendaire.

Le héros dont rêvent toutes les jeunes filles, pensa Elspeth avec mépris. *Beau et fort. Prêt à assumer toutes les responsabilités.*

Il se leva en même temps qu'elle et s'approcha. Puis il l'entoura de ses bras.

Elle se raidit.

— Ne fais pas ça ! lança-t-il.

— Quoi ? demanda-t-elle, essayant de se dégager sans le vexer.

— Ne sois pas si froide avec moi, Elspeth. Tu n'étais pas comme ça, avant.

— Tu ne me suivais pas comme un chiot mort d'amour, *avant.* Tu étais mon grand frère !

— Je n'avais pas vu à quel point tu as... évolué. Mais tu es merveilleuse, et...

Par l'enfer, nous voilà dans une romance à quatre sous !

Elspeth fut partagée entre l'envie de rire et celle de pleurer.

— Tu n'aurais pas dû prêter autant d'attention aux ballades stupides ! Je ne suis pas une princesse que le héros enferme dans une tour d'ivoire pour la protéger. D'ailleurs, tu n'es pas un héros, et je n'ai pas besoin qu'on me « sauve » ni qu'on me protège ! Compris ?

— Mais...

— Ma patience est à bout, Skif ! Si tu es incapable de me considérer comme ta partenaire, va-t'en ! Il y a une bonne demi-douzaine de Shin'a'in autour de nous. Ils ne laisseront personne m'attaquer !

— Ce n'est pas la question, Elspeth. Le problème, c'est que je...

— Surtout, ne le dis pas ! Je ne veux pas entendre de fadaises du genre « je t'aime ». Tu ne m'aimes pas, tu aimes l'image que tu te fais de moi ! Si tu m'aimais, tu n'essaierais pas sans cesse de m'empêcher d'agir !

— Ce n'est pas ce que je...

— Si ! Tu critiques chacune de mes décisions. Et tu t'opposes à toutes mes idées. Sauf si je me conduis comme une bonne petite fille qui fait ce qu'on lui dit de faire !

— Je ne suis pas comme ça ! Certains de mes meilleurs camarades sont des femmes !

Elspeth eut envie de l'étrangler.

— Oh ! Quelle grandeur d'esprit, quelle noblesse ! Les femmes ont donc des droits à tes yeux, sauf celles que tu désires !

— Mais enfin, pour qui te prends-tu ?

— Pour *moi*, imbécile ! Je ne suis ni ta subordonnée, ni ton jouet, et certainement pas ta propriété !

Elle se retourna et s'enfonça dans les hautes herbes, sachant que Gwena la trouverait sans peine en cas de besoin, mais qu'elle sèmerait Skif.

Gwena ? appela-t-elle.

Il est assis sur son sac de couchage, l'air perdu. Tu as été cruelle.

Elspeth leva ses boucliers avant que Gwena lui fasse d'autres reproches.

Elle était du côté de Skif, comme si elle voulait jouer les marieuses. Pas question de la laisser faire.

Elle s'allongea dans l'herbe odorante, essayant de dissiper sa tension.

Ce n'était pas la bonne façon de résoudre le problème. Vidant son esprit, elle réfléchit à la situation.

Gwena avait raison. Elle avait été cruelle.

Elle se sentit rougir.

Que nous est-il arrivé ? Il fut un temps où j'aurais été heureuse qu'il soit amoureux de moi. J'aurais pu tomber plus mal, comme l'a dit Gwena. Le jour où je me marierai, ce sera sans doute pour sceller une alliance. Si j'acceptais l'amour de Skif, j'aurais à mes côtés quelqu'un qui m'aime, au moins pour un certain temps.

Mais cela aussi aurait été mal : utiliser son affection sans rien lui donner en retour. Elle n'était pas amoureuse de lui. Comme il avait le don de la parole par l'esprit, il ne pourrait pas l'ignorer longtemps.

Et le jour où elle serait obligée de faire un mariage d'Etat, elle devrait abandonner Skif.

Pour Valdemar, elle était une valeur marchande. Intellectuellement, elle l'acceptait. Mais...

Pourquoi ne puis-je pas avoir un peu d'amour ? Ce n'est pas de l'égoïsme. Talia a Dirk, ma mère a Daren, Kero a Eldan...

Peut-être était-elle plus naïve qu'elle le pensait. Elle avait cru aux ballades, certaine qu'un jour elle rencontrerait le grand amour...

C'est peut-être idiot, mais j'ai déjà vu ça arriver...

Aux autres !

L'idée même était enfantine. Si elle passait son temps à guetter le Grand Amour, elle n'accomplirait rien d'utile.

Mais il est parfois difficile de renoncer aux rêves...

CHAPITRE XIX

INTERLUDE

Aubefeu s'éveilla en sursaut, le cœur battant et si affamée qu'elle en avait la nausée.

Elle était accroupie dans une position bizarre.

Puis elle réalisa que sa posture était normale — pour Kyrr. Elle habitait l'esprit de son oiselle, mais celle-ci était *partie*.

Elle ouvrit le bec et essaya de crier.

Elle était sur un perchoir, tentant désespérément de garder son équilibre, un exploit difficile pour quelqu'un qui n'avait pas la coordination de Kyrr.

Elle portait aux pattes des bracelets attachés à un anneau du perchoir.

Elle sursauta en entendant un rire méchant.

La lumière augmenta, lui permettant de voir les coins de la pièce. Elle était vide, à part un lit et l'homme qui l'occupait.

Elle eut si peur qu'elle tenta de s'envoler, tomba du perchoir, et fut retenue par les anneaux fixés à ses pattes.

S'agitant follement, elle resta suspendue dans le vide, la tête en bas.

Deux mains la soulevèrent et la remirent sur le perchoir.

— Tu as des problèmes, chère petite ? dit le Modifié d'une voix de velours.

Il enleva un gant de fauconnier — son unique vêtement — et le jeta sur une étagère.

Son corps était couvert d'une épaisse fourrure dorée... à part à certains endroits stratégiques...

Si les faucons avaient pu rougir...

Il n'existait pas de tabou sur la nudité au sein des Tayledras, et Aubefeu avait déjà vu des hommes dévêtus.

Mais la nudité du Modifié était obscène, même si rien dans ses actes ne l'était.

Il comprit son embarras et s'en amusa.

L'homme ressemblait à un lynx et il se déplaçait avec la même grâce. Il retourna sur le lit et s'allongea sur une pile de coussins de soie dont les tons dorés et noirs s'harmonisaient avec sa fourrure.

Les pattes d'Aubefeu frémirent. Elle vacilla.

Elle comprit qu'elle était à sa merci. Sans Kyrr, elle était incapable de garder son équilibre et moins encore de voler.

L'être sourit et se lécha les lèvres.

— Mon nom est Mornelithe Fléaufaucon. Tu as commis une erreur de taille : t'attaquer à moi.

Glacée de peur, Aubefeu comprit qu'il s'agissait de l'Adepte que la Modifiée de Ventnoir avait fui.

— Tu es ma prisonnière, et je peux faire de toi ce que je veux. Dommage que tu te sois fait enfermer dans le corps de cet oiseau. Les moyens que j'ai d'en jouir sont tellement plus limités. Mais je suis sûr que tu es *adaptable*...

Il leva le doigt. Un serviteur entra, portant un panier, qu'il fixa sous le perchoir. Puis il attacha Aubefeu à une laisse.

Regardant dans le panier, elle vit trois souris vivantes.

Elle mourait de faim et on lui avait apporté de la nourriture. Mais elle n'avait pas la moindre idée de la façon de tuer et de manger les rongeurs.

Kyrr aurait su, mais elle avait disparu.

Disparue ! Morte, sans doute, elle qui faisait partie de sa vie depuis qu'elle avait dix ans.

Aubefeu voulut pousser un cri de douleur mais n'y parvint pas. Elle ignorait comment un faucon manifestait ses sentiments. Et elle ne pouvait pas pleurer car elle n'était plus un être humain. Fermant les yeux, elle se balança d'une patte sur l'autre, plongée dans un océan de chagrin.

Un rire satisfait lui fit rouvrir les yeux.

Mornelithe la regardait, amusé par le spectacle

Le chagrin d'Aubefeu se transforma en colère.

Elle poussa un cri perçant.

Le sourire du Modifié s'épanouit.

— Je crois que tu ne me décevras pas, après tout, petite oiselle !

La colère d'Aubefeu retomba, la laissant de nouveau faible et terrorisée.

Mornelithe regarda l'objet posé sur ses genoux : un cristal noir de divination.

Ce qu'il vit lui fit froncer les sourcils.

CHAPITRE XX

VENTNOIR

Etoilelame se détourna des Adeptes et des Guérisseurs rassemblés autour de l'*ekele* d'Aubefeu et partit vers le sien. Ces idiots cherchaient les raisons de la mort d'Aubefeu. C'était pourtant évident !

Le corps de la jeune fille portait la même souillure que l'âme d'Etoilelame.

Le mal qui avait fracturé la pierre-cœur.

Il avait compris au premier coup d'œil.

Et il lui avait été impossible de dire un mot.

Il se sentait vieux et épuisé, alourdi par le poids des horribles secrets qu'il ne pouvait confier à quiconque. Comme il le faisait souvent, il monta dans la pièce supérieure de son *ekele*, se demandant s'il parviendrait à ouvrir la fenêtre et à se jeter dans le vide.

Le corbeau perché sur son épaule vola vers son perchoir quand il entra dans la pièce, et le regarda avec des yeux froids et moqueurs.

Luttant en vain contre la *compulsion* qui le força à se détourner de la fenêtre, Etoilelame comprit qu'il appartenait corps et âme à Mornelithe Fléaufaucon. Il ne contrôlait plus rien : ni ses pensées, ni sa volonté, ni son esprit.

Il se jeta sur sa couche, espérant trouver l'oubli dans le sommeil.

Mais Fléaufaucon avait décidé de lui rappeler ce qu'il était.

L'enchantement de souvenir le submergea...

La fumée tourbillonnait autour des arbres, le faisant tousser. Le feu de forêt s'étendait beaucoup plus vite qu'il l'aurait dû. Il pensa un instant à rebrousser chemin pour aller chercher de l'aide. Mais d'autres urgences avaient appelé ses compagnons ailleurs, excepté les enfants et les apprentis.

Etoilelame étant un Adepte, un simple feu de forêt ne devrait pas lui poser de problème.

Imbécile, cria le vieux Etoilelame à son alter ego, *retourne sur tes pas ! Va chercher de l'aide ! Un « simple incendie » n'aurait pas terrorisé les oiseaux de feu !*

Bien entendu, son double du passé n'entendit pas l'avertissement...

Fermant les yeux, il entra en contact mental avec les oiseaux de feu pour les calmer. Puis il leur « suggéra » d'aller se réfugier dans la Vallée.

Il lui fallut du temps pour en finir, car les oiseaux étaient nombreux.

Quand il ouvrit les yeux, il était encerclé par les flammes. Il essaya de faire appel à son pouvoir.

En vain. Il s'était épuisé à calmer les oiseaux.

Au même moment, il découvrit qu'il était coupé du node et des lignes de puissance. Quelque chose s'était dressé entre lui et l'énergie dont il avait besoin.

Il ne lui restait qu'une solution. Se doter d'un bouclier avec le peu de pouvoir qu'il lui restait, et fuir.

Il envoya son oiseau vers les cieux au moment où les premières flammes l'atteignaient. Puis il partit à la course.

Les flammes le léchèrent, venant de toute part.

Etoilelame s'agita sur sa couche.

Des cris naissaient dans sa gorge.

Mais il ne pouvait pas crier.

La douleur envahissait un peu plus son corps à chaque contact avec les flammes. En quelques instants, plus rien n'exista que cette douleur et la peur de brûler vif.

Puis il sentit de l'air frais. A demi aveuglé, il se laissa tomber dans un ruisseau en gémissant. L'eau le rafraîchit, mais la douleur ne cessa pas.

Il resta longtemps prostré sur le sol près du cours d'eau. Puis il aperçut non loin de lui une forme enveloppée de brume.

Du secours !

— Non ! cria Etoilelame. Ne te laisse pas convaincre ! Prends ton poignard et mets fin à tes jours tant que tu en as la possibilité !

Il lui sembla reconnaître la silhouette de son sauveur. Un Adepte, mais lequel ? Peu importait. Il poussa un cri rauque pour attirer son attention.

— J'ai cru entendre quelqu'un appeler mentalement, dit l'être. J'avais raison.

— Aidez-moi, gémit Etoilelame.

— Il me faudra vous emmener chez moi. L'incendie nous a coupé de la Vallée des Tayledras. Cela vous convient-il ?

Etoilelame acquiesça. Puis il abaissa ses boucliers. L'homme se pencha vers lui et le souleva comme s'il ne pesait rien.

Il lui sembla voir une lueur étrange dans les yeux argentés de son sauveur...

Quand il se réveilla, il reposait sur quelque chose de souple. Un couvre-lit de soie dorée l'enveloppait.

Il avait toujours mal, mais les brûlures avaient disparu. Inspirant à fond, il s'aperçut que ses poumons étaient redevenus normaux.

Puis il essaya de bouger les bras. En vain.

Des cordes lui liaient les mains et les pieds.

Un rire salua ses pathétiques efforts.

— Tu es si pressé de quitter ma demeure ? demanda le Modifié.

Grand et mince, il était plus félin qu'humain.

L'être avait pris un lynx comme modèle. Son corps était couvert de fourrure dorée. Un pagne de cuir travaillé lui tenait lieu de costume.

— Mon clan saura où je suis. Même si tu me tues, les miens te trouveront et...

— Ils ne feront rien. Tu as accepté de me suivre. Cela ne laissera aucun indice qu'ils pourraient déchiffrer. Appelle si tu veux, ils ne t'entendront pas.

— Oublies-tu que je suis un Tayledras ? Mon oiseau leur donnera l'alerte.

Il chercha mentalement la présence de Karry au moment où le Modifié faisait un pas de côté et désignait quelque chose de l'autre côté de la pièce.

— Tu parles de ça ? Il a commis l'erreur tragique de s'attaquer à moi.

Etoilelame tourna la tête. Accroupie dans un coin, une créature semi-humaine ronronnait, le regard vide. De sa bouche dépassaient des plumes de faucon pèlerin.

Celles de Karry.

Des larmes silencieuses coulèrent le long des joues d'Etoilelame. Mais cela ne ramènerait pas Karry.

Le corbeau émit un son qui aurait pu être un rire.

Le Modifié s'assit au bord du lit. D'un geste, il enleva le couvre-lit.

Etoilelame eut un mouvement de recul involontaire.

— Je m'appelle Mornelithe, dit la créature, passant négligemment une griffe sur le flanc de son captif. Désormais, j'ajouterai à mon nom celui de

Fléaufaucon. Et bientôt, tu m'appelleras d'une autre façon. (Il se lécha les babines.) Maître, dit-il avec un sourire lascif.

Il se pencha vers Etoilelame.

— Nous allons te donner ta première leçon...

Par bonheur, Etoilelame ne se souvenait plus des détails de la « leçon ». Il savait que Mornelithe avait utilisé en virtuose le plaisir et la douleur. Quand ce fut terminé, Etoilelame était à sa merci.

Agenouillé devant le Modifié, il lui démontra son adoration une fois encore. Et il se détesta d'avoir succombé aux manœuvres de Mornelithe.

— Tu sais si bien t'abaisser..., ricana le Modifié. Mais je vois que tu as appris quelle est ta place en ce monde. Il est temps de te laisser retourner chez toi.

Loin d'éprouver du soulagement, Etoilelame sentit la nausée le saisir. L'idée de revenir dans la Vallée, porteur d'une telle contamination, le rendait malade.

Il tenta de se concentrer, de focaliser sa volonté sur la dague qu'il portait toujours. Après tout, il était un Adepte. Il avait l'expérience, la puissance et des pouvoirs non négligeables. Il aurait dû être capable de s'arracher à l'emprise de la créature...

Il ouvrit la bouche, décidé à s'opposer au Modifié.

— Oui, maître. Il en sera fait selon vos désirs, dit-il, levant un regard adorateur vers la créature.

Deux Etoilelame se partageaient son esprit, mais celui qui vénérait Mornelithe était aux commandes. Enfoui au fond de lui, totalement impuissant, le véritable Etoilelame bouillait de rage.

— Je n'ai pas entièrement confiance en toi, mon cher ami. Tu rentreras accompagné d'un gardien, que tout le monde prendra pour ton nouvel oiseau lige.

Il claqua des doigts. Un corbeau de belle taille, identique à ceux que les Tayledras utilisaient parfois, vint se percher sur la main tendue de Mornelithe. Puis il fit signe à Etoilelame, toujours prosterné aux pieds du Modifié, de se relever et de s'agenouiller. Son corps obéit aussitôt, en dépit des protestations silencieuses de son esprit captif.

Le corbeau quitta le poignet de Mornelithe et prit place sur l'épaule d'Etoilelame.

Le peu de volonté qui lui restait en fut paralysé.

L'animal croassa d'une voix moqueuse à laquelle se mêla le son du rire ironique du Modifié.

L'enchantement de souvenir cessa.

Etoilelame trembla pendant de longues minutes.

Dès qu'il avait quitté la forteresse de Mornelithe, il avait été sous le contrôle total de l'Adepte, à qui il ne manquait qu'une chose pour devenir une puissance majeure : l'accès à un node. Les deux qui se trouvaient dans les environs étaient sur les terres des Tayledras.

Mornelithe avait la ferme intention de retourner la situation. Au moment de sa libération, Etoilelame n'en savait pas plus. Ses souvenirs des événements étaient faux. Pris au piège dans un incendie, il avait perdu Karry et s'était fait assommer par la chute d'un arbre. Malade à cause de la fumée, il avait été sauvé par un grand corbeau qui lui avait apporté des fruits et de l'eau. Il s'était lié à lui, puis il était revenu tant bien que mal dans la Vallée.

Personne ne comprit ce qui était arrivé. Le changement de caractère d'Etoilelame, plus acerbe que jadis, fut attribué au choc qu'il avait subi. Chacun pensait que cela s'arrangerait avec le temps.

Tout semblait pour le mieux, jusqu'à ce que le clan décide de déplacer la pierre-cœur.

Etoilelame retrouva ses vrais souvenirs après la catastrophe.

En même temps, d'autres événements lui revinrent en mémoire : ce qu'il avait fait toutes les nuits depuis son retour.

Il était allé en secret près de la pierre-cœur et il avait travaillé à y ouvrir une faille. Cette instabilité se révélerait seulement au moment du transfert de puissance entre l'ancienne pierre-cœur et la nouvelle.

La nuit de sa « révélation », il avait tenté de se jeter du haut de son *ekele*.

En vain. Le corbeau était l'émanation de Mornelithe, dont l'emprise sur Etoilelame ne se relâchait jamais.

Impossible de parler ou de baisser ses boucliers mentaux pour que les autres comprennent qu'un traître vivait en leur sein. La plupart du temps, il n'avait même pas conscience de ce que Mornelithe lui faisait dire ou faire.

Aux moments où la partie de son esprit non corrompue pouvait s'exprimer, il essayait de pousser son fils à le détester, avec l'espoir qu'il prendrait le contre-pied de tout ce qu'il défendait.

L'astuce semblait avoir marché.

Au moins jusqu'à l'assassinat d'Aubefeu.

Il lui restait un espoir : Ventnoir s'était isolé des autres mages après la catastrophe, et il habitait hors de la Vallée, loin de l'influence de la pierre-cœur contaminée. Ses pouvoirs devaient donc être intacts. Si Ventnoir demandait de l'aide à un clan voisin, ses membres découvriraient ce qui était arrivé. L'influence de Mornelithe pourrait alors être neutralisée.

Mais comment pousser Ventnoir à utiliser de nouveau ses pouvoirs, après tout ce qu'il avait fait pour l'en empêcher ?

Etoilelame gémit. K'Sheyna était condamné à cause de lui. Et il lui était interdit de se réfugier dans la mort.

Maudit sois-tu, Fléaufaucon !

Il lui sembla entendre l'écho d'un rire moqueur.

Ventnoir était déchiré par le conflit entre ses diverses responsabilités.

Assis dans un coin du nid, il méditait, la tête entre les mains. Hydona était couchée avec ses petits, essayant de réparer les dégâts qu'avait faits Fléaufaucon. Elle avait dressé ses boucliers. Treyvan aussi.

Ventnoir renforçait ceux des deux griffons. Le jeune homme n'avait jamais renoncé à cette partie de ses pouvoirs magiques.

Après un bref accès de colère contre la Modifiée, Ventnoir s'était calmé. Nyara n'avait pas comploté contre eux. La faute lui incombait, car il ne l'avait pas fait surveiller de plus près. Les hertasis, tout comme les dyhelis et les tervardis étaient des créatures diurnes.

J'aurais dû leur affecter un éclaireur habitué à travailler la nuit...

— Très bien, dit-il enfin, se tournant vers Nyara. Je ne vais pas vous tuer.

— Pas encore, gronda Treyvan.

Il prenait très mal toute l'affaire, car il se sentait coupable de n'avoir pu protéger sa compagne et les petits.

Ventnoir le comprenait.

Nyara se pressa contre la paroi comme si elle voulait s'y fondre.

— Je veux que vous nous disiez ce que vous savez sur nous, et surtout ce qu'*il* sait. Pas seulement ce que vous lui avez dit, mais ce qu'il connaissait avant sur la Vallée.

Elle leur raconta qu'il avait déjà essayé de s'emparer d'un node à plusieurs reprises, bien avant l'arrivée des griffons. Mais la plupart de ses tentatives étaient plutôt... sommaires. Ventnoir avait eu conscience de toutes les tentatives qu'elle décrivait. Mais soudain elle le prit par surprise.

— Un jour, mon... père... a décidé de s'emparer de la Vallée par l'intérieur. C'était un moment où il était en colère contre moi, et...

Sa voix mourut. Ventnoir devina qu'il avait utilisé des méthodes de « dressage » dont l'idée même le rendait malade de dégoût.

— Que voulait-il dire par « de l'intérieur » ?

— Il a tendu un piège très subtil. Il a envoyé ses serviteurs créer des diversions pour qu'il reste un seul Adepte dans la Vallée. Puis il a invoqué une perturbation que seul un Adepte pouvait combattre.

La situation était horriblement familière. Ventnoir sentit un frisson lui parcourir l'échine.

— Quand l'Adepte est venu, Mornelithe l'a capturé en se faisant passer pour l'un de vous grâce à un enchantement, afin qu'il accepte son aide. L'oiseau n'a pas été trompé et il l'a attaqué. Mon père l'a tué. Puis il a emmené son prisonnier dans sa forteresse afin de briser sa volonté.

— Savez-vous qui est cet Adepte ? demanda Ventnoir.

— Je l'ignorais jusqu'à ce que Fléaufaucon me force à revenir. Il s'agit de votre père, Ventnoir. Etoilelame. Il voulait que je vous attire aussi dans ses filets, en vous séduisant. J'ai dit oui, mais j'ai résisté de toutes mes forces... Votre père n'a pas pu. Quand Fléaufaucon décide d'imposer sa volonté à quelqu'un, il n'échoue pas.

— Dites-moi tout ce que vous savez.

— J'étais présente la plupart du temps. Cela faisait partie de mon entraînement, histoire que je sache ce qui m'arriverait en cas de rébellion. Je ne vous dirai pas quelles méthodes il a utilisées... Mais je peux vous révéler ce qu'Etoilelame avait ordre de faire en retournant dans la Vallée.

Ventnoir essaya de parler, mais il n'y parvint pas.

— D'abord, d'oublier tout ce qui s'était passé. Il a implanté de faux souvenirs dans l'esprit d'Etoilelame. Puis il lui a dit d'aller en secret au centre de votre Vallée... J'ignore comment cela s'appelle...

— La pierre-cœur, dit Ventnoir.

— Oui... Il lui a ordonné de modifier la pierre. Comme il était un de ses créateurs, il en connaissait tous les secrets.

— Quels changements Etoilelame devait-il lui apporter ?

— Y créer une faille, quelque chose qui reste invisible jusqu'à ce que les Hommes aux Oiseaux décident de déménager.

— Que sait-il d'autre ? Et comment continue-t-il à contrôler Etoilelame ?

— Je n'ai pas de réponse à la première question. Mais je sais qu'il garde la mainmise sur Etoilelame grâce à un corbeau.

— Son oiseau lige...

— Il ne peut ni parler, ni bouger, ni vous révéler ses pensées. Tout cela est commandé par mon père, grâce à des *compulsions* que le corbeau renforce. Il ne peut pas apprendre grand-chose tant qu'Etoilelame est loin de lui. Mais il peut *faire* beaucoup de choses avec ce qu'il a installé dans son esprit.

— Plus pour longtemps, souffla Ventnoir. Pardonne-moi, Hydona. Je ne peux rien faire pour l'instant au sujet des petits, mais je peux m'occuper de l'autre problème.

— J'assurerai la garde de la Modifiée, proposa Treyvan.

Il se tourna vers Nyara. Avant d'avoir eu le temps d'esquisser un geste, elle s'écroula, inconsciente.

— Je ne lui ai fait aucun mal. Elle dort, c'est tout. Il vaut mieux avoir ses ennemis sous contrôle.

— Ce n'est pas vraiment une ennemie...

— Mais pas une amie non plus, car son père la manipule. Ma magie est supérieure à celle de Nyara. Je la surveillerai. Tu peux partir.

Ventnoir ne se le fit pas dire deux fois. Il sortit du nid dans l'aube naissante.

Vree l'attendait dehors et le questionna mentalement. Ventnoir lui raconta aussi simplement que possible ce qu'il avait appris.

L'oiseau cria de colère. N'ayant pas perdu son sang-froid, il continua cependant à vérifier que le chemin devant Ventnoir était libre.

Où ? demanda-t-il.

La Vallée, répondit Ventnoir.

Je viens avec toi.

Ventnoir sentit un poids quitter sa poitrine. Vree n'aurait aucun mal à s'occuper du corbeau...

A cette heure de la journée, il trouverait sans doute Etoilelame devant la pierre-cœur, où avait lieu une cérémonie à la mémoire de ceux qui avaient péri quand la pierre s'était fracturée. Les Adeptes en profitaient pour l'examiner afin de détecter d'éventuelles modifications.

Pas étonnant qu'ils n'arrivent à rien. Voilà pourquoi mon père ne rate pas une cérémonie...

Il prit soin de garder ses pensées sous un bouclier. Il ne voulait pas prendre le risque d'alerter Etoilelame, ou plus exactement la créature en forme de corbeau qui le contrôlait.

Hors d'haleine, il arriva enfin à l'endroit où se dressait le bouclier protégeant la frontière.

Normalement, Vree serait resté hors de la Vallée.

Il plongea en piqué et se percha sur l'épaule de Ventnoir un instant avant qu'il traverse le bouclier.

Sans ralentir sa course, il continua sur le chemin menant au centre de la Vallée.

Quand il approcha de la pierre-cœur, il sentit les émanations malsaines qu'elle répandait autour d'elle.

Il déboucha dans la clairière où était installée la pierre-cœur, prenant par surprise les Adeptes réunis.

Vree n'attendit pas ses ordres.

Il se jeta sur le corbeau perché comme une ombre maléfique sur l'épaule de son père.

Le corbeau s'envola avec un cri de surprise et de peur. Il tenta de plonger dans un fourré, mais Vree le rattrapa. Les serres plantées dans le dos de la créature, il la plaqua au sol.

Nuagetempête cria quelque chose et fit un geste en direction de Ventnoir, qui tomba sur le flanc, paralysé.

D'un coup de bec, Vree fractura l'épine dorsale de son ennemi.

Ventnoir se débattait contre ses liens invisibles. Les Adeptes, scandalisés, se dirigèrent vers lui.

— Je suis libre, gémit Etoilelame. Enfin libre !

Les Adeptes se tournèrent vers leur chef.

Ventnoir en profita pour se dégager.

Il s'approcha de son père et lui tendit les mains.

Etoilelame les prit, incapable de parler.

— Il était dominé par un sorcier ! cria Ventnoir. Aidez-moi à lever un bouclier autour de lui ! Vite !

Les Adeptes, ébahis, obéirent tout de même.

Juste à temps ! Ventnoir sentit une vague d'énergie maléfique percuter ses protections. Après une demi-douzaine de tentatives, l'ennemi abandonna.

Maintenant, je connais ton nom et je sais à quoi tu ressembles, pensa Ventnoir. *Il ne me reste plus qu'à te trouver...*

Etoilelame gémit, luttant toujours contre la *compulsion*, des larmes silencieuses coulant de ses yeux.

— J'ai appris la vérité, père, dit Ventnoir. Une partie, du moins. Voilà pourquoi Vree a tué ce maudit corbeau. Nous allons vous aider à vous en sortir. Je vous le promets.

Ventnoir expliqua succinctement aux autres Adeptes ce qui était arrivé. La réaction d'Etoilelame ne leur laissait aucun doute sur la véracité de ses dires.

— Je vais m'occuper de lui, dit Ombreglace.

Il s'installa de façon que la tête d'Etoilelame repose entre ses mains. Puis il parla à Ventnoir.

— Dis-nous tout ce que tu as appris.

Ventnoir lui rapporta le récit de Nyara.

— J'en sais assez, dit Ombreglace quand il eut fini. Il faut d'abord briser les boucliers d'Etoilelame. Ventnoir, prends ta dague et transperce-lui la main.

Ventnoir regarda l'Adepte, horrifié.

— Ce maudit sorcier a fait en sorte que son obéissance soit liée à la douleur. Sans cela, je serais incapable de traverser ses boucliers pour libérer son esprit. Fais ce que je te demande, si tu veux vraiment l'aider !

Ventnoir obéit. Le cri de douleur poussé par Etoilelame le força à reculer, les yeux brouillés de larmes.

Vree montait la garde devant le cadavre du corbeau. Ventnoir savait qu'il devait le détruire totalement pour que Fléaufaucon ne puisse pas le ranimer.

Il ramassa l'oiseau et le jeta dans le feu qui brûlait à la mémoire des Adeptes morts quand la pierre avait éclaté.

Vree se posa sur son épaule, approuvant son initiative.

Ventnoir regarda la pierre-cœur endommagée. De longues années durant, il avait craint d'avoir été responsable de la catastrophe.

Et il n'y était pour rien. Il sentit un fardeau quitter ses épaules.

Les plumes s'enflammèrent aussitôt. Le corps mit plus longtemps à brûler. Quand il fut transformé en cendres et en tisons rougeoyants, l'éclaireur revint vers les Adeptes.

L'expression d'Etoilelame avait changé du tout au tout. Ventnoir reconnut son père tel qu'il était avant, en dépit de la douleur qui se lisait sur son visage.

Etoilelame ouvrit les yeux et le vit. Il esquissa un sourire et tenta de parler.

En vain.

— Continue d'essayer, dit Ombreglace, le voyant lutter contre la *compulsion*. Je vais réussir à déraciner ton conditionnement.

Ombreglace repérait les *compulsions* et les inversait, une par une, pour restituer à Etoilelame un esprit libre et normal.

Ventnoir s'agenouilla à côté de son père, prenant avec douceur sa main blessée.

— Je t'ai dressé contre moi volontairement, murmura Etoilelame. Pour que tu fasses l'inverse de ce que je te demandais. Je savais que Mor..., l'Adepte, voulait que tu utilises tes pouvoirs magiques. Il espérait te prendre au piège à travers moi. Je n'ai pas trouvé d'autre façon de te protéger. Pourras-tu jamais me pardonner ?

— Bien entendu. Rien n'était votre faute. (Il se tourna vers Ombreglace.) Où en êtes-vous avec le « nettoyage » de son esprit ?

— Je viens de commencer, répondit l'Adepte. Ce sera long, et il faudra le garder sous un bouclier mental tant que je n'aurai pas terminé.

— Emmenons-le dans l'atelier d'entraînement. Ses boucliers sont les meilleurs dont nous disposons.

— C'est pourquoi je n'avais pas le droit de les traverser. L'oiseau m'en empêchait.

— C'est bon signe. Cela veut dire qu'ils tiendront.

Ventnoir voulut se relever, mais Etoilelame referma sa main sur la sienne.

— Attends, fit-il. Aubefeu...

— Elle est morte, dit Ombreglace, voyant que Ventnoir avait la gorge nouée.

— Non, dit Etoilelame. Le signe du sorcier noir était sur sa chair, et on n'a pas retrouvé son oiseau. Je crois qu'elle est vivante, prisonnière du corps de Kyrr et sans défense. Un jouet... Je suis sûr... que cela amuserait beaucoup notre adversaire.

CHAPITRE XXI

ELSPETH

Elspeth et Skif fuyaient devant quatre bêtes à la fourrure marron. La jeune femme vit que la meute se rapprochait.

— Ils gagnent du terrain ! cria-t-elle à Skif.

Les Compagnons galopaient aussi vite que possible. Elspeth ignorait comment leurs poursuivants parvenaient à maintenir une allure qu'aucun animal, à sa connaissance, ne pouvait atteindre.

Que sont ces créatures ? demanda-t-elle à Gwena.

Je l'ignore. Je n'ai jamais entendu parler d'êtres de ce genre...

Moi, oui, interrompit l'épée. *Ce sont des monstres créés de toute pièce par un Adepte. Mais j'ignore de quoi ils sont capables, car je n'en ai jamais vu de cette variété.*

— Merci quand même, marmonna Elspeth.

Quelque part au sommet de la falaise, en face d'eux, les attendait l'endroit entouré d'un cercle sur la carte. Quant à savoir s'ils y trouveraient de l'aide...

Les Compagnons commençaient à se fatiguer en dépit de leur résistance. Combien de temps pourraient-ils tenir cette allure ?

La carte indiquait aussi la présence d'un point d'eau... une cascade.

Utilisant sa vision à distance, Elspeth tenta de repérer un endroit où ils pourraient affronter les bêtes. Le chemin était étroit et rendu glissant par l'humidité de la cascade. Il leur faudrait atteindre le sommet pour résister à leurs poursuivants. La jeune femme projeta sa vision à distance vers le haut de la falaise et y vit un abri : les ruines d'un bâtiment, un amas de pierres grossièrement taillées et à demi éboulé.

Je sens de la magie, dit Besoin. *Vois-tu ce scintillement ? Avec un peu de chance, je pourrai m'en servir pour nous défendre.*

Je n'ai pas l'intention de laisser ces créatures s'approcher à portée d'épée ! se récria Elspeth.

Je ne voulais pas dire ça. J'ai l'intention de canaliser mon énergie à travers toi. J'étais une magicienne de talent. Je t'apprendrai peut-être quelque chose...

Je croyais que tu protégeais seulement les...

Au temps où je dormais, coupa l'épée. *Choisis une créature. Si tu en tues une, cela découragera peut-être les autres.*

Ça valait la peine d'essayer. Elspeth saisit son arc et encocha une flèche.

Le meneur tomba comme une masse sous les pattes de ses congénères. Une moitié de la meute trébucha sur le cadavre. Les autres s'arrêtèrent et tournèrent autour de leurs compagnons.

Elspeth décocha deux autres flèches. Chacune toucha sa cible.

Bon travail, dit Gwena. *Ça devrait nous faire gagner un peu de temps.*

A condition que d'autres créatures ne se lancent pas sur nos traces, fit remarquer l'épée d'une voix sombre. *Je sens des énergies étranges... Un échange d'informations que je suis incapable de déchiffrer.*

Crois-tu que nous arriverons en haut du sentier ?

Oui. Mais d'autres problèmes nous attendent au sommet. C'est la frontière d'une zone contaminée. Ce type de perturbation attire les prédateurs et les charognards.

Ils gravirent péniblement le sentier, en dérapant comme sur une pente savonnée. Si elle avait chevauché une monture ordinaire, Elspeth aurait préféré marcher. Mais les Compagnons avaient le pied sûr et avançaient plus vite que les Hérauts sur des terrains aussi dangereux.

Si elle avait osé, Elspeth aurait fermé les yeux...

Arrivée à mi-hauteur, Gwena fit une pause pour retrouver son souffle. Elspeth regarda en bas et vit plusieurs créatures d'un brun doré entourées de bêtes au pelage foncé. La meute qui les pourchassait s'était remise de la perte de son chef...

Au milieu de la horde, des petites créatures noires sautillaient. Elspeth en déduisit que se tenait une sorte de « conseil de guerre », les petites créatures semblant transmettre les ordres. Puis les êtres brun doré se disposèrent en file et entreprirent de gravir la piste.

Les animaux noirs s'envolèrent.

Des corbeaux !

Quand ils approchèrent, Elspeth vit qu'ils n'étaient pas si petits que ça...

Elle saisit son arc, espérant que l'humidité n'avait pas distendu la corde, et elle décocha plusieurs flèches, dont trois seulement atteignirent leur cible.

Cela suffit à décourager les oiseaux. Ils prirent de l'altitude pour éviter ses flèches et disparurent au-dessus du sommet de la falaise.

Elspeth espérait qu'ils ne les attendraient pas à l'arrivée...

Ils ne revirent pas les oiseaux. Aucune créature magique ne les guettait dans les ruines.

Elspeth soupira de soulagement. Elle avait essayé d'utiliser sa vision à distance pour savoir si des ennemis étaient embusqués dans les ruines, mais quelque chose l'en avait empêchée : la peur due à la dangereuse escalade... ou un facteur extérieur.

Des créatures les avaient suivies sur la piste. Plus grandes que celles qui les avaient attaquées dans la plaine, elles étaient protégées par des plaques osseuses leur servant d'armure. Contre elles, les flèches ne seraient pas d'une grande utilité.

Ils atteignirent enfin les ruines. Se faufilant entre deux murs encore debout, ils s'abritèrent dans un espace étroit.

Skif et Cymry entrèrent en second.

Ils assureraient donc la première ligne de défense.

Elspeth mit pied à terre et tendit la main vers son arc. A ce moment, l'épée s'anima et émit une onde de puissance en direction d'Elspeth, qui résista violemment, forçant l'arme à capituler.

Que se passe-t-il, petite ? Je croyais que tu étais d'accord pour me laisser utiliser la magie contre ces créatures.

Oui, mais pas en te servant de mon corps ! Tu n'as même pas eu la décence de me demander mon avis !

Besoin sembla ébahie.

Elspeth récupéra son arc et ses flèches. Il lui en restait bien peu...

Ton don de magicienne est puissant, dit l'arme. *Si tu me laisses te guider, nous devrions pouvoir repousser ces êtres. Détends-toi un peu. Puisque c'est comme ça, je ne prendrai pas le contrôle de ton corps. Je me contenterai de te montrer comment faire. Bien. Maintenant, utilise ta vision à distance et regarde vers le bas.*

Elspeth obéit et vit un réseau lumineux, plus intense là où les lignes se recoupaient.

Ce sont des lignes de puissance. La chose plus brillante, au milieu, est un node. Touche-le ! Je vais t'aider.

Quand elle effleura le node avec des « mains » immatérielles, Elspeth sentit une décharge de puissance parcourir son corps. L'épée l'aida à résister, puis à laisser le pouvoir couler à travers elle. On eût cru qu'elle ouvrait une porte dont elle ignorait jusque-là l'existence.

Parfait, dit l'épée. *Je ne m'en suis pas si bien sortie la première fois, et je n'ai jamais pu manipuler les nodes. Je crois que je suis jalouse !*

Suivant les indications de Besoin, Elspeth laissa le pouvoir s'accumuler en elle. Puis, avec un geste de la main, comme si elle lançait une pierre, elle envoya une décharge d'énergie sur leurs ennemis.

Dans quelque temps, tu pourras faire la même chose sans gesticuler. Pour l'instant, ça ira comme ça !

Skif et les Compagnons regardaient Elspeth, stupéfaits. La jeune femme était un Héraut des plus ordinaires aux pouvoirs considérés comme moyens.

Quand elle eut terminé d'expédier les décharges lumineuses sur ses ennemis, tous durent constater que cela ne les avait pas beaucoup impressionnés.

Malédiction ! Ils ont une protection contre ce genre d'attaque. Je ne pensais pas que c'était possible pour des êtres créés par la magie. Qui sait quelles autres choses ont changé ?

Les bêtes étaient rassemblées à bonne distance. On eût dit qu'elles tenaient un autre conseil de guerre. C'était peut-être le cas...

Puis une moitié des créatures partit, laissant les autres monter la garde.

Si ces êtres ont des défenses contre la magie, il faut craindre qu'ils aient été fabriqués par un sorcier puissant. Peut-être n'ont-ils pas besoin de se nourrir ni de dormir...

— De mieux en mieux, marmonna Elspeth.

— De quoi parles-tu ? demanda Skif.

Elle lui expliqua.

— Damnation ! Comment allons-nous sortir d'ici ?

— Ils ont forcément un point faible. A nous de le trouver.

Soudain, un des monstres poussa un cri à glacer les sangs. Il se dressa, essayant de déloger un objet fiché dans sa gorge.

Une flèche tirée par un archer caché quelque part. Chez ces monstres, le dessous du corps était mou, au contraire de la partie supérieure.

Une ombre immense passa devant le soleil, suivie par une autre.

Un cri strident retentit.

Que sont ces créatures ? demanda l'épée, alarmée.

Elspeth connaissait l'existence des griffons grâce à ses lectures. Mais aucun Héraut n'en avait jamais vu de si près.

Elle craignit un instant que ce soient des adversaires supplémentaires.

Par bonheur, ils attaquèrent les créatures, en tuant une et expédiant l'autre par-dessus le bord de la falaise.

Les monstres firent front, décidés à se défendre. Mais les griffons et leur allié toujours invisible n'abandonnèrent pas la partie.

Elspeth sortit de l'abri en courant, une flèche encochée dans son arc.

— Dépêche-toi ! cria-t-elle à Skif. Tu attends quoi ? Le dégel ?

Elspeth s'appuya contre un rocher et se laissa glisser au sol à côté de Skif. Elle portait une longue entaille à la cuisse et une trace de morsure au bras. Elle avait reçu ces deux blessures pendant la bataille, quand elle avait permis à l'épée d'approcher assez des monstres pour un combat au corps à corps.

Mais les deux blessures avaient cessé de saigner, et ne lui faisaient plus mal.

Je te l'avais dit. C'est moi qui te guéris.

C'est la moindre des choses, puisque c'est toi qui en es responsable ! grommela Elspeth.

L'épée marmonna quelque chose sur l'ingratitude des gens. Elspeth l'ignora. Les griffons et l'archer invisible étaient partis à la poursuite des créatures. Les Hérauts et leurs Compagnons ne s'étaient pas senti la force de les suivre.

Gwena se laissa tomber sur le sol à côté d'Elspeth.

Ce bout de ferraille est au moins utile comme Guérisseur. J'aimerais que nous trouvions un endroit sûr, où je pourrai dormir une semaine ou deux !

— A moins que les griffons nous aient sauvés pour nous manger, nous y sommes...

Au cours de la bataille, Elspeth avait découvert que Quenten n'avait pas menti : utiliser la magie demandait de l'énergie. Elle était épuisée et prête à s'évanouir, griffons ou pas.

Le cri d'un faucon lui fit lever la tête.

Un immense rapace tournait dans le ciel.

Puis elle crut que ses yeux lui jouaient un tour. Un morceau de forêt s'était détaché et avançait vers eux !

A mesure qu'il avançait, le « buisson » prit l'apparence d'un être humain.

Il était jeune, plus mince et plus grand que Skif.

Et d'une beauté extraordinaire.

Ses vêtements marron, gris et vert se confondaient avec les couleurs de la forêt. Il avait le même regard bleu perçant que les Shin'a'in que connaissait Elspeth, mais son teint doré était plus clair que le leur.

L'inconnu tendit une main gantée. Le faucon vint s'y poser. Il était bien plus grand que ceux qu'Elspeth avait vus.

Elle comprit qui était l'homme.

Un Frère du Faucon !

Elle avait trouvé des références à ces êtres de légende dans les chroniques de Vanyel.

Danselune et Etoilevent, les amis de Vanyel. Des Adeptes du clan de k'Treva.

L'homme s'arrêta à courte distance des Hérauts.

— Que voulez-vous ? demanda-t-il d'une voix arrogante. Que faites-vous sur les terres des Tayledras ?

Et comment l'aurions-nous su ? Il n'y a pas la moindre borne !

Elspeth se redressa de toute sa taille.

— Nous sommes les Hérauts Elspeth et Skif, de Valdemar. Nous n'avons pas fait exprès d'empiéter sur vos terres. Vous avez dû remarquer que nous étions suivis par des créatures bizarres. Vous avez d'autres questions ?

A la surprise de la jeune femme, l'homme sourit. Gwena le regarda d'un œil interrogateur. Le Frère du Faucon pâlit. Elle recula d'un pas. Les yeux de l'archer se posèrent sur Besoin. Il sursauta, et devint encore plus pâle.

Il marmonna quelque chose dans une langue proche du shin'a'in, mais assez différente pour qu'Elspeth ne comprenne pas grand-chose.

Elle décida de nettoyer et de ranger l'épée, puisqu'il n'avait pas semblé la prendre pour un signe d'hostilité.

Il marmonna de nouveau.

— Qu'avez-vous dit ?

Il secoua la tête et sembla se détendre un peu.

— Peu importe. Il semble que je doive vous ajouter à ma collection de créatures étranges !

— Et si nous n'avons pas envie de vous suivre ? Vous êtes seul, et nous sommes quatre.

— *Nous* aussi, corrigea-t-il. Et ces terres sont les nôtres.

— Est-ce une menace ? Vous risquez d'être surpris, si c'est le cas...

— Non, soupira l'homme. Si vous voulez repartir vers les Plaines, libre à vous. Mais je vous préviens : nous ne vous laisserons pas traverser le territoire tayledras, et vos « amis » vous attendent toujours en bas de la falaise. Nos cousins shin'a'in n'ont pas cru bon de se débarrasser de ces créatures, et nous ne nous aventurons jamais dans les Plaines.

— Oh, dit Elspeth, remise à sa place.

Que sais-tu de ces gens ? demanda-t-elle à l'épée.

Rien du tout. Je ne connais même pas leur langue.

Le jeune homme s'éclaircit la gorge.

— Je dois vous faire remarquer que vous ne serez jamais en sécurité avec cette arme à vos côtés.

— Nous n'avons guère le choix, intervint Skif.

— Vos ennemis ont été attirés par vous, ou par votre épée. Elle est magique, et ces êtres ont une affinité pour la magie. Vous seriez plus en sécurité en compagnie de deux mages.

— *Deux* mages ? demanda une autre voix.

Celle d'un griffon !

Elspeth faillit s'évanouir.

— Ventnoir, ai-je bien entendu ? Tu as dit *deux* ?

Ces monstres parlent, pensa Elspeth, n'en croyant pas ses oreilles.

— Ce n'est pas le moment de discuter, dit Ventnoir. Je me suis mal exprimé. Vous n'avez pas le choix. Vous êtes forcés d'accepter mon hospitalité, pour votre sécurité et celle de votre arme. Mais je n'ose pas imaginer ce que le Conseil en pensera...

Nous devrions le suivre, Elspeth, dit mentalement Skif. *Je ne sais pas pour toi, mais je n'ai nulle envie d'affronter de nouveau ces monstres.*

J'aimerais que ce garde-frontière soit un peu moins arrogant, répondit Elspeth.

Elle aurait adoré pouvoir les envoyer bouler, lui et sa « protection ».

Mais elle ignorait pourquoi les Shin'a'in l'avaient conduite à cet endroit, et s'ils avaient vraiment l'intention de l'y retrouver.

Peut-être voulaient-ils seulement lui faire rencontrer les Frères du Faucon.

Qu'en penses-tu ? demanda-t-elle à Gwena.

Il a raison, nous n'avons pas le choix. Ce n'est pas forcément un mal : tu cherchais un mage, et c'en est un. D'après les chroniques, Vanyel a reçu son enseignement des Tayledras, alors que les Hérauts-mages ne pouvaient rien pour lui.

D'accord. Nous sommes fatigués, et tant qu'ils ne nous jettent pas en prison...

Je ne crois pas qu'il y ait des risques, dit Skif. J'ai l'impression qu'il se passerait de nous ramener avec lui s'il le pouvait.

Elspeth se tourna vers le Frère du Faucon.

— Bien. Où voulez-vous que nous allions ?

Il leur fit signe de le suivre.

Elspeth renâcla un peu devant son manque de courtoisie.

Les griffons s'envolèrent.

La jeune femme laissa passer Skif et Cymry en premier, pour ne pas être tentée de perdre patience.

Elle avait l'habitude de prendre les décisions, et voilà que ce Ventnoir tranchait à sa place.

Cela l'exaspérait encore plus que son arrogance.

CHAPITRE XXII

Ventnoir ouvrit la marche, conduisant les étrangers jusqu'aux ruines habitées par les griffons.

Il aurait aimé pouvoir oublier tout ce qui était arrivé les jours précédents.

Excepté ses retrouvailles avec son père...

Il avait commencé sa journée épuisé par les derniers événements, mais personne n'avait pu le remplacer pour sa patrouille. Il se passait de sommeil depuis deux jours.

La ronde avait été tranquille, jusqu'à ce qu'il détecte une magie puissante à l'œuvre non loin du nid des griffons.

Treyvan ? Non, car le griffon l'avait appelé mentalement d'une voix urgente. Des créatures malformées, les serviteurs de Fléaufaucon, poursuivaient deux humains, dont l'un tentait d'éliminer ses adversaires en utilisant la magie. Sans succès, apparemment.

Ventnoir était ébranlé par l'impact de ce qu'il avait découvert.

Deux esprits-gardiens et une épée datant d'avant les Guerres Magiques.

Que la porteuse de l'épée fut une magicienne dotée d'un potentiel d'Adepte, mais sans la moindre formation, n'arrangeait rien.

Epuisé, Ventnoir se concentra sur sa marche : mettre un pied devant l'autre lui semblait déjà un exploit. Il n'avait qu'un objectif : amener les étrangers au nid des griffons, où se trouvait Nyara. Treyvan était du même avis. Si Fléaufaucon mettait la main sur eux, comme il semblait vouloir le faire, Ventnoir n'osait pas penser aux conséquences.

Avec un peu de chance, les Aînés, toujours occupés à aider Etoilelame, ne s'apercevraient pas très vite de la présence des étrangers.

D'ici là, Ventnoir aurait trouvé un endroit sûr pour eux. Les Shin'a'in ? Cela ne semblait pas adéquat, car ils avaient renoncé à la magie.

L'épée avait-elle été volée dans les Plaines ? Cette pensée le terrorisa. Puis il se souvint qu'il avait perçu un type de magie différent de celui des objets enterrés là-bas : une puissance féminine. Non, l'arme n'avait pas été créée par le Mage du Silence.

Il trébucha en approchant du nid, mais il parvint à cacher son épuisement aux étrangers.

S'ils étaient shin'a'in, cela nous ferait deux alliés de plus, et nous en aurions l'usage...

— Entrez, dit-il quand ils arrivèrent. Hydona va vous montrer où nous installer.

L'homme regarda son cheval-esprit d'un air interrogateur.

— Les montures blanches peuvent venir aussi. Nous leur trouverons à manger si vous n'avez pas de nourriture pour elles.

Il s'inclina devant Cymry.

— *Zhai'helleva,* ma dame. Vous honorez k'Sheyna de votre présence.

La jument-esprit eut l'air surpris mais flatté.

Tu ne sembles pas aller très fort, dit Treyvan à Ventnoir.

Je ne me sens pas bien, mais je n'en mourrai pas.

Envoyant Vree se poster à l'entrée du nid, il s'appuya contre le montant de la porte, un geste qu'il espérait désinvolte.

Quand son regard croisa celui de la jument-esprit de la jeune femme, il détourna les yeux...

Et se sentit tomber vers le sol, ses genoux cédant sous lui.

Calme-toi, mon ami. Elle ne te veut aucun mal.

Ventnoir n'en était pas si sûr. Il tendit la main pour la repousser. Mais la jument se tourna de façon que la garde de l'épée d'Elspeth vînt reposer dans sa paume.

Elle a dit que si je ne te guérissais pas, elle me jetterait dans le puits le plus proche, dit une voix rauque dans la tête de Ventnoir. *Elle a dû prendre des leçons de mauvaise éducation auprès de la femme à qui j'appartenais avant.*

Ventnoir faillit en lâcher l'épée de saisissement.

Rien de bien méchant, continua la voix. *Pas assez de sommeil, trop de travail...* L'épée sonda les souvenirs de son « patient », puis abandonna son ton cynique. *Pauvre petit ! Tu as connu bien des malheurs dans ta vie, et ça, je ne peux pas le guérir. Mais je ferai ce que je pourrai pour toi. Baisse tes boucliers.*

Ventnoir aurait cru entendre un de ses professeurs, un vieil Adepte qui n'admettait pas qu'on discute ses ordres.

Il sentit bientôt un flot d'énergie déferler en lui, semblable à une marée montante. L'épée ne se contenta pas de restaurer ses forces physiques. Elle rouvrit les canaux de magie qu'il n'avait pas utilisés depuis si longtemps et leur infusa une puissance nouvelle.

Le jeune homme se sentit offusqué un instant, puis son sens pratique reprit le dessus. Après tout, il s'était présenté comme un mage. Ses raisons de renoncer à ses pouvoirs n'existaient plus.

Merci, dit-il à l'épée.

Remercie plutôt la jeune fille. Le pouvoir que j'utilise vient d'elle. J'étais aussi une Adepte, mais pas aussi puissante ! Elle et son professeur ont été les premières à ne pas se laisser imposer ma volonté. J'aurai bientôt fini.

Peu après, Ventnoir sentit la faiblesse et le vertige le quitter. Il allait aussi bien que si les cinq derniers jours n'étaient qu'un mauvais rêve.

Il se leva et rendit l'épée à sa propriétaire.

— Merci, dit-il. Je sais que c'est insuffisant, mais je ne peux rien vous offrir d'autre.

— Pas de problème. Vous aviez l'air un peu fatigué. Elle n'apprécie pas beaucoup les hommes, mais j'ai réussi à la convaincre de vous aider.

— Nous avons de graves problèmes en ce moment, et vous débarquez par hasard ? Mon temps est limité et je n'ai jamais été connu pour ma patience. Même si je vous vexe par mégarde, faites ce que Treyvan et moi vous ordonnerons. Votre vie et la nôtre sont en jeu.

Elspeth le regarda.

— D'accord, dit-elle enfin, à regret. Vous avez raison. Nous ne sommes pas d'ici, et nous n'avons aucune idée de ce qui se passe.

Elle est plus habituée à donner des ordres qu'à en recevoir, de toute évidence.

— Je suis Ventnoir k'Sheyna, dit-il. Ces ruines font partie du territoire k'Sheyna, mais Treyvan et Hydona en sont les vrais gardiens. Certains leur en disputent les frontières.

La jeune femme le dévisagea, puis se tourna vers Treyvan.

— Quelque chose ne va pas ici, dit-elle à Ventnoir. Tout m'indique que votre peuple et vous avez de graves problèmes.

— Qu'est-ce qui vous le fait penser ? demanda-t-il.

— Besoin m'a appris que vous étiez épuisé, que vous n'avez pas dormi depuis des jours. Personne ne fait ça, sauf en cas de problèmes. Vous semblez sur la défensive, comme si nous étions sur un champ de bataille à la veille de la guerre. Si c'est le cas, je préfère tenter ma chance avec les bestioles que vous avez chassées. Je n'ai pas envie de me trouver prise au cœur d'un conflit, surtout s'il implique l'usage de la magie.

— Et que connaissez-vous de la guerre ?

— J'ai livré plusieurs batailles. Et vous ? De plus, vous n'avez pas répondu.

— Rien ne m'y oblige. Je ne sais rien de vous, à part que vous avez traversé les Plaines, sans doute à l'insu des Shin'a'in...

— Vous voulez mes lettres de crédit ? (Elle prit un rouleau de parchemin dans sa sacoche.) Les voilà ! Le mentor de mon professeur était Tarma shena Tale'sedrin. Mon professeur se nomme Kerowyn, de la compagnie des Eclairs, une Tale'sedrin. Je suis venue à Kata'shin'a'in pour trouver ses cousins. Une Kal'enedral m'a contactée. Elle m'a remis ça.

Elle lui fourra dans la main le rouleau et un disque de cuivre émaillé, qu'il reconnut comme un authentique signe de reconnaissance tale'sedrin. Le parchemin était une carte détaillée des Plaines, ce qui le stupéfia. A sa connaissance, jamais les Shin'a'in n'avaient confié une de leurs cartes à un étranger. Pas même à leur cousine Kerowyn. Pour autant qu'il pouvait en juger, la carte n'était pas un faux.

Les ruines des griffons se trouvaient sur le plan, entourées d'encre rouge plus fraîche que les autres inscriptions.

— J'en ai déduit que c'était là que je devais me rendre, fit la jeune femme en désignant le cercle rouge. Mais j'ignore ce que j'étais censée trouver ici. Si vous avez une autre idée, je suis tout ouïe.

— Non, fit-il, examinant la carte. Je pense que vous avez raison.

L'affaire se compliquait. Il semblait que les Shin'a'in l'aient envoyée délibérément en territoire k'Sheyna. Mais Ventnoir ignorait ce que cela signifiait.

— S'il vous plaît, reprit-il, allez rejoindre votre ami. Je dois m'entretenir avec Treyvan.

La jeune femme sembla sur le point de protester, puis elle obéit.

Les chevaux-esprit restèrent dehors.

La jument regarda Ventnoir si intensément qu'il se sentit mal à l'aise. Il avait l'impression, sans doute justifiée, d'être examiné de fond en comble.

Je dois vous parler, à tous les deux, dit soudain la jument.

Nous avons beaucoup de problèmes et peu de temps, ma dame. Je ne veux pas minimiser les vôtres, mais nous n'avons pas le loisir de nous en occuper.

Gwena agita sa crinière d'une manière impérieuse qui rappelait les gestes de sa cavalière.

Voilà de quoi je veux vous entretenir : vos *problèmes ! Vous avez tort de nous considérer comme quantité négligeable. Vous avez besoin de nous, et je vous assure que vous pouvez nous faire confiance.*

A chaque mot, l'intensité de son aura magique augmentait.

Ma dame, je sais que vos intentions sont bonnes. Mais vous n'êtes pas des nôtres, votre cavalière et vous. Nos priorités sont probablement différentes.

Ayez l'amabilité de briller moins fort, ajouta Treyvan. *Inutile de nous aveugler pour nous prouver qui vous êtes.*

L'aura magique redevint plus terne.

Il est vrai que nous appartenons à des peuples différents. Voici ce qui nous amène : la jeune fille a besoin de recevoir une formation de magicienne. En dehors de ça, nous n'avons rien de spécial à faire. Si vous nous acceptez, vous aurez quatre alliés de plus. Nous avons tellement dévié du chemin prévu pour elle que nous ne sommes plus à ça près.

Le chemin prévu ? Pas étonnant que la jeune fille ait un fichu caractère. Ventnoir non plus n'aurait pas apprécié qu'on décide arbitrairement de son sort. Il se sentit soudain plus d'affinités avec Elspeth.

Nous ne serons peut-être pas d'accord sur la marche à suivre, dit-il. *Nous sommes des Taleydras qui accomplissent la tâche confiée par leur Déesse. Rien ne peut interférer.*

Qu'importe au nom de qui on fait le bien ! Seuls les actes comptent. Vous luttez contre des forces maléfiques. Nous sommes prêts à vous aider si vous nous laissez faire. Ensuite, vous pourrez peut-être nous *aider.*

La proposition semblait raisonnable. Il jeta un coup d'œil à Treyvan, très bon juge du langage corporel et des expressions faciales des humains.

Elle est sincère. Sa nature même fait qu'elle ne peut pas mentir... Ventnoir, nous ne sommes pas forts au point de pouvoir refuser de l'aide. Surtout si nous voulons libérer Aubefeu et mes petits.

Dans ce cas, je suis d'accord. Ma dame, nous acceptons votre offre avec gratitude.

Parfait. Parlons de ce qui doit être fait.

Sauver Aubefeu, pour commencer. Après les révélations d'Etoilelame, Ventnoir aurait juré qu'elle était prisonnière de Fléaufaucon. Il ne pouvait pas la laisser entre ses mains. Pour le bien du clan, se disait-il. Mais il savait que ses motivations personnelles étaient au moins aussi importantes. L'idée qu'il était responsable du drame ne le quittait plus. S'il avait été plus vigilant, s'il avait expliqué au lieu d'ordonner, rien ne se serait passé. Certes, il n'était pour rien dans la rupture de la pierre-cœur, mais il était bel et bien coupable de la capture d'Aubefeu par Fléaufaucon.

Dès que vous serez prêts tous les quatre, nous discuterons de tout ça. Et je vous expliquerai ce que nous avons l'intention de faire.

A l'étonnement de Ventnoir, les étrangers comprirent très bien la situation quand il l'eut résumée.

— Après tout, dit le jeune homme, ça n'est pas très différent de nos problèmes, à une échelle moindre.

— Pourquoi Fléaufaucon n'a-t-il pas profité des événements pour lancer une attaque frontale ? demanda la jeune femme. Ce serait le moment idéal.

Elspeth semblait plus à l'aise maintenant que la lame était loin d'elle. L'entité tapie à l'intérieur avait dit qu'il ne servirait à rien qu'elle participe à la conversation, car elle n'était pas une tacticienne. Mais elle pouvait apporter une aide considérable en renforçant les boucliers des jeunes griffons.

On l'avait donc laissée auprès d'eux.

La question d'Elspeth méritait qu'on y réfléchisse.

— Je l'ignore, répondit Ventnoir. Je suis à peu près sûr qu'il a assez de pouvoir pour lancer une attaque directe. Je pense qu'il préfère affaiblir ses victimes jusqu'au point où il n'aura aucun mal à vaincre.

— Ça ne marche que si la victime ignore à quel jeu il joue. Quand elle a compris...

— Il risque d'être trop tard, dit Treyvan.

— Il prend du plaisir à agir ainsi, dit Skif. Il est évident, d'après ce que Nyara vous a raconté, qu'il aime faire souffrir les gens. S'il attaquait de front, il n'en tirerait pas autant de satisfaction.

— Oui ! s'exclama Elspeth. Voilà son point faible ! Occupé à tramer des plans compliqués, il ne s'attendra pas à essuyer une attaque directe si nous tentons quelque chose de plus tordu en même temps. Ventnoir, voilà ce que je vous conseille : faites semblant de vouloir négocier avec lui, et montez en même temps un assaut direct pour libérer Aubefeu. En faisant le plus de dégâts possible par la même occasion. Mais il est vrai que je suis une teigne vindicative...

Elle jeta un coup d'œil ironique à Skif, qui se raidit.

Ventnoir fut quelque peu étonné de la tension qu'il sentait entre eux. Il avait d'abord pensé qu'ils étaient amants, mais ça ne semblait pas le cas. Il enregistra l'information à toutes fins utiles.

— C'est une bonne idée, répondit-il. Mais nous ne sommes pas censés connaître l'existence de Fléaufaucon, et encore moins savoir qu'Aubefeu est sa prisonnière.

— J'avais oublié ça ! Ne pourriez-vous pas utiliser sa fille, Nyara ?

— Je vais la réveiller, dit Treyvan. Nous verrons si elle est plus une amie qu'une ennemie, comme elle le prétend.

Ventnoir hocha la tête. Le moment était venu pour Nyara de choisir son camp. Elle pouvait leur en dire long sur son père et sa forteresse, si elle en décidait ainsi.

Et si elle refusait de les aider, il la remettrait entre les mains des Adeptes. Il se demanda ce qu'ils penseraient de la créature qui avait mangé l'oiseau d'Etoilelame devant ses yeux...

Perchée sur la souris affolée, Aubefeu la tua, pas très proprement, et la ramassa dans son bec, la tête en premier. Puis elle entreprit de l'avaler, essayant de ne pas trop penser à ce qu'elle faisait.

En réalité, elle en savait plus qu'elle n'en montrait à l'Adepte. Grâce aux nombreuses occasions où elle avait partagé l'esprit de Kyrr, une fois la première panique passée, elle avait compris comment utiliser son corps de rapace.

Hélas, cela ne faisait rien contre la peur.

Elle craignait Fléaufaucon, mais sa plus grande angoisse concernait le sort qui l'attendait si elle restait dans le corps de Kyrr. Elle perdrait peu à peu son individualité... jusqu'à ce qu'elle s'efface totalement.

Elle tenta de s'accrocher à ses souvenirs des éclaireurs, de la Vallée, de Ventnoir... Quand un élément lui échappait, elle se sentait submergée par la panique.

Et qu'était-il advenu de son corps ? Fléaufaucon l'avait-il détruit en même temps que l'esprit de Kyrr ? Que ferait-elle dans ce cas ?

L'unique façon de briser l'angoisse était de se forcer à penser à son évasion. Dès qu'elle pourrait sortir, elle filerait aussi haut qu'un faucon saure pouvait aller. Son expérience d'éclaireur lui permettrait de reconnaître son chemin. Et Fléaufaucon ne pourrait rien contre elle.

Prévoir son évasion et s'entraîner au vol étaient les seules activités qui lui permettaient de garder sa raison. Quand Fléaufaucon n'était pas dans la pièce, elle s'exerçait comme elle avait vu les jeunes oiseaux le faire, battant des ailes jusqu'à ce qu'elle arrive à décoller. Puis elle sautait de la longueur de sa laisse et remontait en volant sur son perchoir.

Sa maladresse à tuer les souris était de plus en plus simulée...

Même si Fléaufaucon ne lui prêtait pas grande attention, elle continuait à feindre l'impuissance, mais ne le quittait pas des yeux tandis qu'elle nettoyait ses serres et son bec. Le sorcier avait oublié, ou il n'avait jamais su, que le champ de vision des rapaces était très large.

Il regardait fixement sa pierre de divination. Il n'avait plus l'air si content de lui. Aubefeu avait déduit que la pierre fonctionnait seulement dans la pièce où elle se trouvait, car il ne l'emportait jamais avec lui.

Elle l'entendit marmonner dans sa barbe.

Il parlait de « Hérauts », de « Valdemar », d'« Hardorn » et d'« Ancar ». Un des groupes voyageait et possédait quelque chose qu'il convoitait de toute son âme — ou de ce qui en tenait lieu.

Aubefeu devina qu'il prévoyait de sceller une alliance avec Ancar, qui semblait être l'ennemi de l'autre groupe.

Puis quelque chose avait changé. Le premier groupe avait échappé à ce qu'il avait cru être un piège parfait, emportant l'objet qu'il voulait récupérer.

Fléaufaucon lança la pierre contre le mur, si violemment que le roc se fendit tandis que l'artefact de divination éclatait en mille morceaux.

Aubefeu se ratatina sur son perchoir, restant immobile afin de ne pas attirer son attention.

Le sorcier appela un serviteur pour nettoyer les dégâts. Malade d'horreur, Aubefeu le vit tendre vers le gamin agenouillé une main griffue, prête à frapper sa victime...

La porte s'ouvrit à la volée. Deux hommes en uniforme se jetèrent aux pieds du sorcier, parlant de leur « échec » et de « pitié ».

— Ça suffit ! cracha Fléaufaucon, sa patience vite épuisée. Vous avez échoué ! Vous ne me rapportez ni l'objet, ni la proie désignée. J'ai bien envie de vous... *refaire*.

Les deux hommes pâlirent.

— Rien ne peut excuser tant de stupidité. Allez voir Drakan pour recevoir votre punition. Je n'ai pas de temps à perdre avec vous. Mais je vais récupérer une partie du pouvoir que vous avez gaspillé...

Les deux hommes se figèrent, leur visage devenu un masque de douleur.

Le plus affreux, c'était l'expression de Fléaufaucon. On eût dit qu'il était en pleine extase sexuelle. Les yeux fermés, il savoura ce qu'il faisait aux deux malheureux, secoués de frissons convulsifs.

Puis il ouvrit les yeux, l'air satisfait.

— Vous pouvez partir...

Trop faibles pour faire autrement, les hommes rampèrent jusqu'à la porte.

Ce n'était même pas encore la « punition » annoncée. Seulement la façon dont Fléaufaucon rappelait à ses esclaves qui était le maître...

— Greden, ordonna-t-il au deuxième homme, va dire à Daelon qu'il me rejoigne ici.

Un peu plus tard, un homme entra. D'âge mûr, il était mince et avait l'air en forme. Vêtu d'une tunique ample, il avait les cheveux et la barbe gris.

— Oui, mon seigneur ? dit-il, attendant prudemment hors de portée de Fléaufaucon.

— Daelon, je vais proposer une alliance au roi Ancar d'Hardorn.

— Parfait, mon seigneur. Mieux vaut une alliance qu'un conflit.

— Comme tu le sais, je suis en contact avec lui depuis quelque temps. Et avec d'autres monarques de l'est... Il a accepté de me rencontrer en personne, mais il n'a pas voulu fixer de date. Je lui ai dit qu'il devait me rejoindre ici dans les trois mois suivant notre accord.

— Je suppose qu'il vous a enfin donné une date ?

— Oui. Il arrivera dans trois jours.

— A travers un Portail, mon seigneur ? demanda Daelon.

— Non. Cet imbécile prétend être un mage, mais il n'est pas capable de maîtriser un Portail ! Voilà pourquoi il refusait de convenir d'une date. Il voyage par des moyens traditionnels, et il voulait que personne ne sache qu'il était en chemin.

— Dois-je préparer les quartiers des invités, mon seigneur ? demanda Daelon.

— Oui. Je pense n'avoir aucun mal à le convaincre d'accepter mon hospitalité, après des semaines d'auberges primitives.

— Il n'avait pas l'intention de demeurer sur place ?

— Non. Il voulait rester en « terrain neutre ». Je l'ai dirigé vers la vallée où j'ai envoyé la fumée de mort il y a quelque temps. Au cas où il se révèlerait indigne de confiance, je pourrais toujours recommencer.

— Très bien, mon seigneur. Mieux vaut éliminer une menace que s'engager dans un conflit.

— Tu peux partir, maintenant. Et emmène cette oiselle avec toi. Elle ne m'amuse plus. Conduis-la dans l'oisellerie. Il est temps qu'elle apprenne où est sa place.

Aubefeu se raidit. L'homme s'y connaissait si peu en fauconnerie qu'il n'essaya pas de lui mettre un capuchon sur la tête. Il saisit les bouts de la laisse et tendit la main vers elle.

Elle sauta sur sa main comme un canari apprivoisé. S'il ignorait comment tenir un faucon, peut-être serait-il assez idiot pour relâcher sa prise sur la laisse...

Daelon essaya de trouver un serviteur pour le relayer, mais il n'y parvint pas. Tenant l'oiseau à bout de bras, aussi loin que possible de ses vêtements, il comprit qu'il devrait se débrouiller seul.

Il lâcha presque la laisse quand il ouvrit la porte, confiant dans l'apparente docilité d'Aubefeu. Un véritable faucon aurait pris l'air dès qu'il aurait aperçu un carré de ciel. Mais elle n'était pas assez sûre de ses capacités pour s'échapper à ce moment.

Pourvu qu'il ne trouve pas de serviteur dehors...

Il sortit dans la cour pavée, fronçant les sourcils quand il vit que la cour était vide.

Il entreprit de fermer la porte, le faucon toujours tenu à bout de bras.

Maintenant !

Aubefeu prit son essor et grimpa à vive allure, battant des ailes comme elle l'avait appris. Avec un cri de désespoir, l'homme tenta de saisir la laisse qui avait échappé à sa main.

Trop tard.

Elle grimpa dans le ciel, libre comme l'air.

La joie donnait de la puissance à ses ailes et de l'énergie à son corps.

Loin au-dessous, Daelon agitait les bras, paniqué. Puis il devint tout petit et disparut.

CHAPITRE XXIII

Skif repensa à ce qu'Elspeth lui avait dit quelques jours plus tôt. Elle avait le sentiment qu'on essayait de la forcer à se conformer à une légende.

Maintenant il comprenait ce qu'elle voulait dire.

Les Frères du Faucon, les griffons parlants... Personne ne nous croira chez nous !

Il essayait de ne pas montrer qu'il avait peur des griffons. Mais il ne pouvait s'empêcher de penser à ce qu'un bec et des serres de cette taille pouvaient faire...

Le plus grand des deux animaux, la femelle, était déjà là quand il entra dans le nid. L'endroit était grand, mais il lui semblait étrangement petit quand les griffons l'occupaient.

— Pardonnez-moi, ma dame, dit-il d'une voix faible. Où voulez-vous que je m'installe ?

— Hydona, dit le griffon.

— Comment ?

— Je m'appelle Hydona, petit, fit-elle d'un ton amusé. Cela signifie « bonté ». Tu peux mettre tes affaires dans cette pièce. La Modifiée te montrera.

Il remarqua que la jeune fille attendait dans l'autre pièce et se demanda ce qu'était une Modifiée.

Puis elle vint vers lui, et les yeux de Skif menacèrent de sortir de leurs orbites.

Si elle n'était pas couverte de fourrure, elle ressemblait à un félin et se déplaçait avec la même grâce.

Une fois le premier choc passé, Skif s'aperçut qu'elle était très attirante.

Il déposa son sac de couchage à l'endroit indiqué.

Elle était superbe, surtout quand elle souriait...

— Merci, dit-il, pour la faire sourire de nouveau.

Elspeth n'était pas très aimable depuis quelque temps. Cela faisait un agréable changement.

En fait, la jeune fille était l'opposé de sa compagne. Calme, la voix douce, alors qu'Elspeth prenait la mouche à la plus innocente remarque.

— Comment vous appelez-vous ? demanda-t-il.

— Nyara, dit-elle en détournant timidement les yeux.

Elspeth entra à ce moment. Elle installa ses affaires avec efficacité et sans chichis. Mais cela interrompit la conversation. Nyara retourna dans son coin.

Elspeth se comporte comme si elle était une machine bien huilée...

Malgré son aspect exotique, Nyara était plus humaine qu'Elspeth.

Aucun sentiment ni émotion en elle... Elle est exaspérée par quiconque n'est pas parfait. Aussi froide que Nyara est chaleureuse.

Un bruit à la porte le fit se retourner. C'était Ventnoir. L'homme lui semblait bien plus étrange que Nyara et plus froid qu'Elspeth.

— Venez, dit-il. Il est temps de parler.

— Pourquoi ai-je l'impression qu'une semaine s'est écoulée depuis ce matin, et au moins un mois depuis que nous sommes entrés dans les Plaines ? demanda Elspeth, regardant les couleurs extraordinaires du coucher de soleil.

Ventnoir observait Elspeth et son ami, Skif. La jeune femme portait un uniforme blanc. Ventnoir se demanda quelle allure elle aurait dans les vêtements élaborés qu'affectionnaient les Adeptes tayledras. A une époque plus clémente, il avait eu le temps de concevoir des tuniques pour ses amis, qui appréciaient beaucoup ses modèles.

Il avait éprouvé une grande fierté que son père en ait porté certains. Puis il avait été blessé de les trouver dans une pile de vêtements à recycler pour le camouflage des éclaireurs. Maintenant qu'il savait pourquoi Etoilelame avait agi de la sorte, son amertume s'était estompée.

Regardant Elspeth, il se prit à imaginer quels habits il dessinerait pour elle. Un corsage moulant, afin de mettre en valeur son torse superbement musclé, et une jupe fendue pour montrer ses longues jambes d'athlète. Le tout de couleur vert émeraude...

Comment puis-je penser à ça en un moment pareil ? se morigéna-t-il.

Peut-être parce qu'elle aurait eu besoin d'être mise en valeur. Le blanc ne lui allait pas. Il lui donnait seulement l'air sévère. Ayant longuement parlé avec elle, il était conscient que la jeune femme était une combattante accomplie. Mais elle était plus complexe que cela. Son apparence aurait dû refléter sa sophistication intérieure.

Le regard de Ventnoir se porta sur Nyara, assise à côté de Skif. Le jeune homme ne pouvait détacher ses yeux de la Modifiée, qui avait accepté de coopérer avec eux. De l'avis de Ventnoir, elle était sincère.

Il se sentit un peu honteux de ses soupçons et de sa froideur.

Mais elle avait avoué représenter un danger : son père pouvait l'appeler, et si elle n'était pas attachée, elle irait probablement le rejoindre. De plus, elle ignorait s'il pouvait lire ses pensées à distance, mais ce n'était pas exclu.

— Si vous avez un doute, endormez-moi de nouveau et attachez-moi. Inutile de gaspiller pour moi les boucliers dont vous avez besoin pour les petits.

Cela avait convaincu Treyvan. Et les soupçons de Ventnoir commençaient à disparaître. Nyara leur avait fourni quantité d'informations sur la forteresse de Mornelithe. Elle attribuait son « évasion » au fait qu'il avait *voulu* qu'elle s'échappe. Il semblait de plus en plus difficile de faire sortir Aubefeu de sa prison.

Elspeth retournait toujours le problème dans sa tête.

— Ventnoir, pourquoi ne pas essayer de s'introduire dans la forteresse pour remplacer Aubefeu par un oiseau ordinaire et la faire sortir ?

Ventnoir se tourna vers Nyara.

Celle-ci comprit le message silencieux.

— C'est le moment que j'aille faire une petite promenade, dit-elle. Skif pourrait m'accompagner...

Ventnoir éprouva des émotions contradictoires. Il savait ce qui se passerait dès que les deux jeunes gens seraient seuls. D'un côté, il était content que Nyara ait trouvé un autre exutoire à ses besoins. Mais il ressentait aussi une jalousie irrationnelle.

Il ne lui faisait pas confiance : après tout, elle avait avoué que Fléaufaucon lui avait ordonné de le séduire. Mais cela n'empêchait pas le désir de l'envahir chaque fois qu'il posait les yeux sur elle.

— Restez dans les ruines, dit Ventnoir. Skif, je vous tiens pour responsable de cette femme. Souvenez-vous de ce qu'elle nous a révélé. Elle ne peut même pas avoir confiance en ses propres actes.

Skif hocha la tête et se leva, offrant sa main à Nyara pour l'aider à se lever.

Nyara accepta, bien qu'il fût évident qu'elle n'avait pas besoin d'assistance.

Je n'ai pas l'impression qu'il réalise dans quel guêpier il va se fourrer. Elle le croquera tout cru !

Ventnoir se força à ravaler ses objections.

Nyara n'est pas ma propriété. Elle est trop dangereuse pour que je me rapproche d'elle. Peu importent mes désirs.

Il les regarda sortir ensemble et se fondre dans l'ombre des ruines, côte à côte, mais sans se toucher.

Pourtant, la tension sexuelle ne faisait aucun doute.

— Je sais qu'il est très impoli de poser ce genre de question, mais étiez-vous amants, elle et vous ? demanda Elspeth.

— Non, ma dame. Son père lui a ordonné de me séduire, mais elle a réussi à résister à sa volonté. Dans d'autres circonstances, cela aurait pu arriver. Nyara a été créée pour le plaisir, j'imagine que vous l'avez compris. Elle est sans doute une amante de grand talent. Après tout, elle a eu toute sa vie pour apprendre et s'exercer.

— Vous n'êtes pas en colère contre Skif, n'est-ce pas ?

— En colère contre lui, non. Jaloux, oui. Même si j'ai horreur de devoir le reconnaître. Et vous ?

— Je suis terriblement soulagée qu'il ait trouvé quelqu'un d'autre pour... vous savez.

— Visiter les ruines ? suggéra délicatement Ventnoir.

— Oui. C'est un excellent ami, depuis des années. Et il a subi pas mal de chocs, récemment.

— Et vous, étiez-vous amants ? demanda Ventnoir d'une voix coupante qui le surprit lui-même.

Que m'importe ? se dit-il. *Ce sont des étrangers. Une fois qu'ils auront obtenu ce qu'ils cherchent, ils partiront.*

Elspeth sembla ne pas avoir entendu la question.

— Je n'ai pas été tout à fait franche avec vous, Ventnoir. Parce que je craignais que vous nous rejetiez sans autre forme de procès si j'essayais de jouer de mon rang...

« Je suis l'héritière du trône, même si je n'en ai pas spécialement envie. C'est étrange : enfant, je pensais qu'être l'héritière était le comble de la réussite. Maintenant, je le suis et je préférerais ne pas l'être. Skif a toujours été comme un grand frère pour moi. Ce qui n'a pas empêché les rumeurs de circuler...

— Etaient-elles vraies ?

Il sentit de nouveau la morsure de la jalousie. Et, cette fois, sans raisons.

L'influence des émotions de Nyara, sans doute. Grands dieux, c'est embarrassant ! Suis-je incapable de contrôler mes pulsions ?

— Non. Il m'a toujours considérée comme sa petite sœur. Jusqu'à ce que nous partions ensemble pour ce voyage. Il a décidé soudain qu'il était amoureux de moi. Je n'arrive pas à comprendre pourquoi et j'ai tout fait pour le décourager. J'ai des devoirs, voyez-vous. Etant l'héritière, je ferai sans doute un mariage d'Etat. Ma mère a épousé mon père par amour. Au moins le croyait-elle. Ça s'est révélé catastrophique. Skif ne veut pas penser à ça. Il est aveuglé par ses sentiments.

— Vous semblez penser qu'il n'éprouve pas véritablement de l'amour pour vous.

— Il s'est entiché de moi, c'est tout !

Elle n'a donc aucun lien sérieux avec Skif, pensa Ventnoir. *Si elle doit apprendre la magie, ça vaut mieux. Elle n'aura que le temps d'étudier.*

— Vous avez l'air en colère contre lui. S'il y a d'autres problèmes entre vous, je dois être informé.

— Non. Mais depuis qu'il s'est amouraché de moi, il voudrait me garder dans du coton. Je pense l'en avoir dissuadé, mais on ne sait jamais...

— Merci de votre franchise, Elspeth. J'espère ne pas vous avoir embarrassée avec mes questions.

— Pas du tout. Il est aisé de se confier à vous, Ventnoir. Merci de m'avoir donné l'occasion de parler de tout ça. Mon Compagnon pense que Skif est un choix idéal pour moi, et Besoin ne peut pas le supporter. Si je leur dis un mot à ce sujet, j'ai droit à un sermon.

Son compagnon ? La jument-esprit, j'imagine.

— Votre Compagnon ? demanda-t-il.

— Mon cheval qui n'en est pas un... Nous les appelons les Compagnons. Tous les Hérauts en ont un. Ce sont eux qui nous Choisissent.

— Pourriez-vous m'expliquer ça ?

— Oui, si vous ne voyez pas d'inconvénient à ce que je m'approche de vous.

Il se demanda si elle flirtait avec lui. Puis il s'aperçut qu'elle se flanquait des claques sur les jambes.

— Bien sûr, fit-il. Il n'y a pas de fourmis de mon côté. Vous devez être assise près d'un nid.

Elle se leva, balayant les insectes.

— Bien. Parlez-moi des Compagnons.

— Ne devrions-nous pas plutôt évoquer la libération d'Aubefeu ?

— Ce n'est pas hors sujet. J'aimerais savoir si vous ne seriez pas plus aptes à le faire que moi, votre Compagnon et vous. Et votre ami ne reviendra pas avant un certain temps. Je n'ai que deux soucis à son sujet ; le premier, c'est que le père de Nyara la contacte tandis qu'elle est avec lui...

— Et le deuxième ?

— Qu'elle l'épuise au point qu'il ne puisse plus rien faire d'utile !

Elspeth sourit.

— Reparlons des Compagnons, insista Ventnoir.

Nyara avait envie de crier de joie. Même si Skif avait été vieux et laid, elle n'en aurait rien eu à faire. Mornelithe ne lui avait pas ordonné de le séduire, donc il ne présentait aucun danger. Elle pouvait assouvir les désirs qui la torturaient depuis que ses blessures avaient commencé à guérir. Sans ressentir le poids de la culpabilité...

Qu'il soit bien de sa personne ne gâtait rien...

Elle sentait qu'il la désirait également. Mais il était timide, sinon il lui aurait fait des propositions la première fois qu'ils s'étaient trouvés seuls, dans le nid des griffons.

Ce serait donc à elle de faire les premiers pas.

Son ouïe et ses yeux de félin lui indiquèrent qu'ils étaient hors de portée d'oreilles, et qu'il y avait un petit espace isolé entre les rochers, sur leur gauche.

Skif tendit timidement la main.

— Nyara, dit-il, je sais que ça semble idiot, mais je n'ai jamais rencontré quelqu'un comme vous.

— Il n'y a aucun Modifié dans votre pays ?

— Non. Et pas de magie.

— Je vois. (Elle s'approcha de lui.) Vous savez pour quelle raison mon père m'a *fabriquée* ? Ventnoir vous l'a dit ?

— Oui, murmura-t-il, rougissant.

— Parfait.

Elle l'embrassa goulûment. Il se débattit un peu, craignant qu'elle veuille seulement s'échapper.

Mais ce n'était pas le cas. Et elle le lui fit savoir.

Puis elle l'attira à l'intérieur de l'alcôve naturelle.

Elle brûlait de désir et lui aussi.

Elle le sentit, et, pour la première fois de sa vie, le perçut mentalement.

Le désir du jeune homme la prit par surprise. Elle l'attira plus près, s'étonnant de cette capacité qu'elle ne s'était jamais connue.

Je suis donc une Empathe ? Je ne l'aurais jamais cru. Mes peurs et ma haine ont dû bloquer ce don...

Peu importait, pour le moment. L'aider à se débarrasser de ses vêtements était un sujet bien plus intéressant.

Il recula.

— Les rochers, bafouilla-t-il. Vous risquez de vous faire mal...

Elle entreprit de lui prouver que les rochers ne la gênaient pas. Lors de l'union de leurs corps et de leurs esprits, elle se mordit la main pour ne pas crier de plaisir. Pour la première fois, elle ressentait un plaisir pur, sans la haine ou le dégoût d'elle-même que lui inspirait Mornelithe.

Il atteignit l'extase, suivi de près par Nyara. Epuisés, ils se laissèrent tomber sur le sol.

Il la caressa doucement, murmurant des mots tendres qu'elle entendait à moitié. Elle savait qu'il ne fallait pas croire ces fadaises quand quelqu'un lui faisait la cour. Mais après l'amour ?

Elle sonda délicatement ses pensées. Il disait vrai. Certes, il s'était entiché d'elle, mais il pensait aussi qu'elle était merveilleuse, et courageuse d'avoir osé défier son père. Il ne lui en voulait pas d'utiliser son corps de cette façon, ni même d'avoir été contrainte de coucher avec Fléaufaucon.

Il ne comprenait pas tout, pensant que Mornelithe l'avait forcée à se soumettre. Comment lui expliquer les *compulsions* qu'il avait implantées en elle, l'obligeant à désirer l'Adepte et à s'offrir à lui abjectement ?

Mieux valait ne pas y penser. Il était probable qu'il partirait sous peu et qu'elle ne le reverrait jamais. S'ils parvenaient à libérer Aubefeu, elle tirerait parti de la gratitude des Tayledras pour mettre autant de distance que possible entre son père et elle.

Elle tendit la main vers Skif, qui attira sa tête sur son épaule...

En parlant avec Elspeth, Ventnoir s'était aperçu que la jeune femme était encore plus complexe qu'il l'avait cru. Quand Skif et Nyara se remontrèrent, les vêtements en désordre, sentant la sueur et le sexe, il n'était pas encore revenu de son étonnement.

Elspeth n'était pas parfaite, loin de là. Elle disait ce qu'elle pensait, sans nuances et sans courtoisie. Cette habitude de ne pas déguiser la vérité avait dû lui attirer plus d'un ennemi. Elle était coléreuse et elle avait tendance à la rancune.

Il ne doutait pas qu'elle soit capable de poursuivre un ennemi au-delà de la tombe.

Elle était aussi trop rapide à juger, ne prenant pas le temps d'analyser une situation avant de s'engager. Les imbéciles l'exaspéraient. Elle méprisait ceux qui se laissaient gouverner par leurs émotions plutôt que par la logique, et ne faisait aucun effort pour cacher son opinion.

Côté positif, elle était loyale, fidèle, et se souciait sincèrement du sort des gens. Elle était aussi d'une intelligence remarquable. Son sens des responsabilités avait quelque chose d'effrayant. Il ressemblait à celui de Ventnoir, ainsi que son sens de la justice.

Aubefeu était d'une simplicité extrême comparée à la jeune princesse. Il était vrai qu'elle avait dix ans de moins... Mais il se demanda si Elspeth n'était pas compliquée depuis son enfance.

Heureusement, les gens de Valdemar avaient les Hérauts ! C'était une excellente chose que la reine en fasse partie. Ainsi, elle avait plus de chances de savoir qui était véritablement un ami.

Même s'il y avait en pratique des différences, les Hérauts défendaient les mêmes valeurs que les Kal'enedrals des Shin'a'in. Comme eux, ils étaient choisis par les dieux. Car les Compagnons étaient une émanation divine, Ventnoir n'en doutait pas.

Les Kal'enedrals avaient leur maître *leshya'e,* et les Hérauts avaient leurs Compagnons. Ils étaient discrètement guidés par eux, comme les maîtres des Kal'enedrals les guidaient.

Mais si les Hérauts ne s'en étaient pas aperçus, Ventnoir n'allait pas leur révéler le pot aux roses !

Il prit une décision d'importance : quand les problèmes en cours seraient réglés, il se chargerait de la formation d'Elspeth. Il trouverait un Adepte pour lui réapprendre ce qu'il n'avait plus pratiqué depuis longtemps, et il serait en même temps le professeur de la jeune fille.

Il avait le sentiment qu'elle le respectait. Et elle continuerait quand elle le verrait travailler à retrouver ses capacités d'Adepte.

Pour le moment, ils avaient un sauvetage à organiser.

— Nous avons pris une décision, dit-il tandis que Skif et Nyara s'asseyaient. Un plan qui a des chances de fonctionner...

— Il nous faudra une coordination parfaite, ajouta Elspeth. Nous aurons besoin d'aide. Skif, peux-tu appeler Cymry ? Je viens de prévenir Gwena.

— Cymry ? Oui...

— Il n'est pas nécessaire que les Compagnons soient physiquement présents pour participer à la conversation, dit-elle à mi-voix au bénéfice de Ventnoir. Notre Compagnon peut nous contacter à tout moment, et si nous le désirons, il peut aussi entendre ce que nous disons.

— Et moi ? demanda Nyara. Dois-je...

— Vous irez dans la Vallée au matin. Je vous confierai à Ombreglace, après lui avoir expliqué brièvement votre histoire. Et je lui demanderai de vous placer sous le bouclier qui protège mon père. Vous devrez répondre sincèrement à toutes les questions qu'il vous posera sur la captivité d'Etoilelame, même si ces souvenirs vous sont pénibles.

— Pourquoi ?

— Pour aider Ombreglace à comprendre ce qui lui a été fait. Cela lui permettra d'éliminer l'influence de Fléaufaucon de l'esprit de mon père. Vous lui devez au moins ça.

Skif s'agita comme s'il voulait défendre Nyara, mais il eut la sagesse de se retenir.

— J'appellerai ensuite les non-humains avec qui Aubefeu travaillait. Ils se chargeront de la diversion dont nous avons besoin. Ils se concentreront dans la zone neutre, là où Elspeth et Skif se trouveront. Fléaufaucon pensera que vous les avez fait venir en utilisant les pouvoirs de votre épée.

— Il ne sait pas grand-chose à part qu'elle est magique. C'est probablement pour ça que les créatures nous ont poursuivis dans les Plaines. Il la veut, mais il ignore s'il pourra l'utiliser.

Il peut toujours essayer, fit remarquer Besoin. *Il ne sait pas que je suis dedans. A mon avis, il ne pourrait rien faire de moi à part me détruire.*

— Il pense qu'il s'agit d'un artefact qui a permis de contrôler les non-humains au cours des Guerres Magiques. S'il croit ça, il voudra se le procurer à tout prix. Et il viendra en personne. Je doute qu'il agisse autrement après l'échec des créatures.

— Et nous ? demanda Skif.

— Vous serez à l'abri dans la Vallée, fit Ventnoir en riant. Dans la zone neutre, il y aura seulement vos images et votre aura. C'est un enchantement rarement utilisé, car il est rompu dès qu'on se déplace de plus de cinq pas. Besoin nous l'a rappelé. En fait, elle lancera cet enchantement.

Merci de votre confiance, mais attendez de voir si ça marche ! Et l'enchantement sera lancé par Elspeth, avec mon aide.

— Cela me laisse les mains libres, continua Ventnoir, pour tenter de libérer Aubefeu. Si j'en ai le temps, je la remplacerai par un autre oiseau. Si je ne l'ai pas, je la ferai s'évader et j'essaierai de m'échapper aussi.

Skif siffla doucement.

— Il faudra un sacré bon minutage, dit-il. Et vous prendrez la majeure partie des risques.

— Je ne peux pas vous demander de les prendre à ma place...

— Et ensuite ? demanda Elspeth à voix basse. Que ferez-vous, quand elle sera libre mais prisonnière du corps d'un oiseau, et que sa personnalité s'effacera davantage chaque jour ?

Ventnoir resta silencieux, parce qu'il n'avait pas de réponse.

Occupez-vous de ça quand elle sera libre, grogna l'épée d'une voix irritée. *Je m'y connais un peu en enchantements de transfert. Je pourrai peut-être l'aider à habiter le corps d'un être doté d'un cerveau assez évolué pour qu'elle conserve sa personnalité. Ou je peux l'introduire à l'intérieur d'une épée, par exemple...*

— N'est-ce pas pire que la mort ? demanda Nyara.

Elle resterait elle-même. Il y a des choses plus terribles qu'être virtuellement immortelle !

— Nous en parlerons plus tard, dit Ventnoir. Nous avons beaucoup de préparatifs au programme...

— Et peu de temps, ajouta Elspeth. Il faudra nous y mettre à l'aube.

Ils retournèrent au nid et expliquèrent aux griffons ce qui avait été décidé. Treyvan ne parla pas de ses petits, mais il avait l'air épuisé. De toute évidence, Fléaufaucon avait tenté une attaque. Il avait été repoussé, mais non sans mal.

Ils se couchèrent, Nyara dormit dans la même chambre que Skif et Elspeth. Ventnoir et Treyvan se postèrent à l'entrée.

Ventnoir eut du mal à s'endormir. Quelle que soit l'issue de l'aventure, Aubefeu ne retournerait jamais dans le corps de la jeune fille qu'il avait connue. Il devrait la regarder disparaître lentement pour devenir un faucon. Même si Besoin la *transférait*, elle serait quelqu'un d'autre, qu'il ne pourrait plus toucher ou aimer.

Par les dieux, que ferai-je une fois qu'elle sera libre ?

CHAPITRE XXIV

A l'aube, Ventnoir fut réveillé en sursaut, par le cri d'un faucon, auquel fit écho un appel plus rauque

C'était la voix de Vree. Mais l'autre ?

Dehors ! cria Vree. Vite ! Besoin d'aide !

Ventnoir sauta par-dessus Treyvan, qui émergea du sommeil à grand-peine.

— Qu'y a-t-il ? grogna-t-il.

Il aperçut deux oiseaux. Vree, et un faucon saure qui volait aussi maladroitement qu'un oiselet à peine sorti du nid.

Un faucon saure ?

Aubefeu !

Aide-moi, dit une voix mentale affolée.

Elle ne sait pas comment atterrir ! comprit Ventnoir.

Treyvan le bouscula pour sortir et prit l'air aussitôt, serres tendues.

Puis il revint vers le sol, tenant le faucon entre ses pattes. Il prit soin d'atterrir sur le bout des griffes, battant des ailes pour garder l'équilibre.

L'oiselle reposait entre les serres du griffon. Ventnoir la prit dans ses bras, la berçant comme un poussin blessé.

Elle resta allongée, pantelante, tandis qu'il lui repliait les ailes sur le dos et lui caressait la tête.

Une autre main se joignit à la sienne : celle d'Elspeth.

Elle avait sorti son épée du fourreau.

Les yeux fermés, elle fronçait les sourcils.

Dès qu'elle toucha son dos, Aubefeu commença à reprendre des forces.

Ventnoir ? Est-ce toi, ou une illusion créée par Fléaufaucon pour me tourmenter ?

— Tu es revenue à la maison, *ke'chara*, dit Ventnoir, la gorge serrée.

J'ai vu Vree, ou il m'a vue, je ne sais plus... Il m'a ramenée ici, mais j'étais si fatiguée...

— L'épée agira mieux avec un contact direct, dit Elspeth. Pouvez-vous l'amener sur mon lit ? Je poserai Besoin à côté d'elle...

Quand ce fut fait, Aubefeu retrouva rapidement des forces.

Elle demanda à boire et à manger.

Ventnoir la nourrit à la main, lui donnant de petits morceaux d'un lapin fraîchement tué par Vree.

Extérieurement, il semblait calme.

Mais dans son cœur il était profondément troublé. Comment annoncer à Aubefeu que son corps avait été détruit par Fléaufaucon en même temps que l'esprit de Kyrr ?

Ils auraient un peu plus de temps que si elle avait dû partager l'esprit de Kyrr, mais le résultat serait le même.

Ventnoir, vous êtes tous en grand danger ! dit soudain Aubefeu comme si elle venait à peine de s'en souvenir.

Elle leur raconta ce qu'elle avait entendu, y compris le projet d'alliance de Fléaufaucon.

Seul, l'Adepte était une menace. Avec des alliés...

Qu'ils disposent de pouvoirs magiques ou d'une armée, cela signifierait la fin de l'équilibre précaire que k'Sheyna préservait tant bien que mal. Et Elspeth avait dit qu'Ancar avait les deux.

S'il a des sorciers et une armée à son service, rien ne l'arrêtera...

Les Hérauts et leurs Compagnons posèrent une multitude de questions à Aubefeu. Ventnoir ferma les yeux et réfléchit.

Même si le voyage d'Hardorn semblait long, Mornelithe était un Adepte puissant. Ancar, qui recrutait des sorciers depuis un certain temps, n'avait peut-être pas encore d'Adepte dans ses rangs. Pour lui, le déplacement vaudrait sans doute la peine.

Il a dit que le rendez-vous était pour dans trois jours, précisa Aubefeu.

Rouvrant les yeux, Ventnoir s'intéressa à ce qui se passait dans la pièce. Tout le monde regardait le faucon saure ; Nyara avait l'air aussi bouleversée que les autres.

Peut-être voit-elle un parallèle entre sa servitude et l'emprisonnement d'Aubefeu...

C'était il y a deux jours, continua l'oiselle. *Je me suis échappée un peu après et j'ai tourné en rond jusqu'à ce que Vree me trouve. Cela signifie qu'il rencontrera Ancar aujourd'hui ou demain au plus tard.*

— Ancar conclura l'alliance, c'est certain, dit Elspeth. Entre le pouvoir de Fléaufaucon et les armées d'Ancar, nous n'aurons pas une chance. Il faut les arrêter avant !

— Nous avons l'occasion d'éliminer deux ennemis d'un coup, déclara Ventnoir. Le vôtre et le nôtre. Je dois consulter les Aînés.

Il se leva. Skif lui prit le coude et murmura :

— N'oubliez pas d'inclure Elspeth dans votre plan. Sinon, elle partira à l'attaque toute seule !

Calmez-vous, les enfants ! grogna Besoin. *Vous n'avez pas réfléchi ! J'ai cessé de tomber dans des pièges aussi grossiers il y a un bon millier d'années.*

Tous échangèrent des regards stupéfaits, y compris Aubefeu.

— Que voulez-vous dire ? demanda Ventnoir.

Il a laissé Aubefeu s'enfuir pour qu'elle vous rapporte ses propos. Ainsi, vous seriez tous allés vous jeter dans ses bras !

— Oh non..., murmura Nyara. Ça ressemble à ma propre fuite, qui n'en était pas une ! Cette épée a raison !

Elspeth soupira.

— Je crains que vous ayez raison toutes les deux ! Tout ça tombait trop bien. De plus, pour qu'Ancar arrive ici pratiquement en même temps que nous, alors que les agents de ma mère le disaient dans son palais au moment de notre départ, il devrait s'être mis en route *avant* nous.

— Et pourquoi Mornelithe aurait-il laissé Aubefeu entendre tout ça ? gronda Treyvan. Il voulait qu'elle s'enfuie et nous apporte cette information.

— Qu'attendait-il de nous ? demanda Elspeth. Il voulait que nous nous rendions sur les lieux de cette rencontre inexistante. Pourquoi ? Qu'a donc de si particulier la zone neutre ? Est-ce un bon endroit pour tendre une embuscade ?

— La zone n'a rien de spécial à ma connaissance, dit Ventnoir.

Peut-être voulait-il vous capturer, comme les dyhelis ? Il m'a délibérément rappelé ce qu'il leur avait fait à cet endroit...

— Sans doute pour éviter que nous pensions à autre chose..., dit Skif. Nous savons qu'il veut l'épée. D'après ce qu'a dit Quenten, il désire aussi capturer Elspeth.

— Oui, confirma Nyara. Une magicienne sans formation... Il les utilise à ses fins. Il serait content de vous mettre la main dessus, ma dame.

— Veut-il autre chose que notre départ laisserait sans protection. La Vallée elle-même, ou votre père ?

— Non. Les protections statiques sont trop puissantes pour qu'il les élimine.

— La pierre-cœur ? dit Treyvan. Mais elle est également défendue...

Le cri d'un jeune griffon affamé les fit sursauter. Tous les regards se tournèrent vers le nid.

Les yeux de Treyvan s'écarquillèrent.

— Non, murmura-t-il.

— Oui ! s'écria Nyara. Voilà ce qu'il veut ! Au moins autant que l'épée ou le mage. Se venger, et voler l'âme de vos petits !

— Et j'ai failli le laisser faire... souffla Treyvan, horrifié. Une fois de plus...

Ventnoir n'eut pas besoin de beaucoup de temps pour fabriquer une « maquette » de la zone entourant le nid. Il lui suffit de quelques cailloux, de brindilles et d'un peu de sable.

Elspeth détourna son esprit des heures passées avec Kero sur des reconstitutions de batailles. Elle regarda Ventnoir, se demandant comment elle avait pu prendre son anxiété pour de l'arrogance.

Tu n'as pas l'esprit très clair en ce moment, Elspeth, se morigéna-t-elle. *Quand le problème sera réglé, tu ferais bien de prendre quelques jours pour te reposer et réfléchir. A beaucoup de choses.*

— Vous serez là, dit Ventnoir à Skif, plaçant une pomme de pin sur les cailloux représentant les ruines, à gauche du nid.

— J'aurai la possibilité de me déplacer si je n'ai pas une bonne ligne de visée ?

L'éclaireur hocha la tête.

— Oui. Le but est que vous soyez aussi mobile que possible. Les petits, Aubefeu et l'épée seront en face du nid. (Il jeta un coup d'œil à Elspeth.) Etes-vous sûre de vouloir vous passer de votre arme ?

— Besoin en a décidé ainsi. Nous devons protéger l'appât. Deux des griffons sont des femelles.

Croyez-vous que je ne prendrai pas soin du petit mâle ? dit l'épée d'une voix bourrue. *Pour qui me prenez-vous, une tueuse d'enfants ?*

— Vous faites partie des appâts, ma dame épée, répondit Ventnoir.

Faites en sorte qu'il ne mette pas la main sur moi.

— Personne ne viendra de la Vallée ? demanda Skif.

— Le message que j'ai envoyé par le biais de Vree leur a fait craindre pour la sécurité de la pierre-cœur. Ils pensent que Fléaufaucon a peut-être manigancé une attaque double : atteindre les petits pendant qu'il nous attire ailleurs, et lancer un assaut sur la Vallée. Les miens sont encore sous le choc de ce qu'il a fait à mon père. Ils n'ont plus confiance dans leurs boucliers. Ils ont rappelé tous les éclaireurs sauf moi, et ils se préparent à être attaqués.

— La première chose intelligente qu'ils aient faite depuis des lustres, gronda Treyvan. Même si cela nous laisse toute la responsabilité de notre défense. Je suppose que nos positions sont celles-ci ?

Il montra deux plumes fichées dans le sable, du côté du nid opposé à celui de Skif.

— Oui. Et voilà celle d'Elspeth et la mienne.

Il posa deux cristaux de quartz en face des griffons, plus près du nid que Skif.

— Puis viendront les Compagnons, pour surveiller l'approche éventuelle de créatures sur nos arrières. Treyvan, nous allons essayer de le prendre pour ainsi dire entre deux feux : le coincer entre deux attaques magiques. Ainsi, je pense qu'il s'abstiendra d'un assaut physique. C'est là que vous intervenez, Skif. Vous êtes le pivot. Notre homme est mortel, comme tout le monde. Essayez de lui expédier une flèche ou un couteau au bon moment.

— Et moi ? demanda Nyara d'une petite voix. Puis-je vous aider ?

— Fléaufaucon ignore que vous êtes de notre côté. J'aimerais qu'il ne l'apprenne pas.

— Reste avec moi, suggéra Skif. Je serai hors de vue.

Est-ce avisé ? demanda Ventnoir à Elspeth.

Il a reçu la même formation que les assassins professionnels. Cymry le surveillera. Nyara ne pourra pas lancer une attaque-surprise, en supposant que son père la reprenne sous son contrôle. J'espère qu'il ne devra pas laisser Cymry la tuer...

Ni la tuer lui-même, ajouta Ventnoir.

Il vient ! cria Vree d'une voix perçante.

Tous se précipitèrent à leurs postes.

Fléaufaucon avançait dans la forêt que les Hommes aux Oiseaux considéraient comme leur propriété avec une aisance qu'ils auraient trouvée effrayante. Il remarqua l'augmentation de la puissance des boucliers. Tous les Adeptes étaient sur le qui-vive, il n'en doutait pas. Impossible désormais de récupérer Etoilelame.

Il s'arrêta dans un fourré, cherchant un point faible, et n'en trouva pas. Tant de patience et de ruse de sa part, tout ça pour rien.

Le sorcier poussa un cri sauvage.

Il ignorait ce qui était arrivé, car il ne pouvait plus voir par les yeux du corbeau. La Vallée était trop bien protégée. Il savait qu'Etoilelame était près de la pierre-cœur quand il avait perdu le contact. Il avait senti soudain de la panique dans l'esprit du corbeau...

Puis une onde de choc quand il avait été détruit.

Par qui et pourquoi, il n'en savait rien.

Il avait dévié l'onde de choc, la dérivant sur l'être le plus proche : Daelon, son idiot de secrétaire.

Ce n'était pas une grande perte, mais il détestait être mis en échec.

Il avait riposté immédiatement, tentant de reprendre le contrôle d'Etoilelame.

Son pouvoir s'était heurté à des boucliers nouveaux... et puissants. De toute évidence, la destruction du corbeau n'était pas un accident. Quelqu'un avait éventé ses plans.

Il regretta un moment que l'alliance avec Ancar ait été une ruse. Avec l'aide de ses sorciers, il aurait pu frapper à l'intérieur de la Vallée.

Mais quelqu'un avait compris ce qu'il avait fait à Etoilelame. Peut-être une ancienne amante de l'Adepte. Il n'aurait pas dû forcer son « jouet » à s'isoler de la sorte, mais il avait craint que la personnalité surimposée à la vraie ne supporte pas un examen approfondi.

Trop tard ! Il avait perdu Etoilelame, et toute possibilité d'accès à la Vallée. Les Hommes aux Oiseaux étaient sur leurs gardes. Même affaiblis, ils restaient trop forts pour qu'il les affronte seul.

Avec un peu de chance, les deux étrangers et le fils d'Etoilelame seraient en route vers l'embuscade qu'il avait préparée. Des serviteurs humains les attendaient dans la vallée où il avait piégé les dyhelis, vêtus d'uniformes de l'armée d'Ancar. A leur tête se trouvait quelqu'un qui aurait pu être le jumeau d'Ancar. Fléaufaucon avait utilisé un peu de magie pour créer l'illusion. Ce n'était pas un problème : les étrangers s'attendraient à trouver une aura magique, car le roi d'Hardorn était un sorcier.

Quand les étrangers arriveraient, le reste de son armée les prendrait à revers.

Faute d'avoir Etoilelame, j'asservirai son fils. Je prendrai ma revanche sur sa jeune chair tendre...

L'autre jeune homme servirait à tout le moins de monnaie d'échange.

Il y avait aussi la jeune fille et son potentiel d'Adepte, puissant mais inexploité. Fléaufaucon exploiterait sa naïveté sur certains points. Il prendrait son temps pour briser sa volonté.

Il se glissa d'ombre en ombre, aussi silencieux que le lynx qu'il avait pris comme modèle.

Mes soldats captureront Ventnoir et les étrangers. Ils attraperont les griffons ou les tueront. J'aimerais qu'ils les fassent prisonniers pour avoir le plaisir de les exécuter moi-même !

Il sentit la haine monter en lui à la pensée des griffons. Grinçant des dents, il se souvint de ce qu'ils lui avaient fait, lors d'une vie antérieure...

Les griffons l'avaient empêché de vaincre durant les Guerres Magiques. Ils avaient aussi détruit son royaume.

Les griffons ! Ces sales bêtes étaient des simulacres qui se prenaient au sérieux ! Comment osaient-ils se comparer aux êtres humains ? Utiliser la magie ? Se reproduire ?

C'étaient des animaux. Il les remettrait une bonne fois à leur place. Quand ce serait fait, il pourrait enfin être en paix avec ses souvenirs. Oublier Skandranon, le griffon noir qui avait consacré sa vie à le pourchasser et le vaincre.

Je tuerai les parents, et je m'emparerai des jeunes. A travers eux, je contrôlerai le node de puissance, et je préparerai la chute de leur race maudite. Grâce aux petits, j'introduirai une maladie dans leurs rangs, avec un poison qui détruira l'es-

prit des autres griffons et en fera du simple bétail. Mon *bétail !*

Il entra dans la zone des ruines, restant toujours à couvert de la forêt. Le matin, le nid était à l'ombre des arbres. Il n'était jamais venu si près, n'était sa rapide incursion pour placer son sceau sur l'esprit des jeunes, les liant ainsi à lui.

Ils n'ont sûrement pas laissé les petits seuls et sans protection. Il doit y avoir des boucliers, ou un animal-gardien.

Fléaufaucon s'arrêta, dissimulé dans l'ombre. Il portait des cuirs similaires à ceux des éclaireurs. Si quelqu'un le voyait, il suffirait d'une illusion pour faire croire qu'il était un Tayledras.

Il ne vit rien d'anormal. Deux oiseaux volaient en cercle au-dessus du nid : les gardiens qu'il attendait.

Il envoya une onde de vision magique vers le nid, cherchant quelles protections ses ennemis avaient laissées avec les jeunes griffons.

Une aura de puissance frémissait autour du nid. A l'intérieur, il sentait l'onde d'un pouvoir plus puissant.

Ils avaient laissé l'objet magique qu'il convoitait pour garder les jeunes griffons !

L'objet est si ancien ! Il détient un tel pouvoir... Un pouvoir féminin, certes, mais je suis capable de le circonvenir. Je dois m'approprier cet artefact à tout prix !

Etait-il possible que Ventnoir se soit montré si imprudent ? Il avait laissé d'autres protections, Fléaufaucon en était sûr.

Il regarda autour du nid, puis dans les ruines, toujours avec sa vision magique. Il chercha les traces d'un piège, un indice de magie, même ancienne et apparemment inactive.

Il n'y avait rien.

Fléaufaucon pensait que ses adversaires savaient ce qu'il avait fait aux jeunes. Etait-il possible qu'ils ne l'aient pas découvert ? Aurait-il surestimé leur intelligence ? Avaient-ils été distraits par les problèmes avec Etoilelame et Aubefeu, ou par l'arrivée des étrangers ?

Non. Ils savent. Voilà pourquoi ils ont laissé l'objet magique auprès des jeunes griffons. Les boucliers sont destinés à m'arrêter, c'est évident.

Au moment où il pensa n'avoir plus rien à découvrir, il capta une onde d'énergie magique ancienne.

Très ancienne.

Inactive. Mais la présence d'une puissance aussi antique l'intrigua. Il avait le temps : le potentiel valait la peine qu'on l'explore. Il s'agissait peut-être d'un autel, ou d'un talisman enterré sous un amas de décombres... Un trésor qu'il récupérerait plus tard...

Il s'approcha pour examiner l'objet de plus près. Fermant les yeux, il posa la main sur un tronc d'arbre...

Et arracha un morceau d'écorce quand sa main se crispa sous l'effet de la surprise.

Un Portail !

Impossible ! Pas un Portail temporaire, mais un Portail *permanent* !

Seuls de rares Adeptes avaient construit des Portails permanents à l'époque des Guerres Magiques. Ces passages demandaient beaucoup de patience et une quantité d'énergie considérable. Les mages avaient construit un réseau de Portails, tous reliés les uns aux autres.

Urtho était un de ces Adeptes. C'était ainsi que les Kaled'a'in avaient survécu à la chute de son royaume pour devenir les Shin'a'in et les Tayledras. Ils avaient fui par le Portail situé au cœur de la citadelle.

Fléaufaucon n'avait créé de Portail dans aucune de ses vies. Il connaissait l'existence du réseau fabriqué par Urtho, mais il n'aurait jamais cru qu'une partie existait encore.

Il était impossible qu'un Portail, même permanent, ait résisté toutes ces années.

Fléaufaucon ne pouvait pas ignorer le témoignage de ses sens. Le Portail était toujours actif !

L'avoir effleuré le rendait malade d'envie de le posséder et de le contrôler. Le node, les griffons, l'objet inconnu, et maintenant, un Portail...

Il devait l'avoir ! Ensuite, il l'étudierait et il apprendrait comment s'en servir. Puis il entrerait dans les ruines de la forteresse d'Urtho, au centre des Plaines. Avec un Portail de ce type, les barrières érigées par les éleveurs de chevaux seraient faciles à renverser. Il pourrait aller partout où se trouvait un autre Portail permanent, qu'il connaisse les lieux ou pas. Et il pourrait construire des Portails temporaires à son gré sans avoir à puiser dans son énergie, comme cela se produisait quand un mage créait un Portail temporaire isolé.

Il était également possible de tirer de l'énergie de quelqu'un d'autre. Peu de mages le savaient, mais s'ils partageaient un lien pour la vie avec un autre mage, leur compagnon pouvait leur transmettre l'énergie nécessaire à l'enchantement de construction d'un Portail.

Il existait un lien aussi profond que le lien pour la vie : celui que Fléaufaucon tissait entre ses victimes et lui, afin d'en faire ses esclaves.

Si besoin était, il pouvait vider ses « serviteurs » de leur énergie au point de les tuer. Il s'en servirait pour ouvrir le Portail et l'annexer.

D'abord, il devait s'emparer de ce secteur. Pour ce faire, il fallait dominer et pervertir les jeunes griffons afin qu'ils lui ouvrent le node.

Il avança plus près de ses proies, attentif à rester dissimulé par les ombres. Inutile d'alerter un garde éventuel.

La voie semblait libre. Il approcha du nid. Enfin, il se releva et sortit à découvert.

Les jeunes griffons le virent et le regardèrent avec curiosité, la tête inclinée, comme s'ils ne l'avaient jamais rencontré.

Parfait. L'enchantement d'oubli a fonctionné. Ils n'ont pas peur de moi. Ils n'appelleront pas à l'aide avant qu'il soit trop tard.

— Bonjour, mes chers petits, fit-il d'une voix câline.

Quelque chose sur le sol l'intrigua. Des cailloux disposés d'une manière qu'il reconnaissait... Il lui fallut un instant, puis il comprit.

Immobile, attentif au moindre son, il entendit le frottement du cuir sur les rochers, le murmure du bois contre le bois...

Pas de ça, jeune abruti !

Fléaufaucon fit volte-face et lâcha une décharge d'énergie, frappant le jeune homme en blanc à la poitrine, avant qu'il ait le temps de décocher sa flèche.

Puis il expédia un second éclair sur le cheval placé derrière le jeune homme, une bête qui dégageait un pouvoir voisin de celui de certains chamanes nomades.

L'arc se brisa et le jeune homme s'effondra presque en même temps que son « cheval ».

Mornelithe sourit. Il n'avait pas frappé pour tuer. Il avait reconnu l'étranger et entendait avoir un petit entretien avec lui...

Un cri de rage félin déchira le silence. Nyara se jeta sur lui, les crocs et les griffes prêts à tuer.

Nyara ?

Fléaufaucon brisa son élan d'une gifle retentissante qui envoya la jeune fille bouler à travers la clairière.

Elle atterrit sur un des jeunes griffons.

Le sorcier leva les bras, rassemblant ses pouvoirs afin de renforcer ses boucliers.

Juste à temps.

Des décharges d'énergies magiques le visaient des deux côtés.

— Que fait-il ? demanda Elspeth à Ventnoir.

Mornelithe Fléaufaucon terrifiait la jeune femme, qui se demandait pourquoi. Peut-être parce qu'il avait renoncé à son humanité. Ou à cause de son regard froid et fixe. Ventnoir lui avait raconté comment il s'y était pris pour briser la volonté d'Etoilelame. Nyara avait sans doute connu le même genre de tourments.

Rien de tout cela n'était pire que les exactions d'Ancar. Mais Fléaufaucon se tenait face à elle...

Si je voyais Ancar, j'aurais peut-être la même réaction.

Fléaufaucon était un cauchemar ambulant. S'il avait pris modèle sur un lynx pour modifier son visage et son apparence, le résultat avait quelque chose de *perverti*. Il était à la fois sinistre et splendide. Elspeth frissonna d'horreur.

Le sorcier était sorti du néant peu après le cri d'alarme de Vree...

— Que regarde-t-il ? demanda Elspeth.

— Je l'ignore... *shaeka !*

Elspeth n'eut pas le temps de demander ce qui n'allait pas. Ventnoir se leva, poussa un cri étranglé et fit un geste de protection en direction de Skif.

Trop tard, pour lui comme pour Cymry. Les décharges d'énergie lancées par Fléaufaucon les firent tomber tous les deux.

— Non ! gémit Elspeth.

Un cri de rage déchira l'air.

Nyara se jeta sur l'Adepte, qui l'intercepta en plein saut. D'un mouvement, il l'envoya atterrir sur le plus grand des jeunes griffons.

Elspeth n'eut pas le temps de se demander si Skif et Cymry avaient survécu. Le Frère du Faucon était engagé dans une lutte à mort contre l'Adepte Modifié.

Elspeth joignit son pouvoir à celui de Ventnoir, lui envoyant l'énergie qu'elle puisait dans le node. Le jeune homme savait comment l'utiliser. Elle regarda, tentant d'apprendre autant de secrets que possible.

Quand l'éclaireur serait fatigué, ce serait au tour d'Elspeth d'attaquer.

Des lances de feu tombèrent sur Fléaufaucon. Le pouvoir crépitait au bout des serres de Treyvan, aidé par Hydona comme Ventnoir l'était par Elspeth.

Un moment, l'Adepte sembla promis à succomber sous la double attaque.

Elspeth retint son souffle...

Puis une ombre apparut au milieu des éclairs d'énergie.

Elle se précisa...

La douleur !

Avait-elle crié à haute voix ? Elspeth l'ignorait. Elle recula de quelques pas, se couvrant les yeux avec les bras au moment où la décharge de puissance expédiée par Ventnoir l'aveuglait à demi.

Fléaufaucon était debout, indemne, au milieu d'un rond de terre calcinée.

Le regard inhumain de l'Adepte se posa sur Elspeth, dont l'estomac se noua. Elle tendit la main vers Besoin, absente de son fourreau.

Toute couleur déserta le visage de la jeune femme.

— Parfait, dit le mage d'une voix amusée. Je prendrai plaisir à briser ta volonté, étrangère, puis à asservir ton corps et ton esprit...

— Pas aujourd'hui ! dit une voix en shin'a'in.

Elle venait des ruines, derrière Fléaufaucon.

Il fit volte-face. Elspeth focalisa son pouvoir encore brut pour le cas où il s'agirait d'une ruse.

Perchés sur les rochers, ou à demi cachés derrière des murs en ruine, plusieurs silhouettes vêtues de noir venaient d'apparaître. Certaines étaient voilées, d'autres non. Toutes pointaient leurs arcs sur le cœur de Fléaufaucon.

— Ni aujourd'hui, ni jamais, dit Ventnoir dans une quinte de toux.

Il se releva péniblement. Elspeth l'aida et resta près de lui, le soutenant.

Il n'avait pas l'air en très bon état et serait sans doute tombé sans l'aide de la jeune femme. Son visage était tordu de douleur.

— Pensez-vous que je sois un si mauvais joueur pour dévoiler mes atouts avant que le jeu soit terminé ? demanda Fléaufaucon avec mépris.

Une immense créature ailée semblable à une chauve-souris géante tomba du ciel. Elspeth ne vit pas d'où elle venait.

L'animal la renversa d'un seul coup d'aile, puis la jeta contre un rocher. Sa tête heurta la pierre. Le souffle coupé, la vue brouillée, elle resta où elle avait atterri, proche de l'évanouissement.

Elle se força à reprendre pleinement conscience et vit qu'une autre chauve-souris avait attaqué et immobilisé Hydona. Prête à lui ouvrir la gorge, elle jeta un coup d'œil interrogateur à son maître.

L'autre bête, celle qui avait à demi assommé Elspeth, était dans la même position au-dessus de Gwena.

Ventnoir était étendu sur le sol, immobile, les yeux fermés.

Treyvan regardait le monstre qui tenait sa compagne, toutes ses plumes hérissées de colère.

Gwena, appela Elspeth.

Ne fais rien ! dit le Compagnon. *Surtout, ne bouge pas, ne mets pas cet être en colère. Je t'en prie.*

— C'est l'impasse totale, non ? dit Fléaufaucon, jovial.

Les flèches des Shin'a'in restèrent pointées sur l'Adepte, mais aucun des guerriers ne tira.

— Dans ce cas, je vais prendre ce que j'étais venu chercher...

— Cela ne t'appartient pas, Modifié, dit un Shin'a'in d'une voix profonde. Tu n'as pas fabriqué l'objet. Il ne t'obéira pas.

Fléaufaucon leva un sourcil. Puis il se tourna et expédia une décharge d'énergie d'un rouge malsain.

En direction des jeunes griffons.

— Non !

Le cri sortait de la gorge d'Elspeth et de celle de Nyara.

Celle-ci se jeta devant son père, les mains serrées sur la garde de Besoin. L'épée intercepta la décharge d'énergie. Un gémissement aigu résonna tandis que le pouvoir s'accumulait dans la lame.

Puis l'épée modifia le pouvoir qu'elle avait récupéré. Du rouge, il vira au jaune doré. Une moitié enveloppa les jeunes griffons dans un halo de lumière. Le cri de rage de Fléaufaucon couvrit le hurlement de joie d'Elspeth.

Mais le sorcier ne put empêcher ce qui arriva. La lumière sembla consumer quelque chose autour des petits : une ombre noire attachée à leurs esprits.

L'ombre disparut, les libérant de la marque de Mornelithe.

Les monstres de Fléaufaucon, distraits par le cri de leur maître, relâchèrent leur prise.

Plus rapide que l'éclair, Ventnoir saisit le bâton à grimper qui ne le quittait jamais et lança le crochet sur la bête.

Il tira, ouvrant la gorge du monstre. Gwena profita de l'occasion pour se redresser et se dégager de l'animal. Des dizaines de marques de griffes saignaient sur son cou.

La créature ne s'occupa plus d'elle, trop absorbée par Ventnoir et le crochet qui déchirait ses chairs.

Elspeth s'approcha de son Compagnon.

Gwena tremblait comme une feuille, mais ses blessures se refermaient déjà.

Ventnoir arracha le crochet du cou de la bête et le lui enfonça dans un œil. Reculant, il ouvrit le ventre du monstre, qui s'effondra, tentant en vain de se protéger et poussant des cris affreux. De sa gorge et de son œil coulait un sang épais d'une horrible couleur brun-rouge.

Ventnoir harponna une aile avec son crochet et la déchira aussi. Les coups n'étaient peut-être pas mortels, mais ils semblaient très douloureux. Le monstre saignait d'une dizaine de blessures et Ventnoir se semblait même pas essoufflé.

Des cris de douleurs attirèrent l'attention d'Elspeth dans une autre direction. Hydona, la gorge ensanglantée mais pleine d'énergie, se dressait entre Fléaufaucon et ses petits. Treyvan luttait contre l'autre monstre. Les serres enfoncées dans son dos, il faisait de son mieux pour lui fracturer l'épine dorsale. Chaque coup de bec arrachait des lambeaux de chairs ensanglantées.

La créature criait et tentait en vain de déloger Treyvan, qui avançait peu à peu vers sa tête, faisant autant de dégâts que possible sur son chemin.

Elspeth sursauta. Elle avait deviné quels ravages les armes naturelles des griffons pouvaient faire, mais les voir à l'œuvre...

L'attention de Fléaufaucon était rivée sur les Shin'a'in. Elle comprit pourquoi quand une nuée de flèches vola vers le sorcier. Arrivés à quelques pas de lui, les projectiles brûlèrent.

Un autre cri lui rappela que Ventnoir se battait toujours contre la créature ailée. On eût dit que le monstre regagnait un peu de terrain...

Même si Treyvan éliminait son adversaire, ils pouvaient encore perdre si Ventnoir se faisait tuer.

Elspeth devait l'aider à tout prix !

L'animal n'a plus qu'un œil...

La jeune femme agit en même temps que la pensée se formait dans son esprit. Elle fit tomber un couteau de son étui d'avant-bras, visa et le lança quand l'œil intact de la bête fut à sa portée.

Le couteau glissa sur l'orbite, ratant sa cible.

Elspeth jura et saisit son deuxième couteau au moment où Ventnoir glissait sur un rocher couvert de sang et tombait.

La créature se jeta sur lui et prit sa jambe droite entre ses mâchoires. L'éclaireur hurla, flanquant des coups de bâton furieux sur le museau de la chauve-souris.

Elspeth se força à attendre que sa cible soit immobile un instant. Puis elle lança le couteau.

La créature lâcha sa proie et leva la tête, folle de douleur.

Ventnoir suivit le mouvement et enfonça son bâton dans la chair plus tendre du cou, poussant de toutes ses forces.

La créature tenta d'arracher le bâton. En vain. Elle tomba sur le côté, le bois continuant à s'enfoncer dans sa chair.

Les yeux de Ventnoir étaient pleins de larmes de douleur, mais il ne relâcha pas son effort.

La bête mourut en crachant des bulles de sang.

De l'autre côté du rond de terre calcinée, Treyvan était enfin arrivé à son but : les vertèbres cervicales de son ennemi. Un seul coup de bec puissant à la jonction du cou et de l'épine dorsale, et l'animal s'effondra comme une masse.

Le cri de triomphe de Treyvan fut couvert par le hurlement de rage de Fléaufaucon.

Avant que quelqu'un ait le temps d'agir, l'Adepte cria de nouveau, ses mains déchirant l'air. Elspeth ne comprit pas tout de suite qu'il s'agissait d'une incantation. Puis elle vit une fumée noire monter du sol à ses pieds et se répandre rapidement, obscurcissant tout.

Du poison ! pensa Elspeth, glacée d'effroi.

Elle parvint à sortir du nuage, toussant comme une perdue, mais sans aucun autre dommage.

Elle toucha l'esprit de Gwena.

Ça ira, dit la voix mentale du Compagnon. *Surtout, ne bouge pas : les Shin'a'in tirent toujours.*

Elspeth entendit des flèches siffler mais ne vit pas grand-chose.

— Ventnoir ? appela-t-elle. Vous allez bien ?

— Aussi bien que possible, ma dame, répondit l'éclaireur d'une voix altérée par la douleur. (Il toussa.) Tenez bon, je vais disperser cette fumée. Il me reste assez de pouvoir pour ça.

Un vent frais balaya le brouillard magique. Elspeth s'emplit les poumons d'oxygène jusqu'à ce qu'elle cesse de tousser et que ses yeux ne larmoient plus.

Elle chercha Fléaufaucon du regard. Il n'était plus là. Des douzaines de flèches étaient fichées dans le sol là où il se tenait. Il y avait des traces de sang.

Elspeth n'eut pas le temps de réfléchir. Un éclair d'énergie l'aveugla.

Ventnoir regarda en direction des ruines, les dents serrées.

— Il a utilisé ce qui lui restait de force pour ouvrir un Portail temporaire vers sa forteresse, dit-il. *Shaeka.* Il nous a échappé.

CHAPITRE XXV

Cette affaire est loin d'être terminée...

L'air vibrait de tension. Pas seulement à cause de Fléaufaucon. Quelque chose allait arriver.

Quelqu'un avait encore des comptes à régler, mais Elspeth ignorait qui.

Les traces de sang se terminaient par une petite mare écarlate, juste devant l'arche d'un mur à demi écroulé. Voilà ce qu'avaient dit les Shin'a'in. Elspeth supposait qu'ils étaient dignes de confiance.

De toute évidence, Ventnoir le pensait aussi. Il n'alla pas vérifier par lui-même, laissant le Guérisseur de la Vallée travailler à la cicatrisation de ses blessures.

Elspeth jura à voix basse. Elle avait examiné les jambes de Cymry pour voir si le Compagnon de Skif souffrait d'autre chose que de bleus et de foulures. Mais la « jument » était surtout en état de choc : Ventnoir et elle étaient parvenus à abriter Skif de la plus grande partie des décharges magiques de leur ennemi.

Les plaies de Gwena avaient été nettoyées. Elles lui faisaient encore mal, mais ne tarderaient pas à guérir.

Le Shin'a'in qui s'occupait de Skif disait être le chamane des Tale'sedrin, Kra'heera.

Il rappelait quelqu'un à Elspeth, mais elle ignorait qui...

Skif était inconscient.

Il avait plusieurs côtes cassées et un traumatisme crânien, mais sa vie n'était pas en danger. Nyara avait posé la question au chamane avant qu'Elspeth ait le temps de le faire. L'épée à la main, Nyara s'était assise près du jeune homme. La lame travaillait à guérir les blessures de la femme-félin. Elle aidait peut-être aussi Skif, si Nyara l'en avait persuadée.

Elspeth ne voyait aucune raison de ne pas la lui laisser pour le moment.

L'héritière s'en tirait sans trop de dommages, excepté quelques égratignures. Ventnoir et Treyvan étaient plus mal en point.

Hydona était allée chercher le Guérisseur de la Vallée. Timide comme une souris sortant de son trou, il avait soigné ses patients puis il était reparti aussi vite que le vent.

Elspeth n'avait pas beaucoup de respect pour un Guérisseur qui ne restait pas aux côtés de ses patients jusqu'à leur rétablissement. Elle le dit à Ventnoir, qui lui promit de tout lui expliquer bientôt.

Les Shin'a'in fouillaient toujours les ruines à la recherche de Fléaufaucon. Mais selon Ventnoir, il était parti depuis longtemps.

Elspeth était d'accord avec lui.

Parmi tous les combattants, seuls les griffons étaient vraiment satisfaits. Besoin avait réussi à transformer l'énergie négative de Fléaufaucon en un pouvoir bénéfique capable d'effacer la souillure de l'esprit des jeunes griffons.

Ventnoir était impressionné par la prouesse de l'épée. La *transmutation* était un talent très rare.

Les adultes avaient emmené leurs jeunes dans le nid. Ils se couchèrent près d'eux, annonçant qu'ils bougeraient seulement en cas d'extrême urgence.

Ventnoir, appuyé contre un rocher, regardait le faucon saure perché au-dessus de la porte. L'oiselle prenait le vent, les ailes repliées. Le visage de Ventnoir trahissait sa douleur et son anxiété.

Chaque fois que ses yeux se posaient sur Aubefeu, la tension augmentait dans l'esprit d'Elspeth.

C'est à cause d'elle. Voilà l'affaire en suspens : Aubefeu. Elle ne peut pas rester comme elle est...

Mais qu'allaient-ils en faire ? Elle était toujours prisonnière du corps d'un oiseau...

Même les Shin'a'in ont l'air désolés pour elle...

Les guerriers revinrent de leur traque et s'alignèrent au pied du perchoir d'Aubefeu. Ils ne semblaient pas pressés de partir. Elspeth se concentra sur sa tâche : panser les pattes avant de Cymry.

Même si quelque chose se tramait, elle n'y pouvait rien.

Cymry hennit nerveusement.

Elspeth leva les yeux.

Tous les Shin'a'in étaient revenus. Ils formaient un cercle au-dessous d'Aubefeu, une expression étrange sur le visage, comme s'ils attendaient quelque chose...

Voilà ce que je percevais. C'est la raison de cette étrange tension...

Elspeth crut voir une faible lueur émaner des Shin'a'in, les entourant d'un halo de lumière.

Un Shin'a'in, une femme d'après sa silhouette, se détacha du cercle et avança.

Kra'heera empêcha Ventnoir de se lever en le plaquant au sol.

La femme tendit la main vers Aubefeu.

Comme les autres, la femme était vêtue de noir de la tête aux pieds. Sa longue chevelure arborait aussi la couleur de l'ébène.

Ses yeux avaient quelque chose de bizarre...

Ventnoir se débattit pour échapper au chamane. En vain. Il était encore trop faible.

— Tais-toi, petit ! souffla Kra'heera. As-tu quelque chose à lui offrir ? Préfères-tu la voir disparaître peu à peu du corps de son oiseau ?

Elspeth se concentra sur la femme en noir qui avait appelé Aubefeu. Une aura de puissance contenue l'enveloppait.

Un pouvoir qu'Elspeth n'avait jamais rencontré.

Elle retint son souffle.

La femme souleva Aubefeu au-dessus de sa tête.

Les Shin'a'in incantèrent à voix basse.

Elspeth crut d'abord qu'il s'agissait d'un jeu de lumière. Les plumes de l'oiseau semblèrent devenir brillantes. La clarté continua d'augmenter.

Aubefeu ouvrit les ailes, et son corps grandit en même temps que l'intensité de la lumière dorée qui la baignait.

Bientôt, Elspeth dut détourner le regard. S'abritant les yeux avec une main, Ventnoir continua de regarder, du désespoir sur le visage.

La lumière augmenta encore.

Le chamane des Shin'a'in vit Elspeth observer le phénomène. Quand leurs yeux se rencontrèrent, il se tourna vers la lumière et répondit à sa question muette.

— Aubefeu a été Choisie par la Guerrière.

Comme si cela expliquait tout...

Bien sûr ! Je comprends parfaitement pourquoi un faucon devient plus lumineux qu'un oiseau de feu ! Et pourquoi Ventnoir semble assister à une exécution capitale ! Bon sang, que se passe-t-il ?

Ce n'est pas notre affaire, dit Gwena.

Merci de tes éclaircissements ! grinça Elspeth, ironique.

Les yeux de Ventnoir étaient pleins de larmes.

Elle aurait voulu le réconforter, mais elle sentit que ce n'était pas le moment.

Le chant cessa et la lumière s'estompa peu à peu.

A la place du faucon saure, un faucon géant se tenait sur le poing de la guerrière, le plus grand qu'elle ait jamais vu. L'oiseau avait quelque chose de surnaturel...

Puis Elspeth comprit pourquoi : les yeux du faucon géant n'avaient pas de blanc, et ceux de la guerrière non plus. On ne voyait qu'une obscurité constellée de points scintillants, comme dans un ciel nocturne étoilé.

Elspeth se souvint de la description : les Chroniques de Roald sur la Déesse des Shin'a'in.

Sa bouche se dessécha. Si elle ne se trompait pas, elle était face à une authentique Déesse.

Qui avait choisi Aubefeu pour la représenter.

Une harde de chevaux noirs sans selles apparut soudain dans la clairière.

Les Shin'a'in sautèrent sur leurs montures et partirent. La guerrière qui portait le faucon géant fermait la marche.

Ils prirent la direction des Plaines. La guerrière et l'oiseau jetèrent un dernier regard derrière elles.

Ventnoir poussa un gémissement sourd.

Le soir tombé, Ventnoir et Treyvan allumèrent des lampes magiques pour éclairer l'intérieur du nid où ils s'étaient tous rassemblés.

Ventnoir a l'air perdu. Je ne l'en blâme pas, j'ai cru comprendre qu'Aubefeu et lui étaient... intimes. Quoi qu'elle soit devenue, il semble clair qu'elle ne fera plus partie de sa vie.

— Où est Nyara ? demanda Skif.

— Ici, dit Elspeth en regardant l'endroit où Nyara était accroupie depuis la fin de la bataille, Besoin sur les genoux.

Il n'y avait plus personne.

— Je ne l'ai pas vue partir, dit Ventnoir.

— Moi non plus, confirma Elspeth. Et elle a pris mon épée.

Comment ça, ton *épée ? Je n'appartiens à personne,* grinça une voix mentale. *Je ne suis pas ton bien, Elspeth. Je choisis la personne avec qui je voyage. Franchement, tu n'as plus besoin de mon aide. Tu es une combattante accomplie, et une magicienne plus douée que moi. Petite, tu es solide comme un cheval, alors que Nyara...* (De la pitié vibra dans la « voix » de l'épée.) *Disons qu'elle est un sacré défi pour une Guérisseuse. Pour lui éviter de retomber sous la coupe de son père, mon aide ne sera pas de trop. Elle a bien plus besoin de moi que toi.*

La voix mentale faiblit, comme si la distance entre Elspeth et l'arme augmentait.

Au revoir, petite. Nous nous reverrons un jour.

Puis la voix se tut.

Elspeth regarda Ventnoir, à la fois soulagée et exaspérée. Cela lui faisait un ennui de moins à gérer, mais elle avait fini par s'habituer à la présence de l'épée.

Oui. Je m'étais accoutumée à compter sur elle. Mais elle ne veut pas que les gens s'en remettent ainsi à ses pouvoirs !

— Pensez-vous qu'elle sera assez puissante pour éviter que Nyara retombe entre les mains de Fléaufaucon ? demanda Ventnoir.

— Je l'ignore. Mais elle a été assez forte pour inverser l'enchantement qu'il a lancé...

Ventnoir hocha la tête. Elspeth ne voyait pas clairement son visage, pourtant elle avait le sentiment qu'un combat faisait rage en lui. Il était à la fois soulagé et déçu du départ de Nyara.

Il remua la tête.

Une des lumières magiques l'éclaira directement. Elspeth vit tant de chagrin, de solitude et de regret sur son visage qu'elle détourna le regard.

— Nyara, répéta Skif, tentant maladroitement de s'asseoir. Où est-elle ? Elle va bien ?

— Besoin s'occupe d'elle. Ne t'inquiète pas, elle est en pleine forme.

Satisfait, le jeune homme renonça à se redresser. Il ouvrit à peine la bouche quand Elspeth lui donna une tisane apaisante achetée à Kata'shin'a'in.

Quand elle releva les yeux, Ventnoir était parti.

Elle attendit, mais il ne se remontra pas. Elle resta longtemps éveillée dans l'obscurité, écoutant les ronflements de Skif et les pépiements des jeunes griffons dans la pièce voisine.

La nuit lui parut interminable.

Ventnoir revint le lendemain en fin de matinée. La nuit avait été longue pour lui aussi, se terminant par une session du Conseil des Aînés.

Il avait occupé la position étrange de chef du Conseil, et il n'était pas certain d'apprécier. Tout ce qu'il préconisait serait adopté, il le savait. Mais comment pouvait-il être sûr que ce serait positif pour la Vallée ?

Surtout en ce qui concernait les étrangers.

Il souhaitait qu'ils restent. Même s'il était épuisé et plus sûr de grand-chose, il était certain de ça.

La jeune femme était à l'extérieur de la tanière, saisissant l'occasion de se reposer à l'air libre sans craindre une attaque.

Elle se leva à son arrivée. Ils parlèrent de choses et d'autres pendant un moment. Puis ils en vinrent au sujet principal.

— Fléaufaucon est parti, pour ne plus revenir, j'espère. Votre épée n'est plus avec vous. Je peux vous indiquer un professeur parmi les Adeptes de k'Sheyna, mais la Vallée ne sera pas un lieu très plaisant avant quelque temps. Qu'aimeriez-vous faire ? Vous n'avez pas besoin de rester ici.

Elspeth leva le menton.

— Vous m'aviez promis de m'apprendre la magie. Revenez-vous sur votre parole ?

— Non, cependant...

Est-ce avisé ? Mais je commence à en avoir assez d'être « raisonnable »...

— Le Conseil a-t-il voté notre départ ?

Elspeth n'avait pas l'air content.

Ventnoir se passa une main sur les yeux.

— Non, dit-il d'une voix creuse. Non, je pensais seulement que Skif et vous...

— Skif ne partira pas pour l'instant, sauf si vous le jetez dehors. Il n'est pas en état de voyager. Ensuite, nous verrons. Il décidera peut-être de rentrer. Ou de rester. Nyara est quelque part dans le secteur. Il essaiera sans doute de la retrouver... Moi, j'ai bien l'intention de rester, si vous acceptez d'être mon professeur.

— Oui. Mais je dois vous prévenir que je n'ai jamais enseigné. Et vous êtes une élève dangereuse. Vous commencez tard votre formation, avec un pouvoir considérable et sans contrôle...

— Je n'ai pas eu beaucoup d'occasions de m'exercer ! Mais je suis décidée à travailler dur et à apprendre.

— Moi aussi, je serai l'élève de quelqu'un, lui rappela-t-il. Je n'ai pas utilisé mes pouvoirs depuis longtemps. Avant de pouvoir vous former, il me faut tout réapprendre.

Il est plus facile de réussir ça à deux que seul. Je n'ai pas beaucoup d'amis, mais Elspeth fait désormais partie du nombre.

— Si ça ne vous gêne pas, moi non plus. Ce qui m'importe est d'apprendre aussi vite que possible. Je n'ai pas un temps infini devant moi.

Des ombres passèrent sur le visage de la jeune femme. Ventnoir comprit qu'elle pensait à son pays, et à tous les problèmes qu'il connaissait peut-être en ce moment précis. Il s'adoucit un peu, comprenant ses inquiétudes.

— Si vous me promettez de faire de votre mieux, je vous assure que je ferai aussi du mien.

— Je ne donne jamais moins que mon *mieux*.

— Même à lui ? dit Ventnoir avec un coup d'œil pour Skif.

— Je lui ai donné le *mieux* que je pouvais. Ce n'était pas ce qu'il croyait vouloir, mais il est toujours mon ami.

Ventnoir hocha la tête et lui tendit la main.

— Dans ce cas, ma chère élève, dit-il, passant au tutoiement, rassemble tes affaires !

— Pourquoi ? As-tu décidé de me jeter dehors ? demanda Elspeth, le tutoyant aussi, plus par défi que par envie.

— Non.

Il regarda au loin, se demandant s'il avait pris la bonne décision.

Il avait pris *une* décision, songea-t-il. Ça valait mieux que rester assis à ne rien faire...

Et son cœur lui disait qu'il avait fait le bon choix.

— Non, répéta-t-il, je n'ai pas changé d'avis. Dès que tu seras prête, je ferai transporter Skif dans la Vallée et je t'y accompagnerai. Tu es parvenue à te gagner une place qui n'a jamais été accordée auparavant à un étranger.

Il lui serra un instant les bras sans la quitter du regard.

— Le nouveau chef du Conseil de la Vallée des k'Sheyna, t'offre l'hospitalité et le sanctuaire de la

Vallée. *Je* t'offre l'honneur et la responsabilité de faire partie de notre clan. Si tu acceptes, tu t'appelleras désormais Elspeth k'Sheyna k'Valdemar...

Quelque part dans le ciel, un faucon poussa un cri approbateur.

Le compagnon de Vree avait enfin commencé à guérir.

NOTE DE L'AUTEUR

Ainsi que les Compagnons ne sont pas des chevaux tels que nous les connaissons, les oiseaux liges des Tayledras ne sont pas des éperviers ou des faucons. Ils ont été modifiés génétiquement afin d'être télépathes, plus grands, plus intelligents et bien plus sociables qu'aucun oiseau de proie terrestre. Nos rapaces « réels » ressemblent autant à un oiseau tayledras qu'un berger allemand à un chacal.

L'art antique de la fauconnerie peut être passionnant et excitant, mais le fauconnier doit être prêt à investir beaucoup de temps. Les oiseaux doivent être nourris et entraînés. Ils doivent aussi s'exercer tous les jours, qu'il pleuve ou qu'il vente. La plupart du temps, ils ne se laissent nourrir par personne d'autre que leurs maîtres.

Le fauconnier fabrique lui-même la majeure partie de son équipement. Pour obtenir le droit de pratiquer ce sport, il lui faut passer des examens complexes, et les installations destinées à l'oiseau sont approuvées par le gouvernement fédéral. Le permis est demandé au niveau de l'Etat *et* au niveau fédéral.

Tous les oiseaux natifs du pays sont des espèces protégées. En posséder un sans permis peut entraîner une amende fédérale ainsi que la confiscation de l'oiseau. L'apprenti fauconnier ne peut entraîner et faire voler qu'un faucon à queue rouge ou un faucon crécerelle (épervier nord-américain). Il doit travailler sous la surveillance d'un maître fauconnier. Ce passe-temps ne peut pas être pratiqué à la légère. Ce n'est pas comme une raquette qu'on relègue dans un placard un jour de pluie ou quand on est malade. En général, les rapaces ne sont pas capables de manifester de l'affection à leur maître. Le mieux qu'on puisse espérer, c'est d'être accepté et toléré. Les fauconniers parlent de « servir » leur oiseau. C'est la vérité, car dans ce partenariat, l'oiseau domine. Il peut choisir de le rompre à tout moment en s'envolant pour ne plus revenir. Les choses se passent souvent ainsi.

Les faucons pèlerins d'Amérique du Nord doivent leur survie aux fauconniers. Ils ont été les premiers à s'apercevoir de la diminution de cette population, puis à faire le rapprochement entre le DDT et la coquille trop fragile de leurs œufs.

Ils furent également les premiers à lancer des programmes de reproduction en captivité afin de sauver l'espèce de l'extinction. Ils s'occupent très activement de la protection, et ce à tous les niveaux.

Leur but est de préserver la nature pour les générations à venir.

Achevé d'imprimer en octobre 1999
sur les presses de l'Imprimerie Bussière
à Saint-Amand (Cher)

POCKET - 12, avenue d'Italie - 75627 Paris Cedex 13
Tél. : 01-44-16-05-00

— N° d'imp. 2423. —
Dépôt légal : novembre 1999.

Imprimé en France